零的焦點

MATSUMOTO SEICHO

張筱森 黃盈琪——譯

松本清張

ゼロの焦点

日本推理大師經典

零的焦點

松本清張

CONTENTS

出版緣起

日本推理大師，永不墜落的熠熠星團

編輯部

一九二三年，被譽為「日本推理之父」的江戶川亂步推出〈兩分銅幣〉之後，日本現代推理小說正式宣告成立。若包含亂步之前的黎明期，此一文類經過了將近百年的漫長演化，至今已發展出獨步全球的特殊風格與特色，使日本成為最有實力的推理小說生產國之一，甚至在同類型漫畫、電影與電腦遊戲的推波助瀾之下，日本著名暢銷作家如桐野夏生、宮部美幸等也已躋進亞洲、歐美市場，在國際文壇上展露光芒，聲譽扶搖直上。

我們不禁要問，在新一代推理作家於日本本國、台灣，甚或全球取得絕大成功的背後，有哪些強大力量的支持、經過哪些營養素的吸取與轉化，能夠在競爭激烈的國際舞台上掙得一席之地？在這些作家之前，曾有哪些重要的作家精耕此一文類、獨領當時風騷，無論在形式的創新或銷售實績上都睥睨群雄、立下典範、影響至鉅？而他們的努力對此一文類長期發展的貢獻為何？此外，日本推理小說的體系是如何建立的？為何這番歷史傳承得以一代又一代地開發出一批批忠心耿耿的讀者，並吸引無數優秀的創作者傾注心血，人才輩出？

為嘗試回答這個問題，獨步文化在經過縝密的籌備和規畫之後，於二〇〇六年年初推出全新書系「日本推理大師經典」系列，以曾經開創流派、對於後輩作家擁有莫大影響力的作家為中心，由本格推理大師、名偵探金田一耕助和由利麟太郎的創作者橫溝正史，以及社會派創始者、日本文壇巨匠松本清張領軍，帶領讀者重新閱讀，並認識在日本推理史上留下重要足跡的作家，如森村誠一、阿刀田高、逢坂剛等不同創作風格的重量級巨星。

日本推理百年歷史，從本格派到社會派，到新本格、新新本格的宣言及開創，眾星雲集，但跨越世代、擁有不朽魅力的巨匠們，永遠宛如夜空中璀璨耀眼的星團熠熠發亮，炫目不墜。

獨步文化編輯部期待能透過「日本推理大師經典」系列的出版，讓所有熱愛或即將親近日本推理小說的讀者，親炙大師風采，不僅對於日本推理小說的歷史淵源有全盤而深入的理解，更能從經典中讀出門道、讀出無窮無盡的趣味。

總導讀／

那燙手的「昭和之心」：松本清張的推理文學世界

／陳國偉

昭和：進入清張的關鍵字

轉眼間，「昭和」（一九二六～一九八九）竟已是三十年以前的事，以我們受教育過程中被灌輸的歷史概念來看，那可說已然是上上個「朝代」了。甫邁入令和的此時，即便連「平成」（一九八九～二〇一九）的記憶都需要追溯，年輕一點的朋友，甚至是從此刻的追憶，才開始在腦中勾勒與建構出平成年代的樣子。在這樣的空氣中，昭和這麼一個遙遠的名字，到底想要訴說些什麼？於我們而言，又代表著什麼意義？

那就是，如今開始一切關於令和時代的挑戰，都是平成無法解決的難題，而這些難題，其實正是昭和留下的債務。昭和總結了此前日本近代從明治（一八六八～一九一二）到大正時期（一九一二～一九二六）的榮光與闃闇，它曾經幻想著一路挺進南國，成爲東亞的統御者。那不切實際的日本帝國大航海之夢，對其他戰爭受災國而言，卻是傷痛與恥辱的記憶，直到原爆的蕈狀雲在日本列島升起才告一段落，所有苦難與恥辱終於回到日本自身，開啓了大和民族從廢墟中榮耀再起的戰後七十年。

而這一切，正是松本清張文學的起點。雖然他出生於一九〇九年的明治時期，但直到一九五一年四十二歲才藉處女作〈西鄉紙幣〉入選《朝日新聞》的「百萬人小說」徵文獎而出道，並且要到一九五五年四十六歲才首度在《小說新潮》發表短篇小說〈埋伏〉，開啓了他的推理創作生涯。而他自己的生命史，也與昭和時代緊密相連。無論是兩次大戰期間他進入社會結婚生子，還是二戰時被徵召從軍派駐朝鮮，或是經濟大蕭條階段因爲貧困輾轉於各種工作間，目睹戰後日本被美軍占領，到經濟奇蹟所遺留下的各種歷史問題，最終孕育出他穿透表象直視問題核心的犀利目光，以及觀看且批判社會各種階層的文學視野，進而改造了日本推理小說的格局。

因此，我們必然得重返昭和，才能親近那用脆弱的時代之砂捏製的器皿盛裝著，燙手的清張「昭和之心」。裡面不僅潛藏著日本島嶼的歷史黑霧，以及怎樣都無法用點與線勾勒出的、深陷在戰後迷走地圖中的日本人徬徨的青春與心靈。

推理：被清張改寫的名字

眾所周知，推理這個類型，在二次世界大戰前，是以「偵探小說」之名通行於世，自十九世紀中期從西方傳播到日本後，歷經了作家們的各種嘗試，最終在江戶川亂步的手中完成了「本格」（正統）的書寫形式。那是以愛倫坡爲典範、講究展示科學理性邏輯推論的敘事法則。但由於這個新興類型大受歡迎，開始出現許多徒有偵探角色，卻是以感官獵奇爲訴求的「變格」之作。其後更隨著二戰的白熱化，偵探小說因爲它的西方血緣而被視爲「敵性文學」查禁，生存面臨了極大的考驗，直到戰爭結束才又逐漸復甦。

在這過程中，具有醫學博士身分的偵探小說家木木高太郎，從戰前就一直主張「偵探小說」應該包括具有文學性與思想性的作品，因此到了二戰之後，他開始提倡用「推理小說」代替「偵探小說」之名，甚至與江戶川亂步有過論爭，但都得不到文壇的支持而不了了之。

沒想到，松本清張在一九五〇年代中期橫空出世，原本在雜誌連載便大受好評的《點與線》與《眼之壁》，一九五八年出書時竟創下超過百萬本的驚人成績，成了當時最受矚目的文學現象。由於清張一反過去偵探小說的慣例，以社會中的普通人作爲主角，並且強調犯罪動機的重要性，吸引大批非知識分子的一般讀者，擴展了偵探小說的受眾。因此，媒體發明了「清張之前」與「清張之後」的說法予以區別，將清張帶動的「社會派」風潮，結合木木高太郎提倡的名稱「推理小說」，賦予清張這種風格之作新的命名，也因此，「推理小說」當時是與清張畫上等號的。

對於木木高太郎來說，清張的作品也的確能回應他的理念。他認爲清張將原本情色化、變格化的偵探小說轉向社會問題的關懷，並且透過對人性深刻的描寫，將類型化的偵探小說提升到文學的層次。（**註**）寫出權威性的《日本推理小說史》的評論家中島河太郎指出，清

註──木々高太郎，〈探偵小説の諸問題〉，木々高太郎、有馬賴義編，《推理小説入門》（東京：光文社文庫，二〇〇五），頁二一九─二二〇。

張的作品往往從日常的瑣碎物事作爲起點，通過謎團的開展與偵察推理程序，最終揭露事件的眞相，這樣的一種敘述方式，改變了過去推理小說是「桌上殺人遊戲」的印象，讓社會大眾更願意親近這類作品。（註二）

因此，許多讀者後來望文生義，以爲「推理小說」應該是強調「推理邏輯」的作品，而對社會派，甚至後來的冷硬派、警察小說被劃歸爲推理小說有所質疑。其實，他們從來不知道，「推理小說」這個名稱，才是確確實實社會派催生的產物。

透過清張的努力，在昭和年代這個歷史的轉捩點，日本大眾文學成功進行了「推理小說」新名稱與概念普及化的工程。「推理」成爲這個類型的代名詞，讓此一類型有了新的進化。而且，由於「推理小說」是日本人獨創的漢字名詞，沒有對應的英文翻譯，到目前爲止僅流通於日本和華文地區，也因此意外創造出兩種文化體之間獨特的「推理共同體」。

歷史：社會表象的歪曲複寫

但要說到清張眞正的偉大之處，還是在於他徹底改造了日本推理小說的體質，讓推理小說不僅可跟嚴肅的純文學鼎足而立，且無須犧牲自身原有的文體特性，甚至能比純文學更尖銳地挖掘社會最底層的問題，向國家與國際政治提出犀利的質問。

所以，雖然本格（正統）推理小說重視的謎團和詭計，在清張的小說中並沒有消失

（《點與線》那名垂日本推理史的「空白四分鐘」就是最好的例子），但作品世界的核心轉移到與社會性和人性連結的「犯罪動機」之上。正如評論家尾崎秀樹指出的，透過具有一般人性質的角色受到的政治束縛，以及背後牽動的社會複雜性與現實感，清張成功讓讀者意識到，政治與日常生活之間實際上是非常緊密的，因而對日本社會的種種問題性產生覺醒。（註二）正因如此，推理小說擁有與社會對話的積極性意義與功能，也為推理這個類型，創造出在日本更為普及化與在地化的新途徑。

然而，跟隨著清張走上社會派路線的其他作家，包括森村誠一、夏樹靜子、水上勉等幾位代表，雖然也寫出非常傑出的作品，卻無一能夠達到清張如此高的成就，甚至出現所謂「清張之前無社會，清張之後無社會」的說法。關鍵原因在於，清張小說聚焦的不只是社會的表象，而是穿越他曝光的醜陋地表後，潛藏在地層中的歷史伏流。所有對社會提出的質問，指向的其實是日本戰後的歷史進程，必須回到歷史的特殊時空中，才能得到真正的解答。

所以，像是他第一本聲名大噪的長篇《點與線》，表面上是一對男女從東京車站出發、

註一——中島河太郎，〈解說〉，松本清張，張杏如譯，《黃色風土（下）》（台北：林白，一九八八）。頁二六一—二六八。

註二——尾崎秀樹，〈『寶藏疑雲』解說〉，松本清張，譚必嘉譯，《寶藏疑雲》（台北：志文，一九八七），頁三一六。

最後在一千公里外的九州香椎海岸殉情的奇聞，眞相卻直指日本戰後追求經濟復興的過程中，官商勾結的綿密網絡黑幕。而《零的焦點》中，新婚女子一路追查丈夫的行蹤來到金澤，最後驚覺必須回溯到戰後初期日本被美國託管，占領期間個體掙扎生存的悲慘歷史，才能找到那讓人不忍的不堪眞相。同樣地，在《砂之器》裡，偵探窮盡凶手生命之旅，追索到最後，看見的卻是因爲時代與人性的殘酷，被迫流放與遺忘的童眞自我，那突然到臨的痛下殺手，其實只是好不容易活下來的自我生存保護本能。

一切的答案，都是必須仔細聆聽的，戰後日本的歷史回音。而在其中搖曳著的，是一個又一個如風景斷片般的時代隱喻。

那是〈越過天城〉（〈天城山奇案〉）隧道彼端微弱的光？還是《砂之器》中，和賀英良爲過去的人生，所譜寫的波瀾壯闊的鋼琴協奏曲《宿命》？但記憶所及，只剩他與父親走過寒冬暴雪、亡命天涯的零落背影，彷彿在講述著，當歷史的洪流往我們身上襲來，我們不僅無法抵禦，也難以逃脫，這就是戰後日本人心靈無可迴避的「宿命」。

那也是《零的焦點》金剛斷崖旁洶湧拍岸的浪濤，現代化的浪潮隨著黑船來航，是時代的原點，更是日本現代化的原點。明治維新開展了現代的榮光與美好，然而，正是因爲國家與軍事的現代化，帶來了侵略的野望。「零」作爲隱喻，既指向過去歷史的時間點，也標的出當下的開端，戰後發展的扭曲複寫，而宿命彷彿是重新拷貝一般，無論怎麼試圖遺忘，過去終究會如幽魅般襲來，一如《砂之器》中那樣。

直到今天，作爲二戰的發動國，也是戰敗國，日本一路從明治維新到戰後的經濟成長期，宿命般地仍在現代性的延長線上不斷疾走著，好似這樣奔馳就能擺脫那些希望被遺忘的過去。然而，歷史永遠不會消音，更永遠不會過去。作爲昭和年代的大文豪，他爲時代留下最燙手的見證，爲這個國家保存最具重量的歷史記憶。他是拒絕國民集體忘卻的「國民作家」松本清張，因爲他有著最炙熱、但也最爲憂鬱的「昭和之心」。

本文作者簡介：

陳國偉，曾出版過小說集，得過幾個文學獎，現爲國立中興大學台灣文學與跨國文化研究所副教授、台灣人文學社理事長。著有研究專書《越境與譯徑：當代台灣推理小說的身體翻譯與跨國生成》（聯合文學）、《類型風景：戰後台灣大眾文學》（國立台灣文學館），並執行多個有關台灣與亞洲大眾文學推理小說與發展的學術研究計畫。

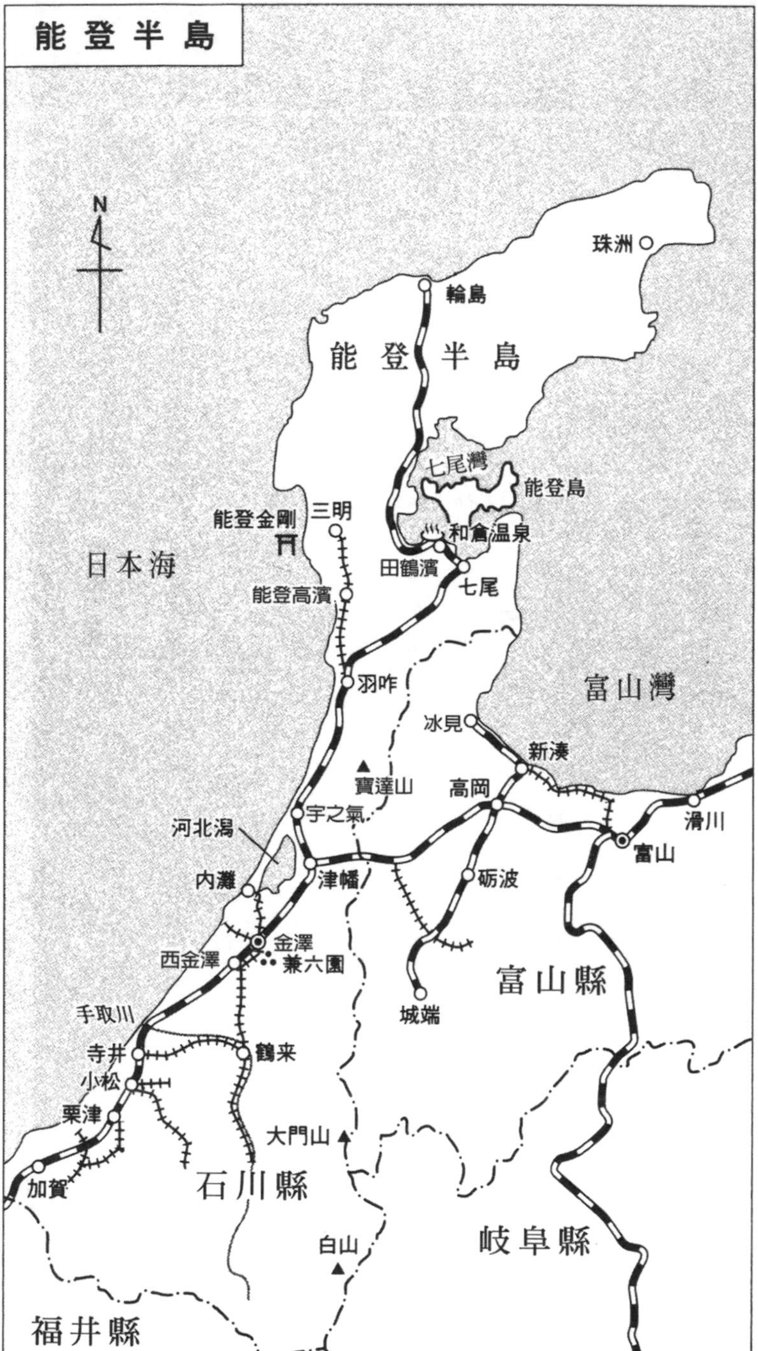

能登半島
N
珠洲
輪島
能登半島
七尾灣
能登島
三明
能登金剛
和倉温泉
田鶴濱
七尾
日本海
能登高濱
羽咋
富山灣
冰見
新湊
寶達山
高岡
宇之氣
滑川
河北潟
富山
津幡
內灘
砺波
金澤
西金澤
兼六園
富山縣
城端
手取川
寺井
鶴来
小松
栗津
大門山
加賀
石川縣
白山
岐阜縣
福井縣

I CHAPTER — 第一章

某個丈夫

1

板根禎子在秋天時和媒人介紹的鵜原憲一結婚了。

禎子今年二十六歲，結婚對象鵜原三十六歲。年齡上的組合還算適切，可是從世俗的觀點來看，鵜原還是讓人覺得稍微晚婚。

「到三十六歲了還單身，該不會有什麼難言之隱吧？」

洽談這門婚事時，禎子的母親最在乎的就是這件事。

的確有可能，但也無從斷定對方到了這個年紀還不曾和任何女人有過關係。若說完全沒有聽起來像是騙人的，反而會讓人有一種身爲男人卻很孱弱的感覺——長期在外工作，置身於男性工作職場的禎子這麼想。其實，她甚至對於完全沒有女人經驗的男人抱有輕視的想法。但與其說輕視，應該說是一種女人的直覺，禎子認爲那樣的男人毫無清潔感，不論在身體上還是工作上都令人感到軟弱無力。她認爲，就算結婚對象過去有女人也無所謂，儘管她討厭聽到對方說自己曾在某個時期和誰同居之類的事情，可是只要對方和過去完全切斷關係，就不必再責備了。總之，只要對方和過去的女人斷得一乾二淨，日後沒有糾紛和牽扯，就沒關係了。

也許禎子再年輕一點就不會這麼想。而且，若非她曾有過兩三次的戀愛經驗，那麼她應該就會更嚴格地審視她的結婚對象。可以說因爲她的年齡和幾次的戀愛經驗，令她有所成長且心胸寬大。

禎子在公司的女孩子中是歸在漂亮的那一群。女性朋友之間總會多少帶點惡意來告訴她這樣的評價，男性則會具體地舉出部分的特徵稱讚她。

在戀愛方面，禎子沒有什麼了不起的成就，常常交往了一段時間禎子這邊就會退縮而分手。她無法下定決心，這可以說是因爲對方沒有十足的男子氣概，也可以說是她太膽小了。儘管如此，當別人安排相親時，偶爾也會有像自由戀愛般的心情順利交往的時候，但是禎子終究會因爲上述的原因而分手。沒有人介紹對象的時候，雖然不會有特別想去相親的心情；但有人提起時她也不會拒絕，只是她的態度就是怎樣也熱絡不起來。

就在這個時候，有人向她提起了和鵜原憲一相親的事。

據說鵜原在A廣告代理公司位於北陸地方的辦事處擔任主任一職。媒人是禎子已故父親的朋友，和A公司有關係的佐伯先生。

A廣告代理公司在東京的業界裡可是相當有名的，媒人這麼說。但禎子和母親，對於廣告代理公司是什麼樣的公司卻毫無概念。

佐伯先生攤開報紙讓禎子和母親看。

「看，像這樣的廣告在報紙上滿滿都是，對吧。報社的經營單靠微薄的賣報收入是無法維持的，所以會透過刊登廣告賺取經費。可是報社本身事務繁雜，所以並不直接和客戶交易，而是委託代理商接洽。這個代理商就是廣告代理公司。」

佐伯先生接著說明道：

「日本最大的廣告代理公司是D公司，除了報紙，還包括雜誌、廣播、電視等廣告業務，表現很出色。雖然A公司的業務範圍只有報紙，但能力之高，不是第二也有第三的地位。公司職員包括分公司在內也有三百人左右。總而言之，A公司在業界是一流的。鵜原是這公司在北陸地方的辦事處主任，是個有前途又老實的男人喔。」

禎子大致上瞭解了鵜原憲一的職業。對外行人來說，這就像對販賣電器產品、製造藥品等行業的概念，雖然無法清楚理解，但可以大概體會。

鵜原的學歷是大學肄業。佐伯先生說因爲發生了戰爭，所以他無法繼續完成學業。戰爭結束的兩年後，鵜原從中國回來，換了兩三種工作之後，六年前進入現在的A公司就職。

「總之，他六年內就升上了地方辦事處的主任，這樣的男人眞的相當優秀。對了，北陸的辦事處是在金澤。」媒人又再次誇獎道。

「這麼說來，一旦結婚了，禎子也必須跟著住在金澤囉？」母親問。

「不，不必。鵜原現在每個月大約有十天會回東京，他在東京總公司也有事情要辦。換句話說，在北陸地區的公司是工廠，總公司在東京，所以他必須爲了工作的交涉到東京來，等於他也兼任和總公司連絡的工作。他本人表示，如果有了家庭，希望能待在東京。」佐伯先生如此回答。

「可是，一個月內有二十天都在出差，這不在家的時間未免太多了吧。」

母親注意到這點。

「不，因爲最近總公司已經決定調他回來了。自從他到金澤工作也已經兩年了，之間總公司曾有兩三次要調他回東京，可是他每次都說再等等，所以也就延後了。」

「爲什麼會這樣呢?」

「雖說是做生意,但講明白一點,北陸地方是個鄉下地區,並沒什麼有錢的客戶,也沒什麼了不起的工作。可是不管怎樣,他還是希望努力增加業績。好不容易擔任那裡的主任,想要帶些亮眼的成績回總公司也是人之常情吧。而且經過他的努力之後,儘管成長幅度不大,但業績的確漸漸地提升了。」

佐伯先生再次說明。

「因此,鵜原表示如果這次總公司叫他回去,他想以結婚爲契機回東京。雖說丈夫出差不在的時間比較多,也只是暫時的。」

佐伯先生對並肩坐在母親身旁的禎子笑著說道。

相親是依照傳統儀式在歌舞伎座舉行。那天,個子矮小的佐伯先生帶來的鵜原憲一,體態十分勻稱。禎子原本想,對方雖然已經三十六歲,可是畢竟是單身,應該會讓人覺得比較年輕一些,可是見到面後,鵜原憲一比她想像中還要老,可能是因爲顴骨稍微高了點的關係。不過平心而論,他那膚色淺黑的容貌,還是給人他就是三十六歲的印象。

初次見面的鵜原憲一給人的感覺並不活潑,與其說他是文靜,倒不如說他讓人感到沉重。但也不能單憑第一印象就這麼說,因爲他大大地出乎禎子的意料之外,是個相當爽朗的人。他有時會表情豐富地令人吃驚,禎子直覺地察覺到他複雜的一面。

「說到金澤,雖然我一次也沒去過,但那是個不錯的地方吧。」

吃飯的時候，禎子的母親向鵜原憲一問道。

「不，那裡是個窮極無聊的地方。一年到頭總是讓人感到不舒服，很沉悶。」

鵜原回答的口吻聽起來像是因爲工作的關係而不得不忍耐。他揮動著刀叉，視線老是落在盤子上，眉宇之間可以看出北陸的憂鬱氣質。

禎子一答應這門婚事，便馬上向工作至今的公司請辭。

2

結婚典禮在十一月的中旬舉行。

在那段期間，鵜原憲一向公司請了一個星期的假。在T會館舉行的結婚喜宴上，公司的董事兼營業部長前來參加婚禮，並說了如下的賀詞。

「——鵜原是個有爲的青年，也是本公司寄予很高期待的人。我知道這麼說大家可能覺得這只是形式上的祝詞，但還請諸位聽我說下去。再怎麼說我都是鵜原的上司，我這個上司在大家面前向各位保證，鵜原的薪水絕對有增無減，還請鵜原太太放心。而我說這不是形式上的祝詞是有原因的。」

聽到部長這麼說，客人們都露出了微笑。

「我是今天晚上才第一次見到新娘，這麼說也許有點失禮，但我可是對於新娘的知性美大感驚嘆。雖然我不是很清楚原因，可是我能了解鵜原爲了這一天而忍耐至今的道理了。誠如諸位所知，我們公司的業務，必須要說服客戶刊登廣告以得到業績，這是一種需要相當的耐性的工作。鵜原他爲了要娶到這樣的美嬌娘，而一直維持單身到今天，說不定就是受了我們公司的影響，這讓我有點自豪。」

來賓們邊笑邊聽著，低著頭的禎子，當然也聽進了這番話。當時禎子心不在焉地聽著老套的祝賀詞，但是到日後回想起來那是別有含意的。

鵜原憲一的雙親都過世了，不過他還有個住在青山的哥哥和嫂嫂。憲一的哥哥臉型圓潤豐滿，和憲一完全不同。他是貿易公司的經理，喜歡喝酒，有張娃娃臉。他的妻子——也就是禎子未來的嫂嫂，則身形瘦長，眼角有些向上吊。她的顴骨也很突出，會讓人誤會她和憲一是姊弟。

憲一原本住在青山的哥哥家，因爲和禎子結婚，而在澀谷租了一間新的公寓。那裡位處高地，從窗戶往外遙望，東京的城鎮看起來就像海一樣是下沉的。如果是街燈點亮的夜景，那就更美了。

由於從決定婚事到舉行婚禮過於匆促，禎子在相親之後一直沒有和鵜原憲一兩人單獨見過面。不過就算她想要約會，憲一多半的時間也在金澤，不在東京。禎子從以前就對結婚前的交往不抱持任何憧憬，憲一本人也沒有這個意願。禎子對於只在相親時看過一眼的憲一感到心滿意足。

當然，這離積極的喜歡還有點差距。首先，關於鵜原憲一這個人，禎子不了解的地方太多了。她只知道他在什麼樣的地方上班，做什麼樣的工作，和大哥夫妻同住——除此之外就一無所知了。不過，儘管只有這樣的概念，禎子還是覺得可以理解鵜原憲一。不單單是對鵜原憲一如此，所謂的結婚對象，其實不就是在對對方一知半解的狀態下結合的嗎？就女人而言，在對於對方的未知部分感到恐懼的同時，也感受到了對方的魅力。然後結婚之後，逐漸理解了未知的部分，恐懼也隨之消失，對方也就顯得平凡了，不是嗎？禎子是這麼想的。

關於蜜月旅行的地點，禎子希望能去北陸，或許也是因爲她想立刻瞭解鵜原憲一未知的部分。鵜原憲一在北陸工作，因而她有一種想要看看那塊土地的衝動。據說北邊的海洋有著陰鬱的天空和波濤洶湧的海浪，這股衝動潛藏在這樣的想像中。

相對於禎子的想法，媒人佐伯先生傳達了鵜原憲一的希望，他希望地點儘可能在熱海或箱根之類，或是更遠一點的關西地區。

「他說他實在是沒興致去北陸那裡，因爲都是平常看慣的景色吧。好不容易有這個機會，他想去更熱鬧一點的地方。」

聽到這番話的禎子，沒來由地想起在憲一的眉梢所看見的，像是憂鬱北國的陰暗氣氛。可是，禎子也不甘示弱。她不願意到箱根或關西，乾脆提出從信州繞到木曾，到名古屋後再回東京的方案。蜜月時期正是秋天楓紅正盛的時候。

雖然有像這樣的小爭執，但不論如何婚禮一結束，他們就從會場離開，照預定行程搭乘從新宿車站出發的二等火車。

他們抵達甲府時已是深夜，預先聯絡過的行李員已經在車站提著燈籠出來迎接。

行李員呼喚等在旁邊的車子，讓兩人上車，接著從外面關上車門，站在門外向他們鞠躬。禎子看著行李員，覺得自己被推向人生的歧路了。

旅館位在溫泉村裡面。如果在白天，從房間的寬廣庭院據說可以看見富士山的正面。此刻是晚上，昏暗中只看見附近的草坪和石頭而已。

鵜原憲一等女服務生一離開就靠近禎子，伸手摟著她的頸子，吸吮她的唇瓣。到目前爲止，即使在火車內，都表現得非常老成穩重的鵜原，突然讓禎子看見他年輕、熱情的一面。

「服務生馬上就會過來了。」

禎子逃開鵜原那像是永遠不放開的嘴唇後這麼說。實際上女服務生來的時候，鵜原像是要平息混亂的呼吸似地，往走廊沙發的方向走去。

服務生來通知浴池可以使用時，禎子主張兩人分開去洗澡。

「爲什麼？」鵜原像是半帶害怕似地問。

「只有這次。」

禎子覺得女服務生好像在拉門的陰影處豎起耳朵傾聽，所以小聲地回答。她的瞳孔非常漂亮，她有著無意識以這對美目討好地望著他人的習慣。

夜深時分，旅館大廳還有唱片的音樂響著。禎子邀請看起來不大情願的鵜原到大廳。一群年輕、二十來歲，像是公司員工的團體客人，分成好幾組男女，和著快拍子舞曲在跳舞。

禎子靠著牆壁站著看了一會兒，就向鵜原微笑說：「來跳舞吧。」

鵜原比她想像中還會跳舞。禎子在不斷變換歌曲的樂聲中和他共舞，同時也注意到自己在無意中拖延時間。

禎子第一次滲出了眼淚。

早上吃完早餐後，上午乘車前往昇仙峽。由於秋天楓紅正盛，許多賞楓的遊客把狹窄的道路擠得水泄不通，車子無法順利前進。

鵜原憲一看起來和昨天一樣完全沒變。他那張和三十六歲的年齡相稱的臉，表情很沉靜，肢體動作也很穩重，從外表看起來毫無變化。可是，禎子發現了到昨天為止她所不知道的鵜原憲一的一部分。只經過那麼一夜，未知的一角就崩塌了，關於這點或許禎子也相同。只因為這件事而自認為理解了對方大部分的事情，或許男人比女人還更容易有這種危險的想法。這種說法的證據是，大部分的男性都是一副放心的神情。

鵜原憲一也讓禎子看到了他安心的表情。什麼樣的安心呢？是確認了禎子的身體在過去沒有過經驗所以才安心吧？他的表情，漸漸有了身為丈夫的自覺。他的外貌看起來雖然和昨天的鵜原憲一沒有什麼不同，可是那分沉著冷靜透露出身為丈夫的驕傲。

「妳是第一次到昇仙峽嗎？」

鵜原邊盯著橫越溪流上方的楓葉，邊關心地詢問禎子。

「嗯。」禎子點頭。

「這樣啊，那眞是太好了。」丈夫很滿足地微笑點頭。

這種宛如在對小孩子說話的口吻，如果是以前的禎子，一定會感到強烈的厭惡。如今，不對，即使如今她也很排斥，可是因爲他是丈夫反而能夠容忍他那孩子氣的傲慢。禎子在不知不覺間，也有了爲人妻的自覺。在這個時候，如果能意識到彼此都在對對方撒嬌的話，那表示已經開始了新婚夫妻最初的親暱感情。

下午兩人坐火車離開甲府。八岳山腳下那長長的平原在右手邊的窗戶慢慢移動。鵜原憲一手肘倚靠著窗框，眺望著窗外風景。來到這裡，外面的山景更加枯黃，樹林也飄散著落葉。看著鵜原的側臉，那顴骨相當醒目，眼角附近那細細的皺紋好像很疲憊。禎子想到這個人已經三十六歲了。

無論怎樣長時間的親近，戀人的眼神和夫婦的眼神就是不一樣。禎子心想，此刻的自己以什麼樣的眼神凝視著鵜原呢？一想到在不知不覺間，自己從身體開始產生變化，就讓她感到害怕。

鵜原回應她的視線，回頭看她。

「怎麼了？」他問。口氣好像是注意到她在看自己。

「沒事。」禎子臉頰變得通紅。怎麼了？她覺得這種口吻好像也包含了指昨天晚上的意思。

火車越過信濃的邊界，在富士見一帶加速馬力奔馳。傾斜的高原上，紅色和藍色的屋頂以及白色牆壁的住家櫛比鱗次。

「好漂亮。」禎子小聲說道。

鵜原往她那邊瞄了一眼後，便馬上攤開橫放在膝蓋上折起來的週刊雜誌。可是，他不像在看書，反而是在思考其他的事。

過了一會兒，他把週刊雜誌放回原位，下定決心似地開口對禎子說話。

「妳原本希望這次的旅行去北陸，是嗎？」

鵜原點燃啣在嘴上的香菸，像是被煙霧薰到似地瞇起眼睛。

「是啊。」禎子點頭。「我這樣很任性吧？我只是想去那邊看看而已。」

「那邊的景色可沒有這邊漂亮喔。」

鵜原比較過禎子誇獎的富士見高原景色後這麼說，在那句話之後吐出一口煙霧。他的表達方式有著拒絕的意味，彷彿在說他眞的看膩了那邊的風景，所以他眞的不想去。他吐出的煙霧瀰漫在窗戶上，玻璃變得一片朦朧。玻璃窗外模糊的景色流逝著。

禎子試著揣想爲何鵜原如此討厭北陸。可是，那並非無法理解。那就是不希望蜜月旅行的地點，是自己平常工作地方的心情吧。鵜原在那裡已經待了兩年之久，每個月有二十天在金澤，另外十天在東京。這樣的情況下，他簡直就是金澤的當地人，因而禎子能夠了解鵜原想選擇別的地方作爲蜜月旅行之地的理由。哪怕箱根、熱海和關西同樣也是窮極無聊，但她也能理解他對寂寥的北陸風景反感的理由。

可是，鵜原憲一卻沒有考慮到妻子想看看丈夫工作地方的心情，不、與其說是考慮，還不如說是不知爲何不喜歡妻子這麼做。看起來完全是打從心裡敷衍這件事的他，突然讓人覺得很遙遠。

「妳是在都會中長大的，所以才會對北陸那陰沉憂鬱的幻影有所憧憬吧。」

大概是注意到了禎子不高興的表情，鵜原憲一的唇邊浮現微笑，好像在窺伺她似地說：

「不過呢，論詩情畫意，還是信濃和木曾這種山國才好啊。總之，北陸那邊不論哪個時候都可以去。下次就去那邊，好嗎？」

鶇原哄著妻子。禎子想起自己在孩提時代向母親吵著要買特殊的玩具，而母親哄騙她的樣子。

當左手邊可以看見諏訪湖寬闊的湖面時，鶇原站起來從棚架上拿取兩人的行李。禎子伸出手要接過來時，「沒關係，我來吧。」鶇原兩手提著行李說。

「不好意思。」禎子道，這同時也爲自己剛剛的任性道歉，但是鶇原是否了解就不得而知了。事實上，禎子雖然感覺到自己的任性，可是還是覺得兩人之間有隔閡，而且爲有這種感覺的自己感到很可憐。

即將下榻的旅館職員也前來上諏訪的車站迎接。

「要搭車子嗎？不過走路只要七八分鐘就到了。」旅館職員接過行李後問道。

「這個嘛，雖然走路也很快，可是既然有行李的話，還是坐車子好了。」

鶇原回答。他的語氣就像曾經來過這裡一樣。

旅館距離湖岸有一段距離。拉開窗戶也看不到湖，倒是狹小的庭院就在眼前。原本以爲可以看見湖的禎子有點失望。

「每個人都這麼說，說如果可以從這裡看見湖的話就太好了。」

女服務生邊倒茶邊說。房間其實還不錯。

「那，待會兒去湖那邊散步走走吧。」鶇原說道。

女服務生一離開房間，鵜原就走過來蹲在坐著的禎子身旁，和她接吻。鵜原的嘴唇很厚實，接吻方式相當激烈。現在的情況就和昨晚一樣。禎子為了不要讓身體倒下，單手撐在榻榻米上。儘管如此，鵜原還是沒有停下動作。

禎子至今不是沒有戀愛的經驗。可是，像這樣被男人的身體壓倒還是第一次。鵜原只有在公開場合時表現出冷靜穩重的樣子，在私密世界裡的行為，卻令禎子驚慌失措。她不是沒考慮過丈夫是三十六歲的男人，或者說，所謂的肌膚之親就是這麼激烈的行為嗎？這點她從未想過。可是，對於這件事也沒有不高興的理由……

接近傍晚時分，湖面的水色幽黯沉鬱。風吹起波浪，柳樹在岸邊搖晃著無葉的枝條。遊覽船還周遊在湖面上，甚至站在岸邊都還可以聽到船上擴音器的導覽說明。層層重疊的雲朵橫向伸展著，從那薄薄的空隙之間穿過的陽光，形成明亮的線條落下大地。就連那光線也正逐漸消解為白色的光芒。

低矮山峰青黑色的稜線，在雲端下連綿不絕地向遠方伸展。

鵜原憲一指著正對面的稜線連接處，對禎子說明：

「那個是天龍川的出口，這邊的高山是塩尻頂，中間本來可以看見穗高山和槍山，可是今天被雲遮住所以看不見。」

塩尻頂頂端也是雲垂低籠。禎子凝視著重重堆疊的雲朵。漆黑的雲層面積比諏訪湖還要大，覆蓋著湖面。

雲層延伸的另一端就是北陸。失去光線的雲的顏色，象徵著陰暗憂鬱的北國。她不知道北陸距離有十里還是二十里遠，但那裡有著低矮屋頂遍布的城鎮、平原、以及怒濤洶湧的大海。禎子想像著那裡形形色色的風景，想像一個月有二十天在那裡生活的丈夫的模樣。

「妳在看什麼？」那個心中所想的丈夫開口。他目不轉睛地看著她，就像在窺伺禎子的內心。

「在這種地方站太久會感冒的。來，回旅館去吧。回去後洗個澡。」

鵜原背對自己邁開步伐。禎子也沒有表示什麼。狹小的浴室裡有著明亮的照明，透過清澈的熱水，可以直接看到浴池的底部。因爲那明亮到令人覺得壞心眼的燈光，禎子在熱水中縮成一團。

鵜原把頭髮弄濕，凌亂的頭髮從額頭上垂下，然而頭髮下的眼睛，卻炯炯有神地看著妻子。

「妳有一副年輕的軀體呢。」丈夫很滿足似地說。

「討厭，才沒那麼回事。」禎子退到角落。

「不，是眞的，好漂亮的身體。」丈夫再次稱讚。

禎子邊遮著臉，邊在心裡想著丈夫是不是拿自己的身體和他人比較。是注意到了三十六歲和二十六歲之間那整整十歲的差距嗎？可是，丈夫不論是眼神還是口氣，都沒有一點羨慕的樣子。禎子初次注意到，他是拿自己和過去的女人比較，他的口吻就是如此。關於丈夫的過去，禎子一無所知。禎子心想，從今以後她所不了解的丈夫的地方一定會逐漸融解開來，可是只有他的過去，他會留到最後吧。

吃過晚餐，喝完茶之後，禎子說道：

「剛剛在看湖的時候，我想到了北陸。」

禎子想起了那個時候丈夫看著自己的眼神，或許他注意到了自己在想些什麼。

「噢，所以妳才一直往那個方向看啊。」他輕描淡寫地說。

「如果妳真的那麼想看的話，我一定會帶妳去玩一趟的。不過要等到我工作告一段落才行。」

接著丈夫盤腿後說道：「這次我應該可以被調回東京的總公司，這樣的話我就不用再去金澤了。」

「我聽佐伯先生說過這件事，不過會這麼快嗎？」禎子雙眼圓睜。

「是啊。這次旅行結束回到東京後，我可能就會接到調職令。嗯，這樣的話，下次去金澤就是我最後一次在那裡工作了。」

「你在那工作很久了嗎？」

「整整兩年。現在回頭看看，時間過得好快啊。」

丈夫啣著香菸吐出煙霧，像是被煙霧薰到眼睛似地皺起眉頭。和禎子在火車上看到的是同樣的表情。不一樣的是，他那茫然的表情似乎在思考其他的事。

或許是有宴會，別的房間傳來三味線的聲音和歌聲。

丈夫站起身。

「我累了。」說完他俯視著禎子，然後突然靠到她身邊並緊抱住她。

「我喜歡妳。」他重複說了好幾次。

「妳的嘴唇真柔軟，就像棉花糖一樣。」

丈夫玩弄了妻子的唇瓣後這麼說。禎子又再次覺得自己被拿來和他以前的某個女人做比較。

回到東京的一個星期後，禎子到上野車站替要出發到金澤的丈夫送行。

夜晚的車站駢肩雜遝，相當熱鬧。

就如丈夫所說，他已接到調職令要他回總公司工作，所以必須和繼任者兩人一起去金澤處理交接的事務。繼任者比丈夫還年輕。

「我叫做本多良雄。這次眞是恭喜你們了。」

他向禎子寒暄道。她本來以爲他在說他們結婚的事，接著才意識到他指的是丈夫榮昇。他是個眼睛圓圓，眉毛很濃的青年。

丈夫昨晚說，因爲工作交接和整理行李等事務，所以大概要一個星期後才會回來。

要通過剪票口時，丈夫跑去車站的小商店買禮物，手上拿著大約五包海苔和蛋糕等東西回來。

「這是最後一次去金澤了，那邊認識的人都得去打聲招呼才行。」丈夫對禎子說。禎子微笑點頭，心中卻想著如果眞是那樣，爲何要在車站的小商店買，先跟我說的話，我昨天就可以去百貨公司幫他買啊。

火車開動之前，他們三人就站在月台上聊天。不過，本多識相地拿著像是威士忌的小酒瓶先上車了。車廂內燈火通明，那些許的華麗，就像女人做好外出前的打扮後在等待著。

「已經蠻晚了，回去的路上小心一點，下了電車後就搭計程車回家吧。」丈夫細心叮嚀。

「嗯，我會等你早日回來的。」禎子說完再附加一句。「下次，我也可以搭這班火車去嗎？」

「嗯。」丈夫笑著，眉頭卻微微靠攏起來。

「明年夏天吧。我休假的時候。」火車發動的鈴聲響起，他轉身進入車廂裡。

丈夫和本多良雄的臉湊在窗前，兩人都對著禎子露出笑容。他們揮著手，那兩張臉不久就被火車帶走了。

禎子一直佇立在那裡，直到週遭的人都離開了，她還眺望著陰暗鐵軌的另一頭。號誌燈的小小紅光和綠光孤伶伶地在黑暗的角落閃爍。禎子突然感到一陣空虛。啊，這就是夫妻之間的感情嗎？她第一次這麼想。

那也是禎子最後一次看到丈夫鵜原憲一的身影。

2 CHAPTER

第二章

失蹤

1

禎子每天都無聊地待在公寓裡，等出差的丈夫鵜原憲一回家。

丈夫說一個星期就會回來，但一星期的日子說長不長，說短不短。難熬的是必須一人靜靜地待在公寓裡，就像等待早出晚歸的丈夫。

狹小的公寓裡，丈夫和自己的行李雜亂地放在地上，但彼此間的物品似乎又顯得格格不入。丈夫對他的物品有自己的處理方式，她也一樣，所以只能任憑行李占據公寓的空間。禎子覺得他們還不是夫妻，只是形式上的夫妻。

其實，她覺得自己還沒擁有鵜原憲一，所謂擁有就是完全了解丈夫的一切。事實上，她對丈夫幾乎一無所知。雖然有著夫妻之間的互動，可是她對丈夫的陌生感受卻有如鴻溝般橫跨在她眼前。

或許等到他回來就不會有這種困擾了。因爲每天都會生活在一起，丈夫的一切自然會顯露出來，而丈夫也會知曉自己的一切，那麼他們便會互相了解，然後一起生活個十幾二十年，變成世人口中的夫妻了。

某一天，禎子去拜訪丈夫的哥哥。大哥住在青山的南町，要經過下坡路才會到那由矮小圍牆環繞的屋子。

「歡迎歡迎！」

這天是星期天，所以大哥在家。他的娃娃臉上滿是笑意，盤腿坐在妻子身邊。

「如何？家裡安頓好了嗎？」大哥把五歲的孩子抱到膝蓋上。

「沒有，行李還放在房裡，完全沒有收拾呢。」

禎子看著大哥和嫂嫂，以及夾在他們中間的孩子。啊，這才叫夫妻。夫妻就應該要像他們那樣，互相表現出對方不為人知的一面。

「這樣啊。畢竟你們蜜月旅行一結束，憲一就留下妳出差去了。可是等他回來，你們就會開始眞正的夫妻生活了。」嫂嫂凝視著禎子說道。

「憲一什麼時候從金澤回來？」大哥問道。

「他說一個星期後就會回來，還剩下三天。」

「那就好，他說過想調回來。之前上級要他留在東京，但他好像都拒絕了。」

這時，女傭端茶進來，嫂嫂便招呼大家喝茶。

「可能是東京的生活太無聊了，」大哥接續剛剛的話題。

「不過，像憲一那樣在金澤過個二十天，另外十天在東京生活也不錯。」

「看你很羨慕的樣子，可是那種生活也只有在單身時才能享受吧。」嫂嫂看著大哥的側臉說。

「沒錯。既然結婚了，就應該爲了家庭安定下來。」大哥馬上做了肯定的答覆。

「是這樣嗎？你剛剛不是還很羨慕憲一的生活嗎？」嫂嫂依然緊咬大哥不放。

「這樣就不必爲通宵打麻將找藉口了，不是嗎？」

「別在禎子面前抖出我的糗事嘛。」看著大哥不好意思的表情，禎子忍不住笑了出來。

「男人總有交際應酬嘛。可是話說回來啊……」大哥繼續剛剛的話題。

「男人只要家庭生活過久了，就會想要呼吸外面的空氣。有本外國小說就是描寫有個四十歲的男人，想說錢也賺夠了，小孩子也長大不用操心了，於是就離家出走去追求他想要的生活。不過我也不是不能了解那種心情。」

「如果只是外國小說的情節就好囉。現實中眞這麼做，那個被抛下的妻子才可憐呢。」

「不過那也是全天下男人的心願啊，只是現實中很少有這種有勇氣的人。」

「男人啊，心裡都有個惡魔。」嫂嫂把目光移到禎子身上。

「憲一是個老實人，妳不用擔心。」

「嗯！他結婚後眞的有點改變了。」大哥誇張地說道：「他單身的時候也從沒有過桃色問題，在現今的社會上是個少見的人哪。」

「所以禎子，妳放心吧。」嫂嫂邊笑邊說。

「我們給妳做擔保，憲一絕不是那種把家當旅館的人。我覺得他是很疼老婆的人。」

禎子離開了大哥家，回程時順道去了娘家一趟。

「三天後他回來的話，你們夫妻倆記得要回家來坐坐。」母親說。

「他跟妳聯絡了嗎？比如說寫信之類的。」

「沒有，還沒呢。」

母親想了想，忽然併攏雙膝，壓低聲音問：「妳覺得憲一人怎麼樣啊？」

母親對於憲一到了三十六歲還單身這件事始終有點不安。

「嗯，他人比想像中還要好。」禎子回答。

雖然還很不了解丈夫，可是這種情況下也只能這麼說了。

「這樣啊，那就好。反正下次你們夫妻一塊回來家裡坐坐，這段時間妳獨自在家要小心喔。」

母親嘴上說著要他們一塊來坐坐，其實是想藉機好好觀察憲一吧。

才剛回到公寓，憲一的明信片就寄來了，是印有佐渡民俗舞蹈的彩色風景明信片。

「因爲交接工作的緣故，我必須帶本多去熟悉相關人事，可能會比預定的時間晚回去，大概十二日會回家。行李這樣放著雖然很麻煩，可是還是請妳等到我回去再整理。」

明信片上是工整的鋼筆字跡，這是禎子第一次看到鵜原憲一的筆跡，上頭的郵戳是金澤郵局的戳印。

行李放著雖然很麻煩，可是憲一說還是等到他回來再整理，也就是不要禎子整理。雖然禎子覺得他的意思是指女人家一個人整理會很辛苦，還是等他回來再一起整理會比較輕鬆，可是她總覺得還有其他的意思。或許是自己太多慮了，可能是因爲還不太了解丈夫吧。

禎子靠到窗戶邊。窗外的風景還是沒變，東京城鎮依舊位在低矮的地方，像海一樣地廣闊無垠。天空沉甸甸地壓住城鎮，讓整個城鎮往下沉。

如果憲一能早點回來就好了，在這種時候，禎子就會有這種近乎渴望的想法。如果能夠和丈夫在一起的話，就不會像此刻這樣不知該如何是好了。

在蜜月旅行時所感受到關於憲一的回憶，已經逐漸變得淡薄了。不知道什麼時候起憲一的言語和帶著愛意的行爲變得模糊了，就和他不在這裡是一樣的。禎子覺得身邊呈現眞空狀態，連關於他的一切體驗，彷彿都消失在那片眞空地帶之中。

明天，憲一就會結束出差回來。這一天，禎子打開了他的書櫃，全部都從行李中拿出來後就沒整理過，裡面雜亂地放了十二、三本書，幾乎都是經濟相關的書籍。其中有三、四本是原文書，完全沒有文學書，令禎子感到很無聊。

她抱著隨意複習英文的心情拿出一本原文書，不過並不是她所以爲的經濟學書，而是法律書。另一本也是刑法相關的書籍，和旁邊的經濟學顯得有點不協調。還有，經濟學的書沒什麼被翻閱的痕跡，可是這幾本刑法的原文書，卻被翻得髒兮兮，像是曾放在舊書店的書架上，裡面還有用紅筆畫線的記號。

他是爲了什麼而用功？禎子猜不出來。或許鵜原憲一以前曾打算要當法官或律師。這麼說來，她才注意到自己對憲一的事可以說是一無所知。只聽說他換過很多種工作後才在現在的公司定下來，可是，她完全不知道他經歷過哪些工作？不知道這種說法或許有點奇怪，其實就是她沒有問，丈夫也就保持沉默。再怎麼說，他們結婚之後相處的日子太少了。

不過，這世上的夫妻之間，妻子不都是對丈夫婚前的職業意外地冷淡嗎？關心的重點應該要以結婚之後的事爲主才對。丈夫的過去，只要不會對現在造成影響，妻子就能安心而不去在意。

禎子看不懂原文書上冗長的單字，正想把書闔上時，發現有一張像是卡片的東西正好夾在裡面的書皮和最後一頁。只不過那不是卡片，而是兩張照片。

該說是風景照嗎？兩張照片都以房子爲主題，其中一張的房子相當氣派，和它相比，另一張的就只是破舊寒酸的民宅。氣派的房子有一道長長的圍牆，裡面樹叢茂密，從樹叢之間可以看見二樓式洋房建築的一部分。因爲有那些樹叢，所以看不見附近的屋頂，背景也看不到山，給人東京住宅區的印象。另一張很明顯是在北陸拍的。入口狹小，屋簷很深，像是格子窗的方格木條鑲嵌在房子的外側。季節像是秋天，房子旁邊的柿子樹所伸展的枝椏上掛著圓潤的果實。這房子不是從正面拍攝的，而是從側面拍的，可以看到房子旁邊的遠景是山。可是那只是照片裡的一小部分，所謂的山，也只不過是其中一部分而已。這兩張照片都沒有人物和動物點綴，而且看起來都是在很久以前拍的。不過兩相比較，破舊房子的那張照片應該年代更久遠，氣派房屋的這張比較新。

這是所謂以藝術手法拍攝的作品嗎？然而拍攝者卻又不懂情趣。如果是藝術照，應該會拍房子有趣的地方。姑且不論民宅那張照片，氣派的房子照片並沒有任何奇特之處，是那種在東京住宅區隨處可見的建築物。禎子直覺拍攝這兩張照片的人就是憲一。

禎子把照片翻過來看，背面有可能是照相館用鉛筆所標註的記號。氣派房屋的那張照片寫35，民宅那張寫21，字跡非常潦草。

禎子把照片依原來的樣子夾起來，將書放回書櫃，可是思緒卻無法離開那兩張照片。

第二天丈夫並沒有回來。禎子去市場購物，準備好慶祝的菜色後等待丈夫歸來。可是到了夕陽西下時分，大門的門扉還是沒有打開。

他是從金澤回來的，所以大概是搭乘夜車，那麼抵達上野時已經是早上了，那時候才回家是很正常的，不過他會不會先去公司了？若是如此那麼傍晚就會回來了吧，禎子心裡這麼想，可是都晚上了，丈夫卻連個影子都沒有。那天，禎子很晚才上床睡覺，一個人孤枕入眠。

2

第二天早上，禎子打電話到丈夫的公司去，詢問總機人員鵜原是否已經回來上班。總機請她稍等後放下話筒，很快又重新拿起話筒問：

「您是哪一位？」

「我是鵜原的家人。」禎子回答。

「這樣啊，鵜原先生還在出差沒回來喔。」總機人員如此回答。

禎子回到公寓，心想丈夫還在出差，可是這已經比預定的時間還要晚了兩天。禎子覺得自己打電話去公司詢問鵜原的狀況是給他們添麻煩。

那一整天，禎子心裡一直無法平靜下來。

傍晚時，隔壁鄰居家前面傳來皮鞋踩在地面的聲音，樓梯間忽然變得熱鬧了起來。禎子看看時鐘，已經六點了，外面傳來總是準時回家的丈夫和家人之間互動的聲響。

敲門聲響起時，禎子以爲是隔壁鄰居家的聲音，可是自己家裡的大門又再度響起了清晰的敲門聲。禎子走到門口打開門。門外的人不是丈夫憲一。一名陌生的中年男子站在那裡，手裡拿著一頂帽子，身上的衣著還挺好的。

「請問是鵜原太太嗎？」

「是的。」禎子吸了一口氣後回答。中年男子遞出名片，上面印著丈夫的公司名稱，職位是課長，名字是橫田英夫。

禎子脫下圍裙並向來客鞠躬，邀請他進到屋內來，可是胸口卻猛烈跳動，那悸動甚至都傳到指尖了。

橫田課長以殷勤的態度進到屋裡寒暄後，就拿出香菸點燃，邊吸菸邊講些沒有內容的話，禎子坐在他的對面微笑著。閒聊漫談是要進入重要話題前的禮儀，禎子的呼吸一時還無法平復。

課長把香菸捺熄在菸灰缸中後，才說出他來訪的目的。

「夫人有收到鵜原寄給妳的信件嗎？」

他的口氣十分平穩，但禎子覺得她的預感成真了。她站起身，去拿丈夫寄給她的風景明信片。明信片彷彿要從指間滑落。

「雖然有點失禮，但請讓我拜讀一下。」

課長陪了個不是後便拿起明信片來看，他的視線隨著文字而移動。禎子目不轉睛地看著他。

課長取出筆記本，用鉛筆在上面寫了些東西。禎子想他大概是記下明信片上面丈夫說預定要回來的日期，也就是十二日那一天。接著課長把明信片翻過來看著郵戳，也把它記錄在筆記本上。

「非常感謝妳。」課長道謝後將明信片遞回來。

「請問，我先生還要再出差多久呢？」

禎子提出的疑問其實是在試探，或者說，她急著早點引出對方的眞意。

「這個嘛……」課長眼神有點迷濛，併攏著的雙膝也微微動了一下。

「我想鵜原應該是照這張明信片上所說的那樣，在十一日晚上搭上了從金澤出發的火車。」禎子屏住氣息，一時之間說不出話來。

「可是，今天已經是十四日了，他卻還沒來公司上班。爲求謹愼，我們打電話到他在金澤出差的地方詢問，可是本多，就是鵜原的繼任者，卻說鵜原在十一日晚上應該就出發了。」

應該就出發了？這是指他們不確定丈夫是不是確實出發了嗎？禎子心裡這麼想，不過沒有把她的疑惑說出來。

「我們以爲……」課長繼續說道：「鵜原一抵達上野，就立刻回家了。在那之後，他因爲某個理由，嗯，例如因爲搬新家，總是要整理收拾物品，因此我們就想他大概就休息到今天吧。」

課長的眼神流露出些許的緊張，一定是因爲他原本想說新婚卻又覺得不妥，所以改用搬新家這個字眼。

「可是，儘管如此，我們還是覺得他兩天都沒有和公司聯絡實在很奇怪，其實，我們也想過要派人到府訪問。可是那天下午您主動打電話到我們公司，於是我們立刻又打一次電話到金澤的辦事處，但本多的回答還是一樣，鵜原已經不在那兒了。因此，我們認爲他可能是在回程途中想去拜訪和我們公司有往來的客戶，這點我們也用電話詢問過了，可是他都沒去……如此一來，夫人您覺得呢？鵜原可能去哪了？」課長彷彿在窺探禎子的反應。
「這點我毫無頭緒。」
禎子低頭回答，心中卻忙著搜尋著丈夫可能去的地方。他或許去了大哥家，但她立刻就打消了這個念頭。
「會不會去親戚或是朋友那邊了？」
禎子對丈夫認識的人和朋友完全沒有概念。就算丈夫眞的去了親戚或朋友家，也不可能到今天都還沒和公司聯絡，她覺得這種可能性也不高。
「我想不到他會去哪裡。只是……」
禎子開口回答，並且表示自己應該去大哥家問個清楚。課長也說請務必問問看。
禎子走到管理員室打電話。下樓梯的時候，她覺得自己的雙腳彷彿飄浮在半空中。
是嫂嫂接的電話。
「憲一還沒從出差的地方回家，可是他應該前天就回來了才對。他也沒有去公司，所以公司派了課長先生來拜訪。」
禎子爲了不讓管理員聽見內容，用手遮著話筒說話。
「憲一有去你們那邊打擾嗎？」
「沒有喔，他根本沒來。眞奇怪哪。」嫂嫂回答。
「他會到哪裡去了？會不會是去找哪個認識的人了？」嫂嫂說的話和課長一模一樣。

「這點我不太清楚。大哥認不認識憲一的朋友呢？」

「也對，我現在就打電話到他公司去問問看。不過，妳也不要太擔心了。說不定憲一明天早上就突然回家了。」

說是這麼說，可是禎子聽得出來嫂嫂的聲音也不很確定。

課長回去後，大哥就打電話過來，告訴她憲一不在他所知道的任何地方。

禎子離開管理員室，上樓梯時腦海裡突然浮現原文書裡那兩張照片，那是毫無根據的聯想。

3

第二天中午時分，公司打電話給禎子。

「請問夫人，鵜原他回家了嗎？」

對方表示他是昨天來拜訪過的橫田課長後，就這麼詢問。

「不，還沒有。」

「這樣子啊。」課長稍微提高音調說道：「其實我們公司打算今晚派個人去金澤那邊調查看看。所以，如果夫人願意，要不要一起去？搭乘夜車的話，早上就會到金澤了。」

所謂公司派人去調查是什麼意思？禎子感到一股難以言喻的壓迫感。

「請問憲一是不是給貴公司添麻煩了呢？」

「添麻煩？」

「例如，在金錢方面的……」

「不，絕對沒有這回事。我們只是以公司的立場，擔心鵜原他爲何在預定回來之後的這三天都沒有和任何人聯絡。因此，我們認爲不要光以電話和金澤聯繫，最好派人到當地去確認看看而已。我想夫人可能也有同樣的想法，所以才來問問您。如果您也這麼想的話，要不要一起去金澤呢？」

「我跟你們一起去。」

禎子立刻回答。若是丈夫沒有寄給她那張上頭寫著要在十二日回家的風景明信片的話，她可能不會馬上回答。丈夫行蹤不明，而身爲妻子的禎子直覺認爲他不是基於自己的意志行動，而是有股外力導致他的失蹤。

課長告知禎子今晚預定要搭乘的火車時刻後，就結束了談話。

禎子掛斷電話之後，接到了大哥詢問狀況的電話。

「憲一還沒回家嗎？」

「還沒回來。」

「眞是讓人傷腦筋的傢伙。」

大哥咋舌道。禎子轉達公司剛剛來電的內容，大哥似乎因此體會到事態已經非常嚴重。

「看來我也必須去一趟才行，可是眞不湊巧，我手邊剛好有無法丟下的工作哪……」大哥的聲音聽起來相當猶豫。

「那麼大哥您就先去忙吧。我會去金澤一趟，過幾天我再把大概的狀況跟您說好了。」

聽到禎子這麼說，大哥回答，「就這麼辦吧，那麼拜託妳了。」之後他就掛斷了電話。

禎子回到房裡，心中的悸動已經沒有那麼高漲。窗外的住宅之海起起伏伏。廣闊的天空裡，散布著很多薄薄的看起來很寒冷的雲。雲的顏色依明亮度分成好幾層，就像牆壁般地延伸擴展。禎子想起了在諏訪湖所看見的北方的雲朵。

在準備行李的時候，禎子抽起夾在原文書裡的兩張照片，放在行李箱的底層。

在上野車站，有名瘦削的中年男子在剪票口的地方等著和禎子會合。

「是鵜原先生的太太嗎？」

他問。他和憲一是同一課的人，看起來沒什麼風采，其貌不揚。

他讓禎子看了看車票，自顧自地說完是有座位的車票後，就啪搭啪搭地先走進月台了。

他們的座位在二等車廂的一端。

「敝姓青木。這次眞是讓夫人擔心了。」他對禎子說道：「金澤那邊有本多在，所以我想在當地調查的話應該可以知道更詳細的情況。本多今天就到金澤警署詢問了，不過聽說這四、五天裡，並沒有發現身分不明且意外身亡的遺體。」青木嘰嘰喳喳地說著。

禎子把到嘴邊的話吞了下去。沒有發現身分不明且意外身亡的遺體。

——青木一定是想讓禎子安心才這麼說，可是，禎子的胸口卻一陣悸動。

事態已經嚴重到這種地步了嗎？在自己毫不知情的時候，丈夫的身體起了劇烈的變化。丈夫漂流進一片漆黑，遙不可及的地方去了。禎子終於領悟到自己之前的想法是多麼天真，接著她意識到自己的指尖在顫抖。

禎子的目光始終炯炯有神，青木則老早就雙手抱胸睡著了。

深沉的黑暗在窗外疾馳而過，有時候，微薄的燈光宛如浮在河川上般地流淌。只有在穿過山與山之間的時候，才能看見天上的星星。

沼田、水上、大澤、六日町這些站名在寂寞的燈光中過去了。

列車逐漸接近北陸。禎子怎麼也想像不到，自己竟然是抱著這種心情來到憧憬的北國。她根本毫無睡意。

在清晨的黑暗之中，火車抵達了直江津。把藍色的百葉窗拉起來往外看的話，可以看見窗外那疏落遙遠、冷冰冰的燈火。從陰鬱的玻璃窗看去，那燈火緩緩移動著。

4

由於身旁的身體移動，禎子睜開了眼睛。

「不好意思。」

青木拿著盥洗用具從座位上站起來。禎子這才發現原來自己睡著了，她看著外面蒼白的光線射進車內。

車上的乘客陸陸續續地拉開百葉窗，只見一道道白色光芒斜斜地照進車廂內。禎子也拉起繩子，唰地一聲百葉窗跳起，呈現出窗外流動的風景。

雪在流動著。以陽光還未照射到的淺藍色天際爲背景，雪堆濕潤地膨脹著。樹木的黑色線條埋在雪堆裡面。低矮的屋簷底下，流洩出散發著貧窮氣氛的燈光。不知何處有人在焚燒野草或落葉，火焰鮮明。天空是陰鬱的，被像是煙燻過的灰色封閉著。

（這就是北國。）

禎子像是要讓腦袋清醒般地努力思考。今年東京沒有下雪，來到這裡不只是忽然看見雪，無論是樹木的模樣、民宅的屋頂，都是必須越過山脈後，來到北方才能看到的景色。昏暗的晨光適度地讓人看見這荒涼，禎子看看手表，已經快八點了。

青木從洗手間回來了。他抓著窗框看著外面，對禎子說：

「就要到了呢。」

在這中年人的瘦削臉頰上，鬍子雜亂地生長著。

禎子面向洗手間裡骯髒的鏡子化妝。車身的搖晃令她左搖右晃，這種重心不穩的狀況，就像胸口的顫抖一樣，是一種不安。由於皮膚乾燥，無法順利上妝。她心裡想著自己是在何時睡著的？她的記憶只到富山車站的燈號就沒了。

回到座位時，青木正在抽菸。禎子對這名像是在途中才相鄰而坐，毫無親切感的男子，重新道一次早安。

黑色的海出現在遠方。日本海是條比想像中還要狹窄的線，因爲海的對面有坡度和緩的山脈延伸過去。只有山上的雪從灰色的天空中露出了獠牙般的雪白顏色。

「那是能登半島。」青木自顧自地說明。

那就是能登半島？像是手掌一樣突出海面的地圖浮現在禎子的腦海裡。可是，能登半島的山，卻和地圖上的形狀完全不一樣，如此平緩。輪島、七尾——禎子的腦海中只留下這些在小學所學到的地名。

就在禎子眺望著遠山一點一點地移動時，她突然想到一件事。

「鵜原會因爲工作而到能登半島去嗎？」

青木把香菸拿下，說道：「這個嘛，」他眨了眨眼角皺紋很多的雙眼。

「我不太清楚，可是我記得能登好像沒有我們的客戶。」

所以不會因爲工作去那裡的，青木用懶洋洋的口氣回答。或許吧，看著令人只覺得冷冰冰的山，連禎子都覺得在這個突出於日本海的半島上，只有寂寥的漁村零星散布其中。

看不見海後，取而代之的是雪地上的黑色住家逐漸增加了。火車在這裡停下來，頭上裹著黑色毛毯的人們在軌道附近的道路上行走。這一站是「津幡」。

「下一站就是金澤了。」

因爲即將下車，青木的臉上出現了些許的活力。這麼說來，這個男人從上野車站上車之後，就一直是一副想睡的表情。

車廂內的乘客們開始整理行李，那股慌亂感彷彿要追趕禎子到命中注定的地方去似的。她的胸口還是騷動不安，之前好像也有過這種感覺。對了，是蜜月旅行的第一天，在甲府車站前坐進要前往旅館的轎車內，旅館職員替他們關上車門後，車子發動時所體會到的感覺，和如今這股慌亂感很類似。

火車減慢速度，緩緩滑進月台。偌大的火車站給禎子一股沉重的壓迫感，擠滿了人的月台像碼頭一樣。

青木伸個懶腰後就先走向出口去了。他立起外套領子時，禎子沒有勇氣幫他拍掉上面的菸灰。

「喲。」

步下月台時，青木發出了讓禎子嚇一跳的聲音。越過他的肩膀看過去，出現了一名氣色不錯的男人，禎子覺得對方的濃眉大眼很眼熟。那是在上野車站送丈夫鵜原憲一最後一程時，以繼任者的身分一起去金澤的本多良雄。

「辛苦你們了。」本多良雄看著禎子，圓滾滾的眼裡滿是笑意。

「昨天晚上，在火車車廂裡很難睡得好吧？」

禎子向本多鞠躬。「讓你一大早來接我們，眞是非常過意不去。」禎子話才說到一半就停住了，她原本想要爲丈夫的事情致歉。

「喂，」青木對本多說：「鵜原的事情，後來你有什麼消息嗎？」

青木大聲嚷嚷著，可是本多良雄只是微微搖搖頭，沒有回話。後來，他趁雙方都沒有開口時，對禎子說道：

「我們這裡昨天下了一整天的雪。因爲這場暴風雪，現在外面一片混亂。」

說完，本多慢慢地邁開步伐。禎子由此感覺到他纖細的關心。

他們在車站前招了一部計程車。廣場上的雪被剷開推到旁邊。從沉重的雲朵裂縫裡，陽光流洩而出。在那光芒之下，早晨的金澤城鎮在眼前展開。寬大的寺廟屋簷從正面就能看得一清二楚。

辦事處位在繁華街道旁邊的巷弄裡，在賣九谷燒的店的二樓，是租來的。以赤紅和金色彩繪的唐獅子和壺陳列在店內，那是家華麗但外觀古老的店。上了樓梯，約十個榻榻米大的房間裡排放著四張事務桌椅，桌上排放著帳簿等物品；這是間把普通的日式房間改裝成辦事處的辦公室。

「這裡是鵜原先生的位子。」

本多良雄指著窗戶邊，現在是屬於他自己的桌子。可能因爲主任使用，那張桌子比其他的桌子稍微大了一點。禎子想像著，有兩年的時間都在這張桌子上看著帳簿寫著信件的丈夫姿態。

這時候還是一大早，辦事處除了本多、青木和禎子之外，沒有其他人。青木就這樣穿著大衣，彷彿很冷似地直挺挺站著。

「抽屜裡面都是鵜原先生的東西，」本多說道：「我完全沒有整理。話雖這麼說，可是幾乎都是公用的東西，爲了方便，我姑且把它們集中起來放在這裡。」

他把桌子最下面的抽屜打開。禎子往下看，卻只看到一些像是記帳單的東西。

「所謂的工作還沒整理好就是這樣，夫人。」本多對禎子投以安慰的微笑後，說：「鵜原先生應該打算再回來這裡。」

禎子因爲本多說的話而想通了。那麼，丈夫不是從金澤直接回東京？雖然她的確從公司的課長那聽說過這件事情。

「本多，」青木挪近空著的椅子斜靠在上面坐著。「你和鵜原最後一次見面，是在這裡嗎？」

「關於這點必須也請夫人聽聽，我現在開始說明。」本多良雄說道。從窗戶照射進來的陽光，漸漸變得明亮起來。

「鵜原先生曾說過要在十二月十一日的晚上出發。我想他大概打算坐晚上八點二十分從金澤出發回東京的『北陸』快車，所以我說要到車站去送行。鵜原先生卻說不用，他並沒有要那天回去。因爲他在高岡還有別的事要辦，所以第二天早上，他還會再回到這裡一趟，晚上才出發。如果要送行的話，就那時候再送吧。因此三點多的時候，鵜原先生就從辦事處一個人走了。」

「高岡？」青木問：「那是什麼要緊的事？是公司的工作嗎？」

「不，我們在高岡並沒有任何客戶。所以我想大概是私人事情，因此沒有進一步追問。夫人，鵜原先生在高岡有沒有認識的人呢？」

「沒有，我沒聽他說過。」

禎子這麼回答道，可是丈夫或許眞的在那裡有朋友，只是他們結婚之後在一起的日子太少，她沒有問過罷了。她感覺到自己此時立場的薄弱。

「這樣子啊。」本多點頭，是種了解禎子想法的點頭方式。

「我想鵜原先生隔天會回來，所以就等他。他也留下了爲數不多但還未整理的文件。可是，第二天，也就是十二日那一天，我從早上開始等，卻完全沒有看見他現身，下午也沒見他回來。因爲隔天他也沒來，我想他大概是從高岡直接回去東京了。雖然說他還留下一些未整理過的文件，不過也沒什麼大不了，即使沒有問鵜原先生，我們也能解決。所以，過了四天後，當我接到東京總公司打來詢問的電話，問我鵜原先生還沒回公司、發生了什麼事時，我眞的嚇了一大跳。」

「喂，」青木開口。似乎是因爲本多只對著著禎子說話，引起了他些許的不滿。

「那麼，你在電話裡向總公司報告，鵜原在十一日就從金澤出發回東京這件事，必須做個修正吧。也就是說，他十一日在高岡有事，去了那裡，可是又預定十二日要回金澤一趟。所以正確來說，鵜原應該是十二日的晚上出發回東京才對。而你的說法是鵜原在十一日傍晚去了高岡後就沒有回金澤，你猜想他可能就這樣回東京了，因此你才會說他是在十一日晚上出發，對吧？」

「就像你說的那樣，我會這麼想也是無可厚非的。」

本多回答青木的質問。事實上，青木的質問也是禎子從剛剛就一直感到疑惑的地方，所以本多回答的同時也是答覆了禎子。

「高岡嗎？鵜原說他有事去了那裡。夫人心裡有譜嗎？」青木轉向禎子。

「不，我一點頭緒都沒有。」禎子再次否認。

「鵜原從以前就常去高岡那裡嗎？」青木將眼神轉回本多身上。

「這個嘛，我也是剛來，所以不太清楚。可是我問過從以前就待在這裡的職員，他說從來沒人聽過。」
「眞是奇怪啊。」
青木側首不解。禎子也覺得很不可思議。丈夫在離開任職兩年的地方前，究竟要去高岡處理什麼事情？
「你和鵜原在工作上的交接已經完全結束，也就是說，他已經帶你去拜訪過各地所有的客戶囉？」青木問。
「我們在五天之內拜訪完所有客戶，沒有漏掉該去的地方。」
「你們在一起的時候，鵜原有沒有對你說過什麼有關這次事情的話？」
「完全沒有。」
「鵜原家在哪？」
「家？」
「他一定有租房子住吧，在哪裡？」
本多的眼神裡閃過複雜的神色，但很快就消失了。
「他好像住在津幡那邊，從這裡往東不到二里的某個鄉下村莊。」
禎子想起了抵達金澤前火車停靠的站名。丈夫住在那個貧困的鄉鎮裡嗎？禎子第一次聽說。
「他已經從租屋處那裡搬出來了吧？」
「那是當然的，他已經搬走了。」青木從大衣口袋裡拿出香菸。「事情發展到這地步的話，」

他稍微看了一下禎子，說道：「雖然這對夫人來說不太好聽，可是他可能發生了什麼萬一的狀況。我們向警察提出搜索申請如何？畢竟到今天爲止，鵜原已經失蹤五天了。」

「這我贊成，」本多說：「這步驟是必要的。如果眞要報警，我現在就可以陪夫人去警署。」

禎子內心半帶空虛地點頭了。

5

禎子和本多良雄並肩走出樓上是辦事處外面是賣九谷燒的店。外頭陽光普照，但風還是很冷。路上的行人漸漸地多了起來。

「青木他，」本多邊走邊說。「不是個會設想太多的男人，或許會讓夫人妳有點不舒服。不過，他本性很不錯。」

「不，沒那回事的。我才在想，給他添了麻煩眞是不好意思。」

禎子說。這也是她想對本多良雄說的話。

警署就在不遠處。

「我們想提出搜索申請。」

本多說完，才剛上班沒多久的年輕警員遞給他一張表格。

「請在這上面詳細塡寫年齡、特徵、離家當天所穿著的服裝等事項。」

表格上面有好幾個員警所說的欄位。用一張印刷表格來追蹤一個人的行蹤，禎子感覺很奇妙。

文件和人類之間的關係，讓人覺得不協調。禎子努力回想丈夫臉上的特徵、身高、體重、穿著、身上帶的現金和物品，並將它們一一塡寫在表格上。就在她這麼做的時候，鵜原是她丈夫的想法逐漸遠去，她陷入一種她在描繪一名叫做鵜原憲一，和她毫無瓜葛的外人的錯覺。

「他因爲什麼事情而離家？」

承辦人員例行詢問，一臉駕輕就熟，而且不爲感情所動的表情。

「沒有什麼特殊的理由，很可能只是我們胡亂的猜測而已。」

本多代替禎子回答。承辦人員偶爾動動鉛筆在表格上面塡寫東西。

就在這時，某個來上班的警官一看到本多，就啪搭啪搭地走近他們。

「你不是前幾天來詢問的那位先生嗎？怎麼？要找的人還是沒有消息嗎？」

對方是位中年警官。本多看到他，就客氣地點頭。他身上別著警部補的階級徽章。

「還沒有消息呢。啊，這位是我要找的人的妻子。」本多伸手介紹禎子。

「這位是之前幫忙的警部補。他幫我調查了轄區內的事件。」

本多向禎子介紹警官。禎子也馬上了解到，所謂的調查事件就是找意外身亡身分不明的遺體。

禎子向警部補致謝。

「眞是辛苦妳了。」

警部補說，並從年輕的承辦人員手中接過「搜索離家親人申請書」來看。

「已經過了一個星期了啊。」他睜大眼睛。

「是的。」警部補露出思考般的表情，面向本多說：「這樣的話除了金澤警署的轄區之外，整個縣都調查看看有沒有身分不明且意外死亡的遺體好了，還有鄰近各縣我也問問看。你帶了他的名片嗎？」

「我放在名片夾裡。」

「我想請教夫人，妳先生有沒有什麼會讓他自殺的動機呢，或是讓他掛念的事情？」

「完全沒有。」

禎子回答。可是這只是讓她更加了解到，自己對這些話毫無自信。她和丈夫結婚還不到一個月，只知道一點點關於他的事情。關於鵜原憲一，未知的部分堆積如山。在那片尚未開墾的土地之中，或許就有他的「動機」隱藏其中。只是，那些是自己所不知道的，因此她只能回答自己已知的部分。

「說是調查鄰近各縣，可是我想只要富山和福井這兩個縣就夠了，因爲其他各縣的交通都不是很方便。」警部補闡述他的意見，本多也同意他的看法。

禎子對於本多爲何沒有說出高岡的事感到有點不可思議。丈夫不是說在高岡有事之後才出去的嗎？既然如此，應該要第一時間就告訴警方這件事，可是他卻隻字未提。一直到最後走出警署的大門，本多還是沒有提起這件事。

「接下來我們去看看鵜原先生住的房子吧。」本多良雄一來到大馬路上，就對禎子這麼說。

「咦？他不是住在津幡嗎？」禎子很意外。

「在那之前他住的房子是在市內，我們先去那裡看看吧。還有，」本多稍微壓低聲音。「我有話和夫人說。」

這句話的語尾還停留在禎子的耳朵裡，她察覺到這是一個祕密。

兩人搭上綠色塗裝的小型市內電車。禎子面向窗戶，眺望著緩慢移動的市街。這裡有相當多古老沉重的房子，近代建築物宛如異物般地夾在中間。每一個屋瓦上面的釉藥都反射著陽光，閃耀著和諧的光芒。這個城鎮避開了戰爭災難的不幸。

「就是這裡。」本多說。他們搭上這班電車還不到十分鐘。

一走進電車軌道的旁邊，就是條向下的緩坡道路，走到坡道盡頭，是一座小橋。沿著小河的道路曲折前進，道路的一端是長長的土牆，小河的旁邊則延伸著幾座倉庫的白色牆壁。到了這裡，來往的行人寥寥無幾。因爲倉庫的關係，道路上陽光和影子交錯著。走在路上的本多和禎子，肩膀上的陽光和陰影不斷移動著。

「其實，有關鵜原先生的租屋地點，」本多一邊和禎子隔著少許的距離並肩而行，一邊開口：「並不是接下來我們要去的地方。他最近一年半左右的住處是在別處。」

「一年半？之前租的屋子他只住了半年？」禎子回問。

「好像是這樣。雖然說好像，其實我並不清楚，是辦事處另外一位從以前就待到現在的同事說的。但在那之後大家都不知道鵜原先生住在哪裡。」禎子凝視著說話的本多側臉。

「這是什麼意思？」

「就如夫人所知道的，鵜原先生每個月有十天在東京，另外二十天在這裡。可是在這二十天裡又有一個星期左右在拜訪北陸一帶的客戶，這就是我們的工作。之後的半個月，他是在辦事處工作，除了星期天外他每天都會來公司。當然，他是從租屋處來的。可是沒有人知道他從哪裡來。鵜原先生自己說他住在津幡，可是公司裡的職員都不認爲他是從津幡來的。因爲公司裡有人住在津幡，而他從未看過鵜原先生去過津幡。」

「鵜原他，」禎子喘了一口大氣般地說道：「沒有清楚地說過嗎？」

「就是這樣。這點實在是非常地曖昧不清。可是，他在工作方面表現出色，所以他住哪裡並不會造成問題。」

「如果工作上有事情要聯絡，不知道他住哪裡不會不方便嗎？」

「其實不會，他通常都會先把辦事處的事處理好，然後去出差。我也想過如果發生妳說的問題，那就麻煩了。可是，就算弄清楚他住哪裡，他也已經調職回東京去了，更不會造成什麼問題。我沒有對青木說過這件事。」

這點讓禎子感受到了本多的體貼。

「對於他說要去高岡後就離開金澤的事情，你覺得如何？」

從剛才在警署裡，禎子就對本多不說出這件事感到疑惑。

「因爲我認爲以高岡爲理由很奇怪，我不禁覺得鵜原先生是在說謊，因此才故意不告訴警察這件事。」

禎子直覺地認爲本多良雄對於丈夫的事其實了解到一定程度，他一定知道些什麼。

宛如武士房屋建築的土牆，在道路一端長長地延伸，看起來有一種荒廢的情趣。崩塌的瓦片上積著雪。穿著和服短外套通過這條路的男子，回頭看著他們兩人行走的身影。

3 CHAPTER

第三章

北國的疑惑

1

禎子和本多良雄走在沿著河川的道路，從河面吹來的風相當冷。本多放慢腳步，拿出記事本。

「我問過辦事處的職員鵜原先生之前住宿的地方，確實在這附近。」

環視四周，本多轉進小巷子裡。兩側有很多入口很低、有著格子窗的建築。

「是這裡吧。」

本多止步，禎子回頭看，牆上掛著「加藤」的陳舊門牌。

不知道這房子是做什麼買賣的，泥土地的房間很狹小，可是縱深很深。一名彎腰駝背的老婦人，步伐緩慢地從又小又黑暗的深處裡走出來。

「你們有什麼事嗎？」

白髮老婦人坐在榻榻米上，睜著凹陷的雙眼仰望站在窗框前的兩個人。

「我們是A廣告公司的人。」

本多考慮到對方的聽力，稍稍提高了聲音說話。

「以前，我們公司有一位叫鵜原的人在這住過，是這裡對吧？」

「是啊，是叫做鵜原，那是一年半以前的事囉。」老婦人回話。

「那個時候承蒙妳的關照了。」

本多道了謝，可是老婦人的眼神卻因注意到禎子而發亮，本多就向她介紹禎子的身分。禎子向老婦人打招呼。

「噢，鵜原先生的太太啊？以前鵜原先生住在我這兒時還是單身呢，現在卻娶了一個不錯的太太啊。」老婦人的視線又回到本多身上。

「那麼，我想請問一下，」本多問道：「鵜原先生搬出這裡時，妳曾經問過他要搬到哪去嗎？」

「這個嘛，我沒問。鵜原先生是因爲公司的關係才搬到別處吧，我沒有問他，而他搬走後連一張明信片都沒寄來過。」老婦人突出的下唇很不滿似地動著。

「這樣啊，那麼謝謝妳了。」

「你們不知道鵜原先生在哪嗎？」

老婦人的雙眼突然出現對這件事情感興趣的神色，讓本多有點慌張。

「不，我們只是來拜訪一下。」他急忙說道：「那麼鵜原先生搬出這裡的時候，他的行李，或像是棉被那些體積大的東西是請搬家公司運送嗎？」

禎子在旁邊聽著，她了解本多問題的用意。他打算從搬家公司打聽到貨物送達的地點。

「這個嘛，我記得他沒有找搬家公司。行李是鵜原先生自己搬的，他叫一部計程車離開。」

「計程車嗎？」本多喃喃自語。

「鵜原先生眞的是很老實的人。他說他要出差，一個月內有一半的時間都不在這裡，可是他卻不會在外面玩女人，也不碰酒，眞的是很老實的人哪。他要從我這裡搬出去之前，出差的次數變得越來越多喔。」

正要離去時，老婦人說了這些關於鵜原的好話。

兩人又回到河川旁的道路。這條河名爲犀川，水量很少，雪積在河兩岸乾涸的地方，就像雪之平原一樣。

「鵜原沒有請搬家公司運送行李，而是叫計程車來，這是因爲搬家的地點在金澤市內吧？」禎子問本多。

「這個嘛，」本多邊走邊偏著頭思考。「可能性不只是這樣。坐計程車到車站，用小包掛號寄送行李也可以，這樣地點就不一定在市內了。如果在市內的話，辦事處的人會知道。」

在禎子聽起來，本多的口吻彷彿在責難鵜原的祕密。是啊，丈夫的確在刻意隱藏某件事情，那不正是新婚妻子所不知道的部分嗎？那也是丈夫心中更深層的東西。

遠方有一座長長的橋，在那橋的上方白山覆雪的山脊橫亙綿延，只有灰色的雲盤據在那裡。禎子覺得再次看見從諏訪湖看見的北山。那時，丈夫並不想帶她到山的對面，如今自己卻以這種形式來到北國。

「用計程車搬行李的話就沒有線索了呢。」本多自言自語道：「如果是送到車站，那就只有從車站開始調查了，可是眞糟糕，都已經是一年半以前的事了。還有，我們連他是用小包掛號寄送，還是列車行李運送，或是手提行李寄送都不知道哪。」

儘管如此，他還是說去車站看看再說吧，禎子也跟著他去，心情宛如飄在雲端。

三個小男孩坐在電車裡聊天，禎子呆呆地想著這裡眞是小孩很多的城鎭。電車停在大寺院前時，小孩們就下車了。

「這是本願寺，淨土眞宗在這邊相當盛行。」

坐在旁邊的本多說。今天早上在車站那附近看到的寺廟屋頂就是這裡吧。

他們一進入車站，就走向處理行李寄送的服務處窗口。有兩名站務員正在忙碌地工作，他們先等對方處理完工作。

「有什麼事嗎？」胖胖的站務員在工作告一個段落後，問道。

「我們想請教大約在一年半前所寄送的行李，可不可以請你幫我們查查看？」本多說。

「一年半前？」站務員目瞪口呆地反問：「是行李還沒寄到嗎？」

「不，不是這樣的。我們只是想確認行李送達的地點。」

「你們是想要查行李寄給誰嗎？那是寄到哪呢？」

「這個我不知道，我只知道寄件人叫做鵜原憲一。」

「是手提行李寄送，還是小包掛號寄送？」

「這也不知道。」

「這也難怪，因爲收據也沒留下來吧。畢竟一年半前很久了。那麼可以告訴我寄送時間嗎？」

「我們也不知道正確的月分和日期，只知道寄件人的名字。」

「不要開玩笑了。」站務員生氣地說道：「不知道寄到哪，也不知道寄送的種類，也不知道日期，憑這些就要我們查一年半之前的事嗎？」

站務員的話很有道理，於是只能道歉離開。本多邁開步伐，點燃香菸。

「站務員會生氣也是理所當然的，我們給的線索眞的太少了。」他說。

「看來要從車站這裡找到搬家的新地點是不可能了。那，接下來該怎麼辦呢？」本多看看手表。「已經四點多了，我們去警署看看吧，或許今天早上拜託的事已經有了回音。」

那是指知會縣內和鄰近各縣的警署一聲，問問他們的轄區內有沒有身分不明意外身亡的屍體。

禎子感到胸口一陣沉重。

「那麼快就會知道了嗎？」

「我想有可能。警察之間有專用電話，連絡起來很快的。」

本多一副希望能夠早點知道結果的樣子，快步往公車站牌走過去。

今早遇到的警部補認出了本多和禎子，親自接待他們。他的身材很高，看起來年過四十。

「我詢問過後，已經知道大致的結果了。」警部補說道。

「那眞是太感激你了。」本多和禎子都低頭致謝。

「從十二月十一日之後，也就是你們找的人失去音訊的那一天起，我們縣內和鄰近的富山縣和福井縣都沒有發現身分不明意外身亡的屍體。當然，這是到目前爲止。」

儘管警部補只是把時間限制在目前爲止，禎子還是覺得至今那沉重痛苦的心情稍微舒緩了。

「這樣子啊。」本多稍微想了一下。「那麼要從其他縣市得到調查結果，還要再慢一點囉。」

「你們已經提出了搜索申請，所以全國各地都會注意。這大概要花兩個星期吧。」

「也就是說，這三個縣裡，從十一日之後到目前爲止，都沒有任何意外身亡的死者囉？」

「應該說是沒有身分不明的死者。被家人領回，依法律程序處理的我們不歸在此類。本縣的自殺案有三件，傷害致死一件；福井縣是一件燒死，一件自殺；富山縣是兩件自殺。這樣看來，在短期之內不幸死亡的人還相當多呢。」

警部補看著記事本，感嘆似地說著。

「男的有四個人，女的也是四個人，死者性別各占一半，眞是不可思議啊。」

警部補是個不錯的人，想必是目前所調查到的死者並沒有和他們要找的人相符，才說這種話讓他們安心吧。

「那麼，今後若發現符合我們找尋的人或是意外死亡的遺體時，請務必聯絡。」本多說。

「是要聯絡這張表格上的聯絡人嗎？」警部補看著表格上面所塡寫的內容，上面寫著禎子在東京的住址。禎子看著本多，他注意到她的視線，回答道：

「是的。可是，如果是過一陣子才發現的話，請聯絡在金澤的我。因爲夫人不久就要回東京了。上次我給你名片了嗎？」

「是的。那麼，就這樣吧。」中年的警部補點頭回應。

兩人踏出警署大門時，本多停在原地。

「目前，並沒有發生我們擔心的事情，請您安心吧。我想絕對不會發生那種事的，鵜原先生現在一定還在某處活著。」

本多不知是否爲了要讓禎子放心，如此斷言道：「對吧？因爲他毫無尋死的理由。或許只有我們這邊在窮緊張，就在我們緊張兮兮的時候，他就突然出現了。」

可是，或許丈夫的確有尋死的理由，只是他們不知道而已。本多無法碰觸到那個可能性，而禎子或許碰觸到了，卻仍猶豫著是否該去面對它。人有時候會一再拖延，不去碰觸最根本的問題。

「看來我們都太悲觀了，對吧。例如，我只是舉例，如果鵜原先生拿了公司的錢離開，我們還可以考慮各種情況。可是，這和事實不符，所以可以消去這些可能性。還有，夫人也說過他根本沒有自行失蹤的理由，當然也不可能是自殺和他殺，所以我們根本沒有必要擔心。」

本多說道。這是爲了讓禎子安心，也是爲了讓自身能夠接受這件事的說法。對禎子來說，這種推論不夠合理，心中不禁起了抗拒之意。可是，她馬上就摒棄這種想法，沒有說出來。

從雲縫照射下來的陽光，已經相當偏向西方了。

「今天很累了吧？要不要直接去旅館？」本多看著夕陽說道：「我儘可能訂僻靜的旅館，不過不知道妳喜不喜歡。我爲妳帶路吧。」

禎子道謝後，他們就並肩而行。本多告訴禎子寄放在辦事處的行李，之後會幫她送到旅館。旅館位在從電車下來後走路不遠的地方，從正後方可以看見金澤城，緊鄰在後的是丘陵。

「金澤城對面那一帶就是兼六園。」

本多盡責地上二樓查看禎子房間，指著窗外的景色道。可是，他似乎有點無法冷靜下來。

「失禮了，我還有一些工作要處理，就先回去了。」他說。

「眞的是非常感謝你，百忙中麻煩你眞不好意思。」

禎子手按在木頭地板上道謝。

「哪裡，沒什麼。我在東京的工作部門和鵜原先生不同，所以跟他不是特別熟。不過他到底還是我的前輩，何況找到鵜原先生也是公司的命令，所以請別介意，有需要幫忙的地方請儘管說出來，不要客氣。」

本多有點拘謹似地說完後，就回去了。

房間裡有暖桌，可是禎子並不打算靠近取暖。她將關起來的窗戶再次打開，眺望著窗外。在逐漸昏暗的暮色中，只看見金澤城瞭望台的白色牆壁，和背後覆蓋著漂亮松樹的丘陵。

那就是兼六園嗎？禎子回想起小學時在教科書上，看過好多次的風景照片。禎子並不討厭旅行，不過此時她實在沒有要去兼六園逛一逛的心情。

女服務生端著熱茶進來了。

「從東京人眼裡看來我們這裡實在很鄉下吧？」

女服務生一面把茶杯放在暖桌上，一面和禎子閒聊。

「哪裡，這裡是個很熱鬧的地方呢。」禎子把窗戶關起來坐下。

「是啊，因爲這裡曾是個百萬石俸祿的城鎮，即使是現在，這塊土地上的人依然以此自豪，這兒也是個文藝興盛的城鎮喔。」

「妳也是東京人嗎？」

「是的，我是澀谷人，後來因爲戰時的疏散遷徙，就在這裡落地生根了。」

中年女服務生說著，又問禎子要馬上用晚餐嗎，禎子回答待會再吃。她現在一點都不餓。

等到一人獨處，看到電燈下只有自己的身影落在榻榻米上時，禎子首次發現被寂寞感侵襲。到目前爲止，至少都有人在身邊。在火車上有青木，之後有本多。當在這裡變成單獨一人時，她突然有一種被拋棄的心情。來到這塊陌生的土地，其實她的內心有一半是帶著怯意的。

陌生的土地——的確如此。這裡儘管有著丈夫的足跡，卻空洞冷漠，也沒有親切感。在蜜月旅行時所萌生的，途中所見對北方天空下事物的憧憬只是一片虛幻。禎子覺得和鵜原憲一結婚至今的種種都不是眞實的，而是一種錯覺。

這麼說來，丈夫的失蹤是在得到自己這個新婚妻子後才發生的不是嗎？禎子忽然這麼想。

2

女服務生從拉門外出聲叫喚。

「行李送來了。」她提著禎子的行李箱進來。

「啊，已經送到了啊？送行李來的人還在嗎？」

還在的話，我打算向他致謝。禎子正打算這麼說時，女服務生回答：「就是剛剛那位帶妳來的先生喔，他現在還在玄關那裡。」

禎子對於本多親自送行李過來感到意外。她急忙下樓，看見本多站在玄關的鋪路石上面。

「啊，謝謝，真嚇我一大跳。我以爲只是員工，沒想到讓你親自送，眞是很不好意思。」

「不會，反正我的工作已經告一段落，就順便帶過來了。如果有什麼地方不方便的話，請儘管告訴旅館的人。」

本多有所顧慮似地站著說話，他的意思大概是禎子今晚的住宿費用是公司來出。

「眞的是非常感謝，請讓我請你喝杯茶吧。」禎子看著本多，可是本多卻回答：

「不，我該離開了。」他可能考慮已經是晚上了，不便和禎子單獨相處。

「可是，這樣我會很爲難的。」

不能讓客人連杯茶都沒喝就回去，但禎子也不能和他一同外出，所以當她發現玄關旁邊有像是會客室的房間後，她就不由分說地請本多進去。

在只有八張榻榻米大的西式會客室內，坐墊整齊地排列著。禎子拜託服務生泡咖啡過來。

「請不用那麼客氣。」本多拉了一張椅子，低頭點燃香菸後說道：「如果很累的話，請好好休息。我已經知會過青木了。」

禎子低下頭，腦海浮現青木的冷漠表情。

「青木預定明天早上要回東京，不過途中他還要去兩三個地方。」

禎子知道他要去尋訪丈夫的行蹤。所謂的兩三個地方，可能是和公司有生意往來的客戶。

「這次給各位添麻煩了，我真的很抱歉。」禎子再次道歉。

「不，在這種時候應該要互相幫助。我想夫人也很擔心吧，因為這麼快就發生這種事。」

本多指他們新婚的事情。禎子感到臉頰微微發燙。

「本多先生，」禎子開口：「就如你所說的，我和鵜原在一起的日子還很短，我也不知道這種事該不該說，可是我完全不瞭解婚前的鵜原。不對，即使我們結婚了，我還是不太了解，因此，這次的事情我完全摸不著頭緒。本多先生心裡有沒有個底呢？在提到鵜原失蹤時，你心裡有『那該不會是他失蹤的原因吧？』的想法嗎？」

禎子直接觸及白天沒能說出口的核心問題。

「我也努力想過這件事，」本多垂下目光說道：「可是不管怎麼想也想不透。我問過公司的同事，幾乎沒有關於鵜原先生的負面流言。他在工作上很認真，沒聽說過他出入不正當的場所，也不太喝酒，對賽馬和麻將之類的也不太有興趣。在夫人面前這麼說雖然有點失禮，可是他也不曾和女人傳出流言。不論從哪一點，他都是個工作狂又沒有情趣的人。抱歉，其實我也不是很清楚。」

禎子一面聽本多說話，一面意識到那些言語根本無法打動她的心，而在體內到處流竄。這種不滿是從哪裡冒出來的？禎子當下也不清楚。

「鵜原果然不希望讓人知道他的行蹤吧？還是說……」

還是其實是因為外力使他失蹤的？禎子不禁有這個疑問。

「要認為是鵜原先生自己鬧出這樁失蹤案還太早了，到現在都還沒發現他這麼做的原因。十一日當天我和他分開時，他根本沒有整理辦公桌裡的東西，這不就是他沒有這種企圖的證明嗎？」

沒錯，禎子想起來了。鵜原從金澤寄來的風景明信片寫著十二日要回東京，所以她以爲他打算十一日從金澤回來。可是，那天他說有事要到高岡一趟，十二日會再次回到金澤，然後才出發回東京。可是要去高岡的話，在東京回程的路上就會經過，如果有事，爲何不在中途下車去辦？比起折回金澤，再搭火車回東京要來得方便多了。

禎子提出她的疑問，本多也點頭同意。

「就如夫人所說的，鵜原先生爲何十一日時說要去高岡，然後第二天回到金澤呢？我認爲這是非常重要的線索，或許這就是關鍵。」

「鵜原該不會是，」禎子胸口一陣騷動，她說道：「搬去高岡吧？」

「我也想過這點。可是，事情並非如此。」本多回答：「其實，在夫人來到這裡之前我就已經先調查過高岡了，目前還沒有發現鵜原在高岡居住過的跡象。還有，就如夫人剛剛所說，如果要去高岡，可以在回東京的時候順路去就行了，實在沒有必要再回金澤。我想他其實是要去別的地方，而且一定是去一個必須回到金澤，否則無法搭上往東京的火車的地方。」

禎子聽到這裡，想起今天早上本多說鵜原表示要去高岡是在騙人的話。

如果這話是眞的，鵜原爲何要撒那種謊？不，比起這件事，爲何不明白告訴辦事處的同事自己的住宿地點呢——這麼一來，禎子便釐清了自己對於方才本多的言論感到不滿的原因。

「我總算知道本多先生爲什麼在我到達金澤之前，就開始去詢問有沒有身分不明且意外死亡的屍體的原因了。」

禎子一這麼說，本多隨即露出疲倦而空虛的眼神。

「那是因爲你不清楚鵜原住在哪裡吧？因爲鵜原有這個祕密，所以在他下落不明時，你就聯想到意外身亡且身分不明的屍體，對吧？」

本多拿起咖啡杯喝了一口，這讓他有充分思考如何回答的時間。

「只要去拜託警察，幾乎都會調查到這種種度。」他喝完咖啡後回答：「這點是夫人多慮了。就如我之前說過的，我認爲不需太過操心這件事。因爲我相信鵜原先生一定會平安無事的。」

禎子不禁移開視線。和本多的好言安慰相反，她認爲自己的直覺正確，丈夫的祕密是什麼？

禎子看向奶油色的牆壁，牆壁上懸掛著當作匾額的金澤風景照片。禎子想起放在自己的行李箱底部，丈夫所持有的那兩張照片。

禎子請本多稍待，然後到二樓的房間，從行李箱裡取出那兩張照片，拿到本多的面前。

「這是夾在鵜原書裡的照片，我不知道跟這次有沒有關係，本多先生看過這兩戶人家嗎？」

本多拿起這兩張照片來看，一張是有文化氣息的高級住宅，另一張是像農戶的貧窮民宅，背後有山麓做背景。

「我不知道。」本多側著頭問：

「我沒看過這些房子。這是鵜原先生拍的嗎？」

「我想是的，因爲他有相機。」

「這戶漂亮的住家，看起來好像是東京的房子，可是因爲背景沒有特徵，我也不知道是哪裡。我連可能是在哪裡都想不出來。」

本多也思考著禎子所想的事。

「這間像是農家的房子，很明顯是這一帶的鄉下住家。入口小小的，屋簷很深，還有像是格子窗戶的木條，這些都是本地房屋的特徵。可是，會是在哪裡呢？」本多把照片翻到背面。

「這是在照相館沖洗的吧，這上面的35和21應該是照相館做的記號。照片看起來不是很新，應該不是最近洗的照片。鵜原先生是在哪家照相館洗相片呢？」

「自從結婚到現在，我都沒看過他拿相機，所以我不知道。」

「這樣啊。那麼，或許公司的人會知道。我去問看看吧。」

「本多先生，那麼再請你幫我問問有沒有人知道這兩戶人家在哪裡，知道結果的話再請你告訴我，好嗎？」

「我知道了。」

本多把照片放進口袋裡。儘管禎子沒有明說，不過他似乎也想到或許照片中的房子和鵜原不知名的住所有關。

時候不早了，本多邊說邊起身。

「謝謝，我很感激你做的一切。」

當禎子送本多出玄關，對他這麼說的時候，或許是有著之後還會給對方添許多麻煩的預感吧。

回到房間後，禎子發呆了好一陣子。她急速地放鬆下來，許多的事物像是茫然遙遠的景色般在腦海裡迴轉。

丈夫爲何在十一日說要去高岡，然後離開辦事處，打算隔天再回到金澤呢？本多說或許這就是關鍵。禎子想起他說的：「我想他其實是要去別的地方，而且一定是去一個必須回到金澤，否則無法搭上往東京的火車的地方。」

禎子打電話到旅館的櫃檯。

「請問有石川縣的地圖可以借我嗎？」接待的女服務生拿著地圖上來。

「您要去欣賞這附近値得一看的地方嗎？旅行眞的是讓人很快樂的事情呢。不巧現在時節有點不對，可是到了春天就可以到能登那邊去玩了喔。」

禎子只是微笑以對。

她攤開地圖。從金澤出發的鐵路支線很少，有一條到能登半島北端的七尾線，可是那是從金澤的前一站津幡所分出去的路線。津幡站是平快車停靠的車站，但離金澤很近，她心想還是把這條路線一併列入考慮比較好。還有一條從西金澤站沿著犀川南下到白山溪谷的支線。再來是從金澤往河北潟，以粟崎爲終點的支線，和往沿海的大野湊方向去的兩條私鐵路線。如果連支線也考慮進去的話，首先就是這四條。

可是，也有支線以外的可能性。例如，坐上和東京反方向往福井方向西行的主要幹線的話？如果他去的是平快車不停靠的小站，那麼就算離金澤很近，還是必須坐每站都停的普通列車才行。

還有，火車以外還有巴士。而且巴士開往各個方向，根本無法確定可能的目的地。即使只以金澤車站爲中心思考，在交通發達的如今，禎子還是無法將丈夫十一日的行蹤限定出一個範圍。

禎子放棄繼續緊盯著地圖看。

十一日時，鵜原憲一打算之後還要再回金澤一趟，然後就去了某個地方，在那之後就音訊全無。事實就只是這樣。

禎子思考著她至今從報紙上多次看到的失蹤事件，某位年輕學者在去大學上班的途中消失了；某個公司職員說要去散步，出門後就這樣失去了消息；有個少年到外面遊玩之後，就再也沒有人看見他了。據說家人都想不出有任何會造成他們無故失蹤的原因。某個週刊雜誌的報導上也指出，這樣的例子在全國各地到處都有。

鵜原憲一的失蹤也是這眾多例子中的一種吧。他並非無緣無故失蹤，而是自己斷絕音訊，並且沒有自殺的念頭，這從他表示隔天要回金澤的辦事處就可以知道。就如本多所說的，他完全沒有整理辦公桌。

可是，禎子不相信鵜原是毫無理由失蹤的，有道自己看不見的巨大洪流存在著。那是由鵜原那不知位於何處的住宿地點，以及和自己結婚後不久就發生這件事的時間點所構成的洪流。

禎子思考到這裡，想起一件事，便要求旅館幫她打兩通長途電話到東京。

禎子先打給鵜原的哥哥，也就是大哥夫妻家裡。很快就有人接起話筒，是嫂嫂接的電話。

「嫂嫂嗎？我是禎子。」

「唉呀，」嫂嫂用高亢的聲音回答她。「事情怎麼樣了？」

「還不清楚，公司這邊的人也在幫忙找。」

「唉呀，這眞是讓人頭痛，完全不知道憲一的下落嗎？」嫂嫂很擔心地問道。

「是的，我們也拜託警察進行搜索了。你們那邊有沒有收到任何聯絡？」

「沒有，完全沒有。我老公也很擔心呢。他現在剛好不在家，他說要是有什麼事情的話，他會到那邊和你們會合的。」

「嗯，請大哥先以工作爲重，沒有關係的。」

「我知道了。我會跟他說的。但是，禎子，妳不要太過操心喔，或許根本沒什麼大不了。不過，就算這樣也是讓人很困擾吶。」

嫂嫂說完前後矛盾的話後，就掛斷電話了。

打電話給大哥夫妻報告大致的情況，是禎子的義務。聽到大哥或許會來這裡，還是造成了禎子心理上的負擔。

接下來，禎子在電話旁邊等待娘家打電話過來。

母親一定很擔心吧。可是，她必須知道所有鵜原憲一的事，尤其是他的過去到婚前。而且不是從丈夫的親戚那裡，必須透過第三者。

有了新婚妻子，這就是丈夫失蹤的理由。

禎子的預感就是如此。即使這是件難以理解的事情，但她必須想辦法理解。

3

電話響了，旅館的接線生說是東京打過來的。禎子一開口，就傳來母親回答我是板根的聲音，聽起來近得像是在市內打的電話。

「媽媽？我是禎子。」

「唉呀，」母親說道：「妳眞的在金澤那邊？雖然接線生的確是跟我這麼說的。」

「嗯，沒錯。我現在在金澤，我是從金澤打這通電話的。對不起，沒跟妳說。」

「沒關係。」母親因爲禎子人在出乎她意料的地方，聽來很驚慌。「憲一也和妳在一起嗎？」

「沒有，就我一個人。」

「唉呀，他出門了？」

「不是出門。憲一從一開始就沒有和我一起來。」

母親好像無法理解似地沉默著，只是這樣的沉默讓人感覺到金澤和東京的遙遠距離。禎子爲了要繼續話題，又說了聲喂喂。

「我在、我在。到底發生什麼事了？」

「憲一他在十一日從金澤出發之後就沒消沒息了。我擔心他所以才來這裡，雖然問了公司裡的人很多事情，可是還是不知道他去了哪裡。不過我剛剛已經聯絡過青山的大哥家了。」

「啊……」

母親在話筒那端好像說不出話來，禎子眼前清晰地浮現出母親此刻的表情。

「不過，妳不用那麼擔心，不用太在意。」

「可是，這樣妳不是很辛苦嗎？怎麼會發生這種事？」

母親的聲音有點發抖。

「等我回東京後再告訴妳詳細的狀況。關於這次的事，我想請妳幫我一點忙。」

「什麼事？」

「儘可能地幫我調查所有關於憲一的事情。」

「那些事，妳不是……」

「不、不只是現在的，我也要知道他以前的事情。比如說，我們只知道憲一以前學校的名字，還有現在在A公司工作而已。在那之前他的事我們一概不知，對吧？」

「就算是這樣，那些事……」

有那麼重要嗎？母親似乎想這麼說。沒錯，相親都是這樣的。籍貫、學校、現在的狀況、和親戚的關係、友人，特別是和女性之間的關係，注重的都是對方的品性問題。不會有人特別在意對方從學校畢業後有過什麼樣的遭遇，也就是說，重點是現在，沒有人會特別追究對方的過去。所謂結婚是從此刻開始的事情，也因此會對過去敬而遠之、避而不談。

「不、我還不清楚那些事情和這次憲一的失蹤究竟有沒有關係。不過，妳就姑且幫我問一下，再告訴我吧。」

「妳叫我問，但我要問誰呢？」

「雖然我認爲青山的大哥最清楚，不過爲了不讓他起疑，還是不要問他。而且如果他覺得家醜不可外揚不肯說清楚，就麻煩了。所以，我想最好是問當媒人的佐伯先生。」

「佐伯先生可能只知道跟A公司有關的事情，其他都不清楚吧。」

母親說道。禎子好像看到母親皺著眉頭的模樣。

「我想也是。不過，就他所知道的部分就行了，儘可能問清楚他所知道的部分。公司裡應該還留著憲一的履歷吧，請妳順便問問看。在這個節骨眼上才想調查這些，很奇怪吧。」

禎子不自覺地說道。這些都是結婚前該做的事。可是，結婚前後媒人所說的話可能會不一樣。結婚之前，媒人絕對不會坦白以對，但婚後說不定就會老實說了。不能說媒人狡猾，他也只不過是個完成一樣成品的工匠罷了。

母親似乎也明白這個道理。

「這麼說也是，那麼我就問問佐伯先生吧。可是，這還眞糟糕，憲一現在這樣子，妳又不能馬上回東京。」

「我不會在這待太久的，因爲公司的人也很努力地幫忙找線索。總之，如果我在這裡的期間，佐伯先生能夠提供一些線索的話，麻煩妳用限時專送寄給我。」

這些話說出口之後，禎子突然覺得她不會永遠對丈夫的事情一無所知了。那是說不出理由，宛如預感般的感覺。

「那些事先放在一邊，青山那邊的親戚妳打算怎麼辦？」母親問。

「我才和他們通過電話。大哥不在，只有和大嫂說到話。不過，大哥似乎打算要來這邊。」

「這樣啊，那就好。他過去妳那邊，妳也會比較安心吧。」

母親之後又說了一些關於憲一的事，接著確認了旅館的電話號碼後就掛斷電話了。她那驚慌失措的聲音，一直殘留在禎子的耳內深處。

禎子又發了好一陣子的呆。隨著母親聲音消失，自己身在距離東京有數百公里之遙的眞實感，突然從四周緊逼而來。她的身子動也不動，就像在確認那種眞實感。

不知從何處傳來歌聲和鼓聲。禎子勉強起身打開窗戶。漆黑的山頭就在正對面，她在同樣的漆黑中分辨出位於山頂上金澤城的影子。稀疏的燈火爬上斜坡。歌聲從夜色的底部持續地傳過來。

「抱歉打擾了，」女服務生打開拉門，她的手伸向門檻，「我來爲您鋪床。」禎子關上窗戶，無意識地靠到牆邊，凝視著她的動作。

女服務生雙膝跪下，相當熟練地攤開折疊起來的棉被。儘管她已經已屆中年，可是身穿華麗的和服，衣帶的花紋也很鮮豔。從她的背後看去，花卉圖案的銀線在燈下閃耀著光芒。

就在禎子看著她的動作時，反而看進了自己的內心深處，或者該說她的視線碰觸到了心中的某個地方。總之，從準備著寢具的女服務生的動作裡，禎子看到了一個女人，她的腦海中浮現出一名活生生的女人。

「不好意思打擾了。那麼，請好好休息。」

枕頭旁邊放著水壺和茶杯，還有爲了男客準備的菸灰缸，女服務生消失在拉門外。這時，禎子突然察覺到一件事。

——丈夫有女人，是自己不認識的女人。而且，是在丈夫遇見自己之前就陪在他身旁的女人……

那是猶如堅定信念般的直覺。

人們有時會在潛意識中察覺到某些事物，卻怎麼都無法看清事物的全貌。有時受到了來自外界具體的刺激之後，這些事物反而會浮上意識的表層，此時人們便開始了有意識的分析。禎子在此時開始有意識地分析心中想法，正是這種情況。

蜜月旅行的夜晚，丈夫愛撫著新婚妻子。那是一段讓人屏息，又令人困惑的時光，然而丈夫對妻子說出熱情言語的記憶還殘留在禎子身上。他對禎子誠懇地起誓，要讓她幸福，這會是場幸福的婚姻。即使此刻，禎子都不認爲那些話是虛僞的。

可是，這些話對禎子來說實在不夠踏實。不、不管對方的言語有多麼熱情，都無法給予她踏實感受。這種感覺究竟是從哪來的？

此外，在諏訪的旅館浴室洗澡的時候，丈夫用炯炯有神的目光看著妻子的身體後，說道：「妳有一副年輕的軀體呢。」

丈夫用一臉相當滿意的表情又說，「不、是眞的。好漂亮的身體。」

那個時候，禎子就感覺她被拿來和某人相比，丈夫的眼睛確實是那樣觀察她，這使得禎子感到不安。在那之後丈夫也說了好幾次「我喜歡妳」之類的話。

「妳的嘴唇眞柔軟，就像棉花糖一樣。」就連聽到這樣的讚美時，那種心情也會忽然襲上胸口。丈夫在拿自己和某人比較，禎子只覺那是比較過後說的話。即使當臉頰感到丈夫熱情的氣息時，禎子也無法感到心裡踏實。

他是拿某人跟我比較吧，禎子那時想到，丈夫不就是拿過去的女人來和她比較嗎？既然他都已經三十六歲了，有那樣的過去也沒什麼好不可思議的。可是，就算如此，像這樣地被拿來和對方相比，還是讓禎子感到厭惡。而被拿來相比的同時，丈夫未知的那個部分也令她茫然。

如今禎子確信，自己被拿來比較的對象，就是丈夫過去的女人。那是到現在還活在某處的女人，仍舊和丈夫有所牽扯的女人。他們的牽扯，一定在禎子和鵜原憲一結婚的很久以前就開始了。關於兩人仍舊有所來往的證據雖然並不多，可是卻非常確實。丈夫經常一副在思索著什麼的神情，禎子第一次看到他露出那樣的神情，是在蜜月旅行的火車上。看見窗外富士見高原的風景，禎子小聲地說「好漂亮」時，鵜原攤開週刊雜誌，沒有閱讀，像在思考別的事，眼神沒有焦點。

禎子注意到，那種狀態在之後屢次出現。當禎子離開丈夫身旁，再次回來時，他經常都是那種眼神。那是看起來不太高興，像是沉浸在非常困難的問題中的茫然神情。禎子心想，男人時常會讓人看見他在思考的樣子吧，她當時認爲他正在思考工作上的事情。然而，此刻回想起來卻發現並不是那麼一回事。丈夫的眼中有著似乎在顧慮什麼，遙遠黯淡的神色。他並非在思考工作，而是在想著那女人吧。禎子的眼前浮現出夾在丈夫指間，菸蒂那端長長的菸灰。

那個女人在哪裡呢？禎子很容易就能猜到她的所在地。丈夫在過去的兩年間，都以A公司北陸地方辦事處主任的身分在金澤工作，過著一個月內有二十天在金澤，十天在東京的生活。這兩年內，他有三分之二的時間在金澤生活。他和女人發生牽扯，當然就是在這三分之二的時間內。

禎子自己也可以爲這個猜測提出證明。決定結婚的時候，她告訴鵜原想去他工作的金澤看看。雖說是因爲她嚮往一次也沒去過的北陸，不過也因爲那是將要成爲自己丈夫的人生活的地方。

可是，鵜原卻拒絕了這個提議，他主張蜜月旅行沿著中央線走。他在火車上也提出了這點。

「妳原本希望這次去北陸，是嗎？」丈夫問禎子。

「那邊的景色可沒有這邊漂亮喔。」之後他又一邊抽菸，一邊這麼說。香菸的煙霧彷彿要迷惑窗戶般地漫延而上。

「妳是在都會中長大的，才會對北陸那陰沉憂鬱的幻影有所憧憬吧。不過呢，論詩情畫意，還是信濃和木曾這種山國才好啊。總之北陸那邊不論何時都可以去。下次就去那邊，好嗎？」鵜原像在哄騙小孩般地說道。

鵜原爲何不想帶妻子去金澤呢？直到今天禎子終於了解了。那是因爲他在金澤有別的女人，那是他不想讓禎子知道的生活。

當然，只去這麼一次是不會曝露這件事的，可是，禎子可以了解鵜原打從心底不想帶她去金澤的理由。

丈夫有其他女人，丈夫在某處和那個女人一起生活。

某處——那是丈夫不為人知的居處，沒有人知道從犀川邊的住宿處搬出來後他所住的地方。他對每個同事都隱瞞這件事，丈夫明顯地有著禎子不知道的祕密生活。

——十二月十一日的下午，丈夫向本多辭別去了某處，表示明天會再回金澤一趟然後才回東京，以本多為首的其他同事沒人知道他去了哪裡。想來，丈夫應該就是去了那個女人在的地方吧？不，他的確去了那個地方，這就是事情的眞相。

裹在棉被中的禎子雙眼看到了在陰沉的北陸風景中，丈夫和一個她不認識的女人在一起。在廣闊的天空下，兩個小小的人影並肩走在兩旁有低矮住家的道路上。

丈夫消失到哪裡去了呢？丈夫消失到他所隱瞞的生活那裡去了……禎子不得不這麼想。

4 CHAPTER

第四章

地方名士

1

禎子在早上八點時起床，頭昏沉沉的，可能昨晚到深夜都睡不著的關係。雖然洗臉台有熱水，不過她還是特地用冷到幾乎結冰的冷水洗臉。

桌上的電話在背後響起，禎子急忙回到房間，拿起話筒。

「是從東京打來的電話。」櫃檯小姐說道。

禎子猜測著是否是母親打來的時候，嫂嫂的聲音就傳入耳朵。

「禎子嗎？早啊！妳那邊還是一樣沒進展嗎？」她是指憲一的事。

「嗯，還是沒消息。」

「這樣啊，眞是讓人頭痛。那我現在讓我老公講電話。」

嫂嫂那有點顫抖的聲音換成了大哥粗厚的聲音。

「禎子，眞是辛苦妳了。」大哥先打了聲招呼。

「大哥，早。讓你掛心眞不好意思。」禎子也打了聲招呼。

「憲一依然行蹤不明嗎？」

「是的，這邊的警察也接手偵辦了。」

「這樣啊。」

大哥像自言自語似地說，憲一那傢伙跑哪去了，口氣就像是他的弟弟是非常隨便地跑出去玩樂似的。

「我本來應該趕去妳那邊看看。」大哥說道：「不巧的是我公司之前病危的社長昨晚過世，我無論如何都得幫忙籌備葬禮，我想再過三天應該就可以抽空去妳那裡了。」

「沒關係，這邊有我就可以了。」禎子回答：「目前還不清楚會不會有其他結果，所以你就先去忙吧。」

「這樣啊，眞是不好意思，那就請妳再幫我看看那邊的情況吧。」

大哥用稍微安心的聲音說道：

「我這邊的事情結束後，就會馬上過去的。」

掛斷電話後，禎子也打從心底鬆了一口氣。如果大哥來的話，總會有很多顧慮，想起來就令人心情沉重。

禎子吃完早餐，看看手表，已經過了九點了。從旅館的房間看出去，那迎接遲來晨曦的金澤城的白色牆壁反射著陽光。許多人走上坡道，此刻似乎是上班時間。A廣告代理公司辦事處的員工也大概都去上班了吧，本多良雄一定也在其中。禎子不知道自己爲何會馬上想到本多。

電話又響起。「鵜原太太嗎？我是本多。」

禎子壓抑住差點脫口而出的驚訝之情說：「早安，昨晚眞是謝謝你了。」禎子道謝。

「是這樣的，我聽到了一些有關鵜原先生的事。」

本多的聲音非常平靜，禎子卻很緊張。

「什麼事？是有關憲一的什麼事？」

「不是的，不是妳想的那樣。」本多回答。「詳細狀況，我到妳那邊後再說。妳方便嗎？」

「嗯，可以。」

禎子還是無法冷靜。本多到底要來說什麼呢？禎子想像著本多可能查到了一些有關憲一的線索，可是又認爲應該不是如此。剛剛那通簡短的電話完全沒有可供禎子猜測的線索。她在本多抵達旅館前的三十分鐘內，完全無法平靜。

本多良雄客氣地來到禎子的房間，不自在地坐在禎子勸他坐下的坐墊上。

女服務生送來茶水後就退下，可是卻以彷彿在觀察禎子和本多之間關係的的眼神，看了他們一眼後才關上拉門。她大概誤解了禎子和昨夜及今天早上都來拜訪的本多之間的關係，那種眼神令禎子覺得厭惡。

「我去詢問了這地區的主要客戶，希望能找出一些可能查到鵜原先生行蹤的線索。」本多客套完後開始說道：「如妳所知，鵜原先生在這裡住很久了，我想先從這裡下手，看看能不能抓到一點線索。總之，金澤這裡有一家耐火磚的製造公司，是我們辦事處的贊助商，也是我們的老主顧。他們的社長非常照顧鵜原先生。根據對方職員表示，他們社長曾邀請鵜原先生到他家裡作客用餐過。因此我昨天就去拜訪這位社長，不過不巧他人不在公司，所以我只和營業部長和其他人談過後就回公司了。」本多慢慢說明。

「我一回到公司，馬上接到那位社長的來電。他說他已經聽說了我的來意，關於鵜原失蹤這件讓人擔心的事，他想了又想但還是沒有頭緒，可是無論如何希望我去他那裡談一談。我馬上想到不能只有我去，我問對方能不能也請夫人去一趟？社長一聽馬上表示務必請妳一起前來。雖然我不清楚這次見面會不會有收穫，可是如果妳方便的話，能不能也請夫人一起去一趟呢？」本多非常客氣地詢問禎子。

「非常感謝你。請務必讓我一同前往拜訪。」禎子馬上回答。

就如本多所說，不知道這次見面能不能有助益，但既然對方那麼照顧過憲一，自己當然應該去打聲招呼。而且對方和憲一之間已經親近到會邀請他到家中用餐，或許可以打聽到一些憲一的私事。這麼一想，禎子不禁抱著一股期待，她覺得這大概就是溺水的人看到眼前有根稻草的感受吧。

「既然這樣，我們馬上出發吧。」禎子一答應，本多就順勢說道。

兩人搭上電車，小小的車廂內相當混雜。禎子站在本多旁邊抓著吊環，並聽他說了一些那位耐火磚公司社長的的基本資料。

「社長名叫室田儀作，是位五十歲左右，個性溫厚的紳士。由於我剛報到，其實並不太清楚，這幾乎都是辦事處的人告訴我的。室田先生是金澤商工會的負責人，好像還兼任其他幾個團體的名譽理事，總而言之就是這地方的知名人士。我剛到這邊赴任交接時曾到他那兒打過一次招呼，之後又去了一次，總共見過兩次面。他非常欣賞鵜原先生，大約從一年前起，廣告的出稿量，也就是跟我們的業務往來，突然攀升到之前的兩倍高。就算只在北陸地區，室田耐火磚公司也是屈指可數的大客戶。我們很感謝他們的照顧，而這正是鵜原先生努力開拓來的。」

本多良雄不忘讚賞憲一在工作上的努力。

室田耐火磚股份有限公司就在車站附近，三層樓的美麗建築物在陽光下閃耀著白色光芒。

本多向接待處遞出名片後，立刻被請到二樓的社長室。本多一邊登上寬廣的階梯，一邊小聲地向禎子說道：

「見到社長之後就照實回答吧。這樣的話，對方也一定會毫不隱瞞地據實相告。」禎子點頭。

敲了社長室的門之後，有人從內側開門。一名高個子，面色豐潤的紳士握著門把微笑著，另一隻手做了個招呼的手勢。

「歡迎光臨，請進。」室田社長看向站在本多身後的禎子。

室內有一張大辦公桌，有一半的空間陳設著會客桌椅。不論是牆壁上的油畫或是室內的配色，都讓人感到一股沉靜。

「百忙之中打擾您了。」本多客套一下後，就向室田社長介紹禎子。

「噢，妳就是鵜原夫人嗎？來，請坐。」

社長請兩人坐下。他說話的口吻也很低沉穩重。

「外子承蒙您的照顧，眞是萬分感謝。」

禎子簡短地說著身爲妻子應說的道謝話。社長再次地請他們坐下，自己也坐到沙發上。

不知道是否因爲室田儀作雙鬢飛霜，從正面看來比實際年齡還老。他的眼睛細長，下方有眼袋，可是他的嘴唇卻能看出企業經營者應有的意志。

「聽說目前還不清楚鵜原的下落。夫人很擔心吧？你們還在新婚時期，卻讓妳從東京趕來，眞是辛苦妳了。」

想必室田社長是從本多那裡得知這些事情的。接著他就從桌上的菸盒裡拿出一根香菸含在嘴裡，時機拿捏得分毫不差。

「根據方才電話裡說的，」本多開口說道：「您好像對鵜原先生這次的事情有什麼線索，可以讓我們請教一下嗎？」

「噢，那件事啊。」社長拿出叼在嘴上的香菸。「我想說不定可以當作參考。鵜原是個對工作很熱中的男人，可以說我們投緣吧，就算不談工作，我們還是很親近。我時常會邀請他到我家，因爲鵜原還單身，他也很高興地享用內人親手做的菜。對了、對了，內人也誇獎鵜原先生是個老實的好人，我們都很歡迎鵜原來我們家。」

室田社長用低沉熱情的聲音開始說了。

「大約在兩個月之前吧，鵜原跟我們說他要結婚了。也許在夫人面前這麼說有點失禮，可是鵜原似乎非常喜歡這次的結婚對象，還讓內人等人看過夫人妳的相親照片呢。」

禎子臉紅地低下了頭。憲一這麼喜歡自己嗎？果然結婚後所展現的愛情並不是騙人的。不過就算知道了這點，而且事情果眞如此的話，那他爲什麼婚後不久就擅自斷絕音訊呢？

「可是，」室田社長繼續說道。「在那之後我又見過他好幾次，發現鵜原逐漸地，該怎麼說呢，他變得越來越沒有精神，我們也覺得很奇怪。對吧？他榮升到東京，又有美麗的妻子迎接他，可以說現在是他人生最幸福的時刻。可是他那消沉的樣子又是怎麼一回事？」

社長把菸灰彈到菸灰缸裡。

「關於這一點，內人的看法也一樣，她也說鵜原先生看起來怪怪的。我不知道鵜原消沉的樣子和這次的失蹤有沒有關係；總之，我希望你們先聽聽看，看能不能作爲參考。再怎麼說，我們和鵜原之間有一定的交情，我們並不覺得這只是其他普通生意伙伴的事。」

禎子點頭。「承蒙您那麼照顧鵜原，非常感謝。」

「不會不會，不過，我這麼問有點冒昧，夫人對自己丈夫這次的行動，心裡完全沒有個底嗎？」

「完全沒有。」

這句話是騙人的，昨晚的想法又冒出來了。丈夫有女人，丈夫在某個地方和那個女人維持著夫妻生活，然後，丈夫消失到那不爲人知的生活那裡去了。

丈夫在這位社長面前顯露出的消沉表情，應該就是自己也常常看見的，那種陰鬱的眼神吧，彷彿在思索什麼似地兩眼發直；而他在和他很親近的室田社長面前也露出了同樣的神情。她來到金澤後，至今完全沒有任何關於丈夫的線索，可是在室田夫妻這裡卻有些蛛絲馬跡。到目前爲止完全察覺不到這件事是否隱含著某人的陰謀，而禎子現在的感覺就好像看著暴風雨來臨前殘留在天空的少許雲朵。或許社長說的是非常重要的訊息。

「如果我們當時再進一步問問鵜原就好了。會變成今天這樣的局面，我也感到很遺憾。不過他的確爲了某件事情苦惱著，只是我們沒有問出來。」

室田社長說了很多次「我們」，那是指他和他的妻子。禎子心想，或許直接請教夫人會比較好，同樣都是女人，應該可以談得更深入些。此外，她也應該向常邀憲一到家中作客的夫人道謝。

「很感激您替鵜原操心，如果不麻煩，我想和夫人見面，親自道謝。可以讓我造訪府上嗎？」

禎子很客氣地說，室田社長反而瞇著眼睛，嘴角帶著微笑。

「這樣啊。先不說妳是要來道謝，如果妳要見內人，我不會介意的，請儘管去。請稍等一下，我現在就和內人聯絡。」

室田社長就在禎子和本多的面前打電話回家。

「佐知子嗎？鵜原的太太現在在我這兒，她說想到家裡去，可以嗎？」

對方似乎回答沒問題。

「我知道了。」社長放下話筒，轉身面對禎子。

「內人會在家裡等兩位光臨。」他神情愉悅地說道。

「非常謝謝您。」本多從椅子上起身，恭敬地鞠躬。

社長送他們到門邊。

2

禎子和本多走出了室田耐火磚公司的辦公室。

「室田先生眞是好人。」本多說道：「他爲人親切又會很照顧人，很有人望，也因此身兼許多團體的領導職，是這裡的名人。」

「他眞的是位很親切的人。」禎子回答。

「據說室田夫人是他的繼室，這也是我聽同事說的，她好像和室田先生差了十七還是十八歲。據說他的第一任妻子過世了，不過大家都說室田先生非常地疼愛現在的妻子。」本多轉述從同事那裡打聽到的事情。

「此外，他的第一任妻子因爲肺部的問題長時間住院，他們便是在這時候開始交往的。也就是說，室田先生後來娶了情婦。室田先生是到東京出差時認識了現在的夫人。據說夫人當時是在一家和室田先生有生意往來的公司擔任事務員。」

兩人在寬廣的道路上繼續走著，遠遠地可以看見警署那棟建築物。

「聽他們公司的人說，她雖然稱不上是個大美人，但是個開朗的社交家。她是這裡婦女文化團體的負責人，不但能言善道，文筆又不錯，經常在地方報紙上發表作品，也曾參加過廣播節目。當然，再加上身爲社長夫人，她在這裡也是名人呢。」

不論哪個城市總會有這樣的人，室田夫人的經歷也不是什麼稀奇的故事，禎子心不在焉地聽著。警署越來越近了。

「鵜原和室田夫婦的交情這麼好嗎？」

「那是因爲鵜原先生的交際手腕高明啊。」本多再次誇讚禎子的丈夫。

「自從鵜原先生來了之後，室田耐火磚的廣告委託增加了將近一倍，就連之前的主任都沒辦法做到這樣。」

憲一有這麼高明的交際手腕嗎？禎子所知道的丈夫是個老實、從各個方面來說都算陰沉的人，總之不是個開朗的社交家。果然，男人在職場上都會變成另外一個人吧。這種情況常讓妻子對平時一無所知的丈夫的工作能力感到驚嘆。

警署就在眼前了。禎子從剛剛便一直注意那棟建築，某種類似預感的情緒縈繞在心頭。

「啊，是警署呢。」本多這才注意到。「正好經過這裡，就順便進去看看吧？」

禎子點頭。

本多走進警署內。這天天氣陰暗，建築物裡也很昏暗。穿著制服的警察一下坐在辦公桌前，一下又站起來，空間裡有著無法平靜的異樣感。

那位警部補正在角落的地方看著文件，不過接待處人員一轉告他本多他們造訪，警部補就馬上抬起頭，然後拿起一張紙邁開步伐走向他們。

「啊，」警部補看著本多和禎子說道：「我在等你們呢。」

這句話重重襲向禎子的胸口，她感覺自己的預感成眞。禎子知道自己的嘴唇發白了，本多也一臉緊張。

「有什麼結果了嗎？」本多開口問道，聲音卻不似平常沉穩。

警部補沒有多說什麼，只說了「請往這走」，來到沒有外來者會去的櫃檯角落。這使得禎子猜測的那件事更加壓迫著她的胸口。

「我也不知道適不適合告訴正在找人的兩位這件事。」警部補先做了這樣的開場。

「昨天，羽咋署送來了報告，就是這個。」警部補攤開手上的紙後說道：「本縣的羽咋郡高濱町赤住的海岸上，發現了一具年齡推定爲三十五歲左右，身分不詳的自殺男子屍體。推定已死亡四十八小時，削肩，長臉，頭髮是分成三七分的長髮，身材略微修長。服裝是茶色西裝，上衣內裡寫有名字的名牌被取下了。沒有遺書，攜帶的物品裡沒有能夠辨識身分的物品。雙折皮夾裡放了兩千三百六十圓……大致上就是這樣。如何？你們心裡有譜嗎？」

警部補看著禎子。

年齡也好，頭髮也好，臉的形狀和身高也很相似；身上帶的錢包確實也是雙折皮夾。只是西裝的顏色不對，丈夫應該是穿灰色的西裝。

「這只是初步的報告，詳細的內容要到羽咋署去看看，兩位意下如何？」

禎子思考著，但是她無法冷靜思考。那名自殺男子的各項特徵都和丈夫非常相似，不同的只有西裝的顏色，但這點非常薄弱。

本多的眼神也開始動搖。該怎麼辦呢？他問。

「案發現場在哪裡呢？我不知道那個地方的地理位置。」

警部補拿來了石川縣的地圖在兩人面前攤開。

「就是這裡。」他指著地圖上一點。

那是像拳頭般突出日本海的能登半島的西側，是拳頭手背的部分。

禎子想像著那裡觸目所及盡是寂寞的海岸線，蜿蜒在寒冷的土地上。

禎子突然嚇了一跳，她發現要到羽咋的火車路線，就是從金澤分出去的支線。憲一在十一日的下午說明天會回金澤後就下落不明了。禎子曾以十一日當天無法回到金澤這個條件，在地圖上調查火車支線，其中一條就是這個能登的七尾線，這和自己的推測完全吻合。

讓禎子下定決心的也就是這個推測。

「總而言之，先到現場那邊看看吧。」禎子回答。

「這樣嗎？我也不知道到底是不是，不過能讓妳安心就好。」警部補半是安慰地說。

一出警署，天空非常陰鬱，好像從剛剛開始就下起雨來了。

「那麼，妳要去那邊看看？」本多問禎子。

「是的。我得確認過，才能靜下心來。」禎子回答。

「可是西裝的顏色不太一樣，我記得是灰色的。」本多喃喃自語。聽得出來這是他為了讓禎子安心而說的。

「那麼，要去拜訪室田夫人的事情要怎麼辦？」

本多像是要改變氣氛似地問道。對了，還有這件事。雖然去現場也很重要，可是禎子現在才想起還有人正在等他們。

「當然要去，晚點再去能登那裡吧。」

「那就這麼辦吧。」本多贊成禎子的決定。

兩人告知司機室田社長名片上所印的自家地址後，計程車開始奔馳。

車內，兩人沉默不語，發現自殺者的事情緊緊地壓迫禎子胸口。本多看著前方，凝視著川流不息的車陣，他一定也在想著同樣的事情。

車子爬上位於市街南側的高地。

那是個非常漂亮整齊的住宅區。

「就是這裡了。」車子停下來，司機回過頭說。

禎子下了車，仰望正前方的住家，那是棟有著長長的圍牆，東西合併、瀟灑脫俗的文化住宅。

好氣派，禎子想。她看著門牌，上面寫著「室田」。

禎子再次抬頭仰望這棟住宅，感覺似乎在某處看過同樣的房子。

本多付清車資後走近她。計程車發動並離去。

啊！就在她發出聲音的同時，她的心裡猛然察覺到，這戶住家就是憲一書裡夾著的其中一張照片裡的建築物。

5 CHAPTER

第五章

沿海的墓場

1

和煦的陽光照射在按著玄關門鈴的本多背上。

那明亮的陽光，也迤邐在這棟美麗住宅的白色牆壁和庭院裡種植的樹木上。院子裡有棕櫚樹、喜馬拉雅杉樹和梅樹，籬笆上還有玫瑰的藤蔓攀爬，微弱的冬陽停留在小小的葉子上。

沒錯，不論是窗戶的形狀，或是棕櫚樹、喜馬拉雅杉樹，的確都是那張照片上的構圖。禎子就這樣地和夾在丈夫書裡的兩張照片的其中一張相遇了。

照片上那棟像是東京閑靜住宅區的的房子，就是蓋在金澤市內略高的山丘上、室田社長的住宅。丈夫經常造訪這裡，所以那張照片一定是他拍的沒錯。只是，他爲什麼要這麼做？他只是想拍房子而已嗎？還是有什麼其他的理由？

思索中的禎子看見玄關的門打開了，年輕的女僕看著禎子和本多兩人。

「請進。」她說完馬上請他們進去，應該是主人叮嚀過了。

他們被請進一間接待室，有著面向中庭的落地窗，從白紗窗簾流洩出來的光線，以及溫暖房間的瓦斯暖爐，使這裡洋溢著春天的氣息。室內的擺設統一使用讓人感到非常舒服的暖色系，主人挑選家具的品味頗爲出色。

女僕端來紅茶放在桌上，禎子總覺得她的眼睛一直注視著自己。從東京來的女客人這麼稀奇嗎？自己好像成了什麼珍禽異獸似的。

女主人沒多久就出現了。禎子驚訝於夫人比自己想像中還要年輕。她在深紅色的和服上穿著淺色短外掛，讓白色衣襟看起來格外搶眼，這種穿法讓人覺得女主人非常適合和服打扮。室田夫人有著鵝蛋臉，身型非常修長。

「外子打電話通知我了，我正在等你們呢。」夫人微笑說道：「我叫佐知子。」禎子和本多也各自打招呼。

「請坐。」

夫人開口勸兩人坐下，自己也靜靜地坐下來。由於身形瘦削，坐下的姿勢非常漂亮。她稱不上是大美人，不過皮膚白皙，長相討人喜歡，笑起來時，細長的眼睛看起來頗可愛。

「剛剛我們拜訪過社長，外子鵜原承蒙你們多方照顧，眞是非常感激。而且，今天還這麼突然地前來叨擾，非常抱歉。」禎子客氣地向對方致意。

「我嚇了一跳呢。」夫人順著禎子的話說道：「我作夢也沒想到鵜原先生會失蹤，我從外子那裡知道這件事的時候，簡直不敢相信，鵜原太太也一定很擔心吧。」

「是的，謝謝妳。」

本多這時對夫人說道：「鵜原於公於私都非常照顧我，所以我也應該來向夫人道謝。關於這次的事情，我們聽說您們兩位覺得之前鵜原看起來樣子怪怪的，如果您有什麼在意的地方，方不方便告訴我們呢？」

「好的。關於這件事，」夫人看著本多說道：「我想外子也說過了，最近鵜原的確不知怎麼地變得很陰沉。而且，聽說他在東京結婚了，並確定要榮昇回總公司，那麼他還這樣子不是很奇怪嗎？不過雖說他變得陰沉，但是之後想想，倒也不是那麼明顯。」

「鵜原有沒有對夫人說些什麼呢？」禎子問。室田親口說過丈夫經常造訪這裡。

「鵜原先生經常來我們家玩，因爲外子很喜歡他。」夫人彷彿看透禎子內心的想法回答。「有時候外子不在的時候，他會在這裡和我聊個一刻鐘，然後才回家。不過，他沒對我說過什麼內心話。再怎麼說他和外子在一起的時間比較長，比較可能對外子說過眞心話吧。對了，我記得鵜原先生曾說過他很高興妻子是個很漂亮的人。」禎子低下頭，她知道夫人正定定地注視著她。

儘管室田表示問問他妻子說不定會知道些什麼，可是眞正見到她之後卻沒有打聽到新的情報。而且由於雙方都是初次見面，談話的內容不過是些客套話罷了。

例如，禎子想問夫人有多瞭解鵜原的生活狀況，因爲禎子心裡直覺認爲丈夫身邊有其他模糊不清的女人身影。

或許夫人並不知道這件事，可是禎子來到金澤所遇到的人當中，最瞭解丈夫鵜原憲一私生活的人就只有室田夫妻了。如果更深入追問，或許能得到一些線索。

然而禎子沒有勇氣說出口，她只能接受「丈夫變得十分陰鬱」這種非常抽象的暗示。

女僕端來三個倒有威士忌酒的玻璃杯及裝有起士的盤子。

「請慢用。」

對於夫人的招待，禎子婉謝了，但本多還是客氣地接受。

室田夫人把玻璃杯貼在唇上說：「妳眞的很漂亮呢。」室田夫人再次看著禎子誇獎道。

「鵜原先生放著這麼一位美嬌娘跑到哪去了呢？」夫人像是在責備鵜原憲一地說著。

「啊，對了，」本多放下玻璃杯，想起什麼似地開口：「夫人問過鵜原他住在哪裡嗎？」

這是應該要問的問題，但卻不是身爲妻子的禎子說得出口的話。

「唉呀，」夫人睜大眼睛。「不是在金澤嗎？」

禎子不自覺地臉紅了，她覺得自己配不上妻子這個字眼，感到非常羞恥。

「不是的，他一開始的確住在金澤。」本多難以啓齒般地開口：「但在一年半前他就搬走，不知道搬到哪去了。辦事處的人都不太清楚，我們對這件事也感到很困擾。」

「這我還是第一次聽說呢。」

夫人似乎壓抑著內心的驚訝似地平靜說道。這是她對鵜原的妻子禎子的禮貌，這令禎子感到很悲哀。

「我一直以爲鵜原先生住在金澤，從來沒有向他問過這類問題。」夫人很過意不去似地說著。連室田夫婦都不知道丈夫住的地方。他們只知道他對工作非常一絲不苟、經常到各地出差，沒有人對他住在哪裡有所疑問。

禎子拉開椅子起身告辭。

「妳千萬不要太過擔心。」

打完招呼後，夫人對禎子說道。她以柔和的眼神安慰著比她年輕的禎子。

「我相信不久之後他一定會平安無事地回來的。」

一離開走廊到外頭，便猛然感覺到外面冷冽的空氣。夫人在兩人身後送他們離開。

禎子回過頭對站在走出玄關的夫人，下定決心地說道：「鵜原曾拍下貴宅的照片，今天造訪這裡，讓我覺得有點懷念呢。」

站姿也非常美麗的夫人，微笑地露出訝異的眼神。

「我不知道這件事呢。」夫人溫柔地回答：「不過，之前鵜原先生一直稱讚我們家，還說他也想蓋一棟這樣的房子。或許那個時候，他就在外面拍下照片作爲參考吧。」

禎子就在門口向夫人道別。立在夫人旁邊的，是種在花盆裡枝葉扶疏的萬年青，冬天的冷冽好像就浸泡在那葉子深沉的綠色中。

離開了室田家，禎子和本多在斜坡路上往下走著。

這個丘陵地帶的後方可以望見被雪覆蓋的白山峰巒，前面則是可以俯瞰金澤市街的原野。雲朵出現，光線黯淡下來，在稀薄的陽光下，依稀看得見遠方內灘周圍的海，能登那邊模糊的山頭像是腰帶般地突出。

「室田先生這邊也沒有重要的情報呢。」本多說道。他兩手伸進大衣口袋裡，走下坡道時腳上的鞋子發出啪搭啪搭的聲音。

「就是啊。」禎子一邊眺望著遠方的景色一邊走在下坡路上。

「他們果然也一樣不知道鵜原先生的住處，而且還很意外的樣子。」本多說完，這才意識到自己似乎說錯話。

「我在夫人面前問這種問題實在太失禮了。」本多向禎子道歉。

「沒有的事，相反地我很感激你問了這件事。」

禎子打斷他。本多的體貼讓她覺得很高興。本多的善良似乎從走在前方的他的渾圓肩膀流露出來。禎子想起丈夫在上野火車站要出發時，本多對於送行的自己說了句新婚賀詞，接著很知趣地拿著威士忌小酒瓶先走進車廂內的模樣。

「我很想問，但實在是難以啓齒，本多先生能提出來，眞是幫了我大忙。」

話才說完，禎子的心中再次深刻體會到「丈夫躲到這個世界上任何人都看不見的地方去了」的感覺。

「就連跟鵜原先生很親近的室田夫妻都不知道，那鵜原先生到底去了哪裡呢？」

本多的口吻聽起來似乎這件事情不光困擾著禎子，也折磨著他。禎子沒有回答。保持沉默是她在這種場合唯一能做的回答。

「對了，夫人向室田夫人提起了那張照片呢。」本多等禎子和他並肩而行後開口：「我聽到妳說了之後才突然想起來，室田家的房子和昨晚妳給我看的照片上的建築物簡直是一模一樣。雖然我心不在焉的，不過妳好像老早就注意到了。」

「我是看到房子的時候才發覺的，因爲和照片上的建築物完全相同。」禎子說道。

「光是這樣，就可以看出夫人比我還認眞呢。」

本多恢復平常的速度邁步向前。

「可是，從室田夫人的話聽來似乎那張照片並沒有什麼特別的含意。」

沒什麼特別的含意，對方的說明聽來的確如此。可是，那張照片的保存方法本身不就別有深意嗎？就像在隱瞞什麼似地把照片夾在和法律有關的原文書裡，而且還有一張農家住宅的照片也放在一起。要說含意的話，就是這兩張照片的組合實在太不協調了。

如果說室田家那棟氣派的房子，是丈夫拍來作爲將來夢想的參考，那麼那張破舊的農舍又是爲了哪種夢想拍下的？而且還兩張一組似地藏在書裡。外觀完全相反的住家，是以何種意義並存在丈夫的心中？

禎子想知道本多對此有何看法。

「啊，妳說那張農家的照片啊。」本多想起了那張照片。

「我也猜不出來，不過或許鵜原先生到某個地方出差的時候覺得那戶農家很有當地的特色，感覺很稀奇才拍下來的吧。如果會覺得很稀奇，我想應該是他剛赴任時拍的，所以那張照片才會比較舊吧。」

本多說出自己的推測。眞是如此嗎？會是那麼單純的原因嗎？丈夫憲一把拍的其他風景照都貼在相簿上，爲何只有這兩張沒有放進相簿裡，而是悄悄地夾在書中？

不過，禎子沒有勇氣向本多提出這個疑問，她必須記住他畢竟是丈夫的同事而已。她不希望洩漏丈夫的祕密。儘管禎子沒有自覺，但她潛意識已經完全當自己是鵜原憲一的妻子了。

「那麼，接下來要怎麼辦？」

本多突然停下來看著禎子，她馬上了解他的意思。橫躺在能登海岸的屍體，從方才就一直梗在禎子的胸口，想必本多的心情也和她一樣。

「我接下來要去現場。」

禎子回答。下了坡道，剛剛還看得見的能登那細長的山影，就這樣隱沒消失了。

本多看了看手表。

「啊，已經十二點多了。妳要去那邊的話，回來就會很晚了。」

「可是，我非去不可。」

「當然有必要早一點確認。」本多語氣強烈地說道：「我只祈禱那不是鵜原先生。」

「非常謝謝你。」

「夫人，不管妳多晚回來，我一定會在旅館等妳的結果。」

本多良雄這麼說完，一剎那間他凝視著禎子。

對於他那出乎意料的強烈視線，禎子感到有點狼狽而移開了目光。

此時有三四名男女彷彿很冷似地縮著肩膀從坡道下面走上來。電車奔馳的聲音近得清晰可聞。

2

禎子搭乘十三點五分從金澤出發前往輪島的列車。

車廂內既狹窄又簡陋。禎子一人坐在窗戶邊，前面坐有兩名當地青年，他們在津幡車站下車前不停地聊著電影的話題。

火車離開主線，頻繁地在小車站停留又開動。沿途可以看見湖面以及山脈。火車已經開進這個在地圖上看來宛如拳頭的半島了。

光是到羽咋車站就花了一小時。從這個車站換乘到更小的電車，得花一小時以上才能抵達能登高濱。這段時間海面忽隱忽現。

禎子厭倦了窗外的景色後，漫不經心地攤開在金澤買來的地方報紙，隨意地瀏覽。她被金澤市婦女聯合會舉辦幹事會的標題吸引，報導中列出了報告決議事項的出席幹事的名字，室田佐知子的名字排在第三位。

禎子的眼前浮現室田佐知子那穿著和服修長苗條的身影，以及鵝蛋般的臉龐，她有著一張柔和笑臉。所謂社長夫人一定就是地方上的名流貴婦，室田夫人在金澤就是這樣出色的人物。禎子想更瞭解室田夫人活躍的情形，重複看了這篇報導兩次。

在能登高濱站下車時已經過下午四點。冬天白晝較短，天空瀰漫著一股黃昏的氣息了。

禎子造訪高濱的分署，那是棟比分駐所稍微大一點的建築物。

「我接到金澤署的連絡，正在等妳呢。」

年老的巡查部長走出來對禎子說道：

「屍體暫時先埋葬了，不過我們拍了照片，妳要先看嗎？還是先看死者的遺物？」

「請讓我看照片。」禎子說道。

巡查拿出保管著的屍體照片，她胸口一陣痛苦，閉上了眼睛。

「就是這張。」聽到巡查的聲音，禎子果斷地睜開眼睛。

一張陌生的臉孔映入眼簾。那是一張骯髒到令人作嘔的頭部放大照片，鼻子和口部已經有著黑色的斑點了。

禎子沉默一下後搖頭，並用手帕摀住嘴巴。她覺得很噁心，額頭上開始滲出薄薄的冷汗。

「不是妳要找的人嗎？那眞是太好了。」

老巡查笑著對禎子說，並迅速地將照片翻到背面收起。

「讓妳大老遠跑了一趟，不過所幸只是搞錯而已，眞是太好了。」

巡查微笑說道：「這人是在懸崖上服藥自盡的。這附近的海岸都是懸崖峭壁，一年裡面總會有三、四件跳崖自殺的案件。像東尋坊那邊也因爲成了自殺勝地而引起騷動，不過人類這種生物好像很喜歡投崖自盡。我光是從高處往下看就怕個半死了，哪還有尋死的念頭。」

禎子只是點頭，想說的話卡在喉嚨出不來。

「就在最近，有個人就跟剛剛那張照片上的人在同樣的地方跳崖自殺，引起一陣騷動。不過他的身分馬上就查清楚了，所以屍體就由家人領回去了。這樣還算好，像那種一直身分不明的才讓人困擾。或許當事人不希望自己的身分被人知道，可是從我們的角度來看，那就好像死者永遠無法超渡，感覺很不舒服。」

禎子終於喝完一杯茶，離開了那裡。

高濱是個漁村，走在路上魚腥味不停竄進鼻子裡。禎子向當地人詢問有著斷崖的海岸在哪裡，對方回答在赤住，還告訴她坐巴士到那裡得花二十分鐘左右。

禎子搭上那班巴士。一邊是海，一邊是丘陵，巴士行駛在兩者之間彎曲蜿蜒的道路上。丘陵地帶逐漸變成旱田，土壤看起來很貧瘠。

赤住是個只有十五、六戶住家，半農半漁的村落。禎子走在路上，村裡的女性都以好奇的眼光一直看著她。禎子走上通往斷崖的道路，不到十分鐘就到了。太陽即將沉沒在封閉的雲朵中，向荒涼的海面上投射出一絲光芒。

一站上斷崖，寒風就正面吹來，直撲禎子。她的頭髮被吹得很零亂，但還是朝向大海站著。附近是岩石和乾枯的草地，海洋在遙遠的下方怒吼著。雲層低垂而下，藍灰色的海洋翻騰洶湧，激起滿滿的白色波浪，鈍重的光芒只在陽光照射之處累積著。

禎子不懂自己爲何會站在這裡。總之，她就是想站在海浪在腳下翻騰怒吼的斷崖上。她從以前就憧憬北陸陰鬱的雲朵和黑色的海洋。

禎子持續凝視著黑暗之海，她有種丈夫就死在這片海洋之中的感覺。丈夫不就是悄悄地橫躺在波浪之下嗎？海浪深沉的顏色讓她不禁陷入這種錯覺。
獨自佇立在此，眺望著北方海洋的自己究竟是什麼？是個尋找失蹤丈夫、徬徨又可悲的妻子。一個無依無靠、可憐的年輕妻子——
太陽沉沒，鈍重的雲越來越暗，海浪快速轉黑。潮浪聲高漲，風聲呼嘯其上。禎子全身發冷手腳冰冷，但她沒有意識到身體的變化。學生時代唸過的一首外國詩突如其來地浮現在腦海。
然而，看，天空的混亂
波浪——騷動著。
宛如高塔漸漸沉淪，
宛如推開陰鬱昏暗的潮水——
塔頂將好似薄膜般的天空
刺穿出一道狹小的裂縫。
此刻波浪發出紅光……
時間微微地低沉歎息——
在這世上一切都不禁呻吟之際。
禎子在心中反覆吟誦，依然注視著夕陽西下的海面的變化。
「In her tomb by the sounding sea!」
無意間，一句詩句脫口而出。禎子流下了眼淚。

沿海的墓穴裡
濱海的墓穴裡——

3

火車抵達夜晚的金澤車站。寒風吹進月台，被吐出車外的乘客縮著肩膀，魚貫走向剪票口。由於禎子坐在列車的後半部，因而只能走在人群的後方。能登海岸的海潮味好像還附著在身體某處。

電子時鐘顯示著九點三十分，看起來很溫暖的燈光鑲嵌在字盤上。時鐘的下方就是剪票口，人們在那裡排成一列，漸次縮小在另一端，然後在車站前廣場散開離去。禎子的眼睛捕捉到群眾中的某人。咦？她驚訝地睜大眼睛，因爲她看到了眼熟的背影。禎子不自覺地停下腳步，她想要上前確認，可是那個背影卻和其他人的身影重疊，消失在廣場對面了。

那不是大哥嗎？禎子心想。丈夫憲一的親兄弟，鵜原宗太郎那渾圓的頭顱以及寬闊的肩膀，和剛剛看見的背影實在很像。禎子急忙跑出剪票口。

「歡迎回來。」這時候，某個人走近打招呼。

「啊，」她一看，本多良雄客氣地站在她的面前。禎子快速地望向方才視線所及之處，那個人的背影已經消失在大批人群之中。

「你是特地來接我的嗎？」

禎子的視線回到到本多身上。他穿大衣的肩膀上，遠方的霓虹燈正閃耀著寂寞的光芒。

「我猜想妳可能搭這班車。我想早一點知道妳去能登的結果。」本多眼神微微低垂，辯解似地地說道。

「麻煩你跑這一趟，眞是不好意思。」

禎子低頭道謝，內心還在想著剛剛的背影。

那身影很像大哥，不過可能是錯覺，或許那一瞬間看錯了。大哥此刻不可能出現在這裡。

「結果怎麼樣？」

本多擔心地詢問，他指禎子到能登確認屍體身分這件事。禎子將心神拉回眼前。

「不是鵜原，是不認識的人。」禎子回想著照片上他人的臉孔回答。

「原來是弄錯了啊。」本多放心似地垂下肩膀。

「太好了，這樣我就安心了。」

「眞的是太讓你操心了，還讓你特地來這裡。」

「不，這種小事……」

人群散去，只剩下禎子和本多還站在原地，風從腳底吹上來。

「我們找個地方喝杯茶吧？」本多這麼說。禎子也想喝熱騰騰的東西，便跟在本多的身後走進車站前面一家簡樸的餐廳。

「很累吧。」

兩人隔著蓋著塑膠桌巾的桌子相對而坐，本多雙手交握，看著對面的禎子。禎子想起從室田家回來的坡道上，本多露出的複雜表情，不自覺地避開了他。

「那裡眞的和這裡完全不一樣。」禎子若無其事地回答。

「畢竟那裡是縣裡最落後的地方。」本多說。

「不過，我覺得有去看一下眞是太好了。」

「這倒是，的確有必要去確認那不是妳先生。」

「嗯，這是理由之一。不過撇開這件事不談，能看到眞正的北國之海的風景，我眞的很高興。我想我這輩子再也不會去那裡了。」

這段話聽起來有點輕浮。本多沉默了一會兒說：

「妳果然放心下來了，所以才會有欣賞風景的心情。這眞是太好了。」

紅茶送來了。溫熱甘美的甜味滲進禎子的舌頭。寒冷日本海空氣的鹹味，殘留在嘴唇某處。

「對了，妳還沒吃飯吧？」本多抬起頭問她。

一被這麼問，禎子才注意到自己一早開始胃裡就沒有裝進食物。能登的農村裡沒有可以吃的東西，搭火車往返時也沒有食慾。

「是的，不過我不想吃。」

「這樣對身體不好，還是找一家可以吃點東西的店吧。」

本多客氣地這麼提議，他的眼神卻充滿熱切。

「非常感謝你。」禎子再次道謝。「不過，我還是回旅館再吃吧。」

這樣啊，本多這麼說了之後，就沒有再提議，臉上則出現了一絲失望的神情。

本多特地在這種時候來車站接她也好，方才的瞬間他所露出來的眼神也好，禎子察覺到本多有了某種變化。然而現在的這種狀況，實在令她感到沉悶又心煩。雖然吃飯本身不是什麼大事，但她覺得自己似乎招惹了麻煩。

走出餐廳後兩人就此分手，因爲時間很晚了，禎子叫了部計程車。本多站在原地迎著寒風目送禎子離去，讓她覺得過意不去。

一回到旅館，她感到疲累不已。泡過澡，吃完很晚的晚餐後，禎子馬上鑽進被窩。明明身體非常累，但過了很久眼睛依舊沒有闔上。

禎子隔天又去了一趟警署，不過沒有什麼收穫。

第二天晚上，桌上的電話響了。

「是從東京打來的。」接線生說。

「喂喂，禎子嗎？」是母親的聲音。禎子腦海中浮現娘家放置電話的地方。

「現在究竟怎麼樣了？」

「狀況還不是很明朗。」

禎子爲了要聽清楚母親的聲音，用力地把聽筒壓在耳朵上。

「這樣啊，那還眞糟糕。」

「媽媽那邊有什麼情報嗎？」

「什麼也沒有。對了，關於妳要我調查憲一過去經歷的事，今天，我從佐伯先生那邊打聽到了一些事情。」

「是嗎？」

「我寫下來了，我念給妳聽。他從學校肄業後，馬上就進入R貿易公司上班。昭和十七（一九四二）年時他以R貿易公司員工的身分接受徵召到中國，戰爭結束的兩年後回國，隔年就辭去R貿易公司的工作。之後在昭和二十五（一九五〇）年，以警視廳巡查的身分分發到立川署去……」

「咦？」禎子不禁追問。

「他當過警察嗎？」

「是啊，我也嚇了一跳，一點都看不出來呀。」

丈夫鵜原憲一當過立川署的巡查——禎子的眼中浮現公寓的壁櫃裡，那些還未整理的法律相關舊書。

「據說他只當了一年半的巡查就辭職，接著就進入A公司了。這是佐伯先生調查過後告訴我的，應該不會有錯。」

「還有，」母親繼續說：「我問過了，佐伯先生說在他的記憶裡，憲一不曾跟女人扯上關係。我想應該不是騙人的表面話。」

「我想也是。」禎子認爲佐伯不會說謊。

「喂、喂，」因爲通話時間快結束了，母親的聲音變得急躁。

「妳打算待在那裡多久？」

「嗯，如果情況還是不明朗的話，這一兩天之內我就會回東京吧。」

「這樣嗎，那就好。回來之後要回來家裡來喔。」母親希望女兒去見她。

「好，我會過去。」

「妳身體還好吧？那邊好像很冷，沒有感冒吧？」

「我沒事。」

那麼，我等妳回來，這麼說完後，母親就掛斷了電話。

丈夫過往的經歷已經明朗，出乎意料的是他當了一年半的巡查。丈夫對這件事隻字未提，他或許不太喜歡這段經歷。

可是從他仍然還留著的那些舊書來看，不就代表憲一曾有過以警察的身分出人頭地的念頭嗎？他似乎有過打算從巡查慢慢往上爬，以更上面的職位爲目標而用功過的時代。必須要通過各種考試，才能爬到那個位置吧。禎子認爲丈夫的法律書籍就是考試用的參考書。

憲一爲何放棄了這個志願？他是在重新考慮後，認爲比起警察，進入A公司更能更開創未來嗎？還是被某人說動，才轉換跑道？。總之，他在進公司六年後就昇爲地方主任，負責一個地區，從這點來看，轉行進入A公司也算是成功了。

禎子突然想起應該要打電話到大哥家。在車站看見的那個像大哥的人、母親從東京打來的電話，以及知道丈夫過去的經歷這幾件事加在一起，讓她起了這個念頭。

打到東京的電話就像當地電話一樣立刻就接通，大哥家中的女傭馬上就讓嫂嫂聽電話。

「是禎子啊，晚安。很高興接到妳的電話。」嫂嫂的聲音還是那麼有活力。

「怎麼樣？知道憲一的下落了嗎？」

「還是不知道。」

「已經過了很久了，他到底去哪了呢？」

禎子才剛回答，嫂嫂就說了這句話，她似乎完全沒想到憲一其實是生死未卜。話筒另一端傳來小孩子的吵鬧聲。

「大哥現在在家嗎？」禎子問。

「啊，他兩天前去京都出差了。啊、對了，他說過如果公事早點結束，或許順道去妳那裡。」嫂嫂的聲音聽起來頗爲興奮。

禎子想，昨天晚上在車站看見的人果然不是大哥。如果在兩天前出差到京都，晚上從京都出發是沒辦法那麼快到達金澤的。

「如果他能去妳那邊就好了。」嫂嫂的語氣明朗快活。

「就是啊，如果大哥能來的話，可就幫了我大忙。」禎子回答。

「妳一個人心裡很不安吧，我老公過去的話就可以幫妳了。雖然他說會順道過去，可是公司眞的很忙。」

兩人繼續交談了兩三句後，就結束了通話。

那一晚，禎子疲累地睡著了。

隔天早上，禎子比平常還要晚起。吃完早餐，當她在窗邊呆呆地眺望金澤城時，電話響了。她心想是本多打來的，一接起電話後，「是禎子嗎？」大哥鵜原宗太郎的聲音闖進耳朵。

「啊，大哥？」禎子發出驚訝的聲音。

「早。我現在抵達金澤了，是從京都繞道過來的。我已經打電話問過A公司的辦事處妳住在哪家旅館了。」

「這樣子啊，你已經知道了啊。」

「我現在可以去妳那裡嗎？」

「請過來，我會等你的。」

掛斷電話後，禎子突然慌亂起來。大哥當然會過來這裡，甚至還可以說他來得晚了。不過既然大哥來了，就跟至今只有自己一人的情況大不相同，她必須改變自己的心情，這讓禎子覺得十分緊張，心理產生負擔。

大約過了三十分鐘，鵜原宗太郎矮胖的身體在女服務生的帶領下，出現在禎子的房裡。

女服務生把宗太郎的行李也拿進來。

大哥微笑著，脫下大衣給女服務生，喘了口大氣後坐到坐墊上。

「歡迎你來，大哥，百忙之中還跑這一趟眞是不好意思。」

禎子向他致謝。大哥也端正坐姿，回答禎子的招呼。

「我應該要更早來的，可是公司實在是太忙了。正好我到京都出差，趕快結束工作後，就來這裡了。我打電話給妳的時候，我才剛到呢。」

大哥的臉上長出了短短的鬍髭，可以看出他旅途的疲憊。

那麼大前天晚上果然是她看錯人了，禎子心想。

「你這麼累了還讓你操心，眞是對不起。」

「妳才是啊，很辛苦吧。」大哥拿出香菸點燃。

「那麼，憲一的事在那之後怎麼樣了？」

「還是不清楚，本多先生也很擔心地努力四處幫忙調查。」

「妳說的本多先生是誰？」大哥吐出口中的煙霧。

「他是憲一在這裡的繼任者，剛從東京到這上任。」

「喔，這樣啊。」

「雖說是例行通知，不過昨晚我打了電話給大嫂。那個時候，大嫂說大哥你到京都出差了，要是情況許可的話，可能就會順道來這裡。」

「這樣子啊。」

不知道是否被香菸的煙霧薰到眼睛，大哥半瞇著雙眼的表情和丈夫非常相似。

「不過，」大哥把話題轉回到憲一身上。「這次的事完全沒有找不到線索嗎？」

「是的。其實我和本多先生商量過，向警方提出了搜索申請，可是到現在還是沒有進展。大前天我們聽說能登的鄉下那邊有一具身分不明的自殺屍體，我還去確認過，所幸那不是憲一。」

「妳說自殺？」大哥提高聲調說道：「不用去考慮那種事，憲一沒有自殺的理由，他不會做那種事的。」

大哥露出嚴肅的眼神。

「他還活著，他一定還在某處活得好好的。」

6 CHAPTER

第六章

大哥的行動

1

鵜原宗太郎坐在禎子面前，一臉開朗地主張弟弟憲一還活著。

不用去考慮自殺那種事、憲一沒有自殺的理由，他不會做這種事的。就算鵜原宗太郎豪不在乎地這麼說，禎子仍舊無法說服自己相信。

「他還活著，他一定還在某處活得好好的。」他說得斬釘截鐵，卻毫無根據。大哥以一種魯莽的口吻，拚命說服禎子自己的弟弟還活著。

他的態度，只讓禎子認爲那是出於手足之情，而且如同頑固老人般毫無事實根據。即使禎子默默地等著，但大哥卻沒有進一步說明他如此堅信的理由。

女服務生端茶進來後又出去了。

「不過，憲一到現在還不現身，」禎子抬頭說道：「就代表他有某種理由不能現身，大哥你知道什麼線索嗎？」

大哥立刻沉默下來，伸長手臂拿起熱呼呼的茶杯，噘起嘴唇吹散熱氣。

「我沒什麼線索，」大哥回答：「只不過，他從小就是個隨性的人，還沒娶妳之前，曾經興致一來，什麼都沒跟我們說就跑去九州玩，他就是那種人。這次也一定是跑到某個地方去玩了，說不定他接下來就會出現吶。」

大哥大聲地喝著茶。

禎子沉默著。大哥是爲了某個目的才來金澤吧，絕對不是擔心憲一、在意事情的發展才來。他的口吻完全不把憲一的安危與否當一回事，根本就是抱著在出差的回程順道來這玩玩的心態。或者，這是爲了讓禎子安心，才說出這種近乎敷衍的話？他的話根本連安慰都稱不上，只令人覺得是一種空虛的親切罷了。

「憲一公司的人是怎麼想的？」

大哥觀察著禎子陰暗的臉色，他似乎還是很在意。

「因爲還找不到什麼絕對性的線索，大家就像在五里霧中。」禎子回答：「憲一在回東京的前一天晚上就行蹤不明了，他的行動就像是個謎團，公司的人也不知道該如何是好，這件事給本多先生添了不少麻煩。」

如果像大哥說的，憲一是興頭一來而躲起來的話，那眞是給太多人帶來大麻煩了。儘管不能直接反駁大哥的說法，但禎子還是以這種委婉的方式，反駁大哥剛才那番敷衍的話。

鵜原宗太郎默默地吸著菸，剛剛還一臉開朗的他，此時的臉色稍稍地暗了下來。禎子心想他果然還是察覺到自己話中的含意了。

「總而言之，」大哥皺著眉頭：「憲一還眞是讓人頭痛，你們才剛結婚就讓妳擔心成這樣。」

他好像也不知道該怎麼說。

「沒有的事，不用太在意我。比起我來，現在更應該在意的是憲一的安危。既然大哥都說憲一沒有自殺的理由，那這一點就可以安心了，不過卻還有其他要擔心的。」禎子看見鵜原宗太郎那一瞬間動搖的眼神。

「其他要擔心的？是什麼？」大哥問。

「我是指憲一可能遭到什麼人的加害。他完全沒消沒息的，我不禁有這種不吉利的聯想。」

大哥把菸蒂插進菸灰缸後笑了笑。

「這眞是愚蠢的聯想，沒有理由發生這種事的。」

他沒有理由會被殺，大哥這麼說：「所謂他殺，通常都牽扯到怨恨或金錢，憲一不是那種會招人怨恨的人。我是他哥哥，很清楚他的性格，他太懦弱了。他從以前就比我和其他人還要膽小。」

大哥刻意強調憲一性格上的缺點。

「我一點都無法想像憲一會遭人怨恨。至於金錢方面，憲一當時沒有保管公司的錢吧？」

「沒有，我沒聽說。」

「那麼他身上就沒有身懷鉅款，也就絕對不會發生有人覬覦他的錢財而殺害他的事情。禎子妳完全是杞人憂天。」大哥努力地說服她。

「我也這麼想。可是，一聽到警察發現了身分不明、特徵相似又意外身亡的人時，我因爲太過擔心，就趕到能登的鄉下去了。」

「去能登？」大哥睜大眼睛。「妳去了能登？」他盯著禎子。

「是的。我接到聯絡說有人發現了三十五、六歲的自殺男子屍體，所以我過去了一趟。雖然那根本就是不相干的人，可是一聽到死者特徵的時候，我還認爲說不定就是憲一。」

「什麼時候的事？」

「十七日的時候。我回到這裡時已經很晚了，那是個交通非常不方便的海岸。」

「在哪裡？」

「在能登的西海岸，一個叫做高濱的小鎮的郊區。在羽咋車站換車，下車後還換公車才能到。」

大哥對這些話沒有任何反應，只是拿出新的香菸，冷靜地點火。

「妳有點反應過度了。這麼小題大做，眞是讓人受不了。」

大哥率直地表示意見。

「妳也差不多該回去東京了吧。與其待在這裡傷腦筋，還不如待在東京比較好。」

「嗯，我母親也在電話裡跟我說過。」

「就是啊。去妳母親那邊，或者去我老婆那邊玩，好好放鬆自己比較好。」

「說的也是，我也正這麼想。」

「那就這樣吧，這樣最好。」大哥勸說著。

禎子看著他問道：「大哥，你接下來要怎麼辦呢？」

「我嗎？」大哥臉上閃過一絲迷惘。

「既然都特地來了，我想稍微調查憲一的事吧。不過，我公司那邊還有工作，也不能待太久。」

調查？大哥要怎麼調查？禎子想問，卻立刻忍住沒說出口。她之所以不敢直接開口問，是因爲大哥表現出來的某些態度，讓禎子有所顧忌。這時，放在壁龕上的電話響起。

「本多先生來訪。」櫃檯告知禎子。

「憲一公司的本多先生來了。他是憲一的繼任者，他也非常擔心這次的事情，要請他過來嗎？」禎子拿著話筒轉頭詢問大哥。

「也好，我正想要當面答謝他呢。」

大哥站起來整理坐墊。

本多良雄依舊非常客氣地進入房間，當他看到有初次見面的客人，顯得有點不知所措。

「這位是鵜原的哥哥。」禎子向他介紹。

本多恭謹地正座向大哥打招呼。

「實在是給你添麻煩了。」鵜原宗太郎也雙手伸出放在榻榻米上，爲弟弟致謝。

「您是在何時抵達的呢？」兩人相對而坐。

「我是坐快車今天早上到的。對了，我曾打電話到貴公司，你們的職員告訴我禎子住在這家旅館，眞是謝謝。」大哥輕輕地低下頭。

「您不用客氣。您是直接從東京來的嗎？很累吧。」

「不是，我剛好到京都出差，從那兒繞到這裡的。」

「原來如此，一大早趕來很辛苦吧。」

「是啊。不過一下車看到早上的金澤街道後，我就喜歡上這裡了。我到處逛了一下，眞的有身處在北國大城裡的感覺呢。」

大哥叼著香菸，向本多微笑。

「咦……？」

本多一瞬間似乎想反問，後來卻只是瞄禎子一眼，沒有開口。之後他也低頭從口袋取出香菸。這兩個男人之間的對話只有短短三兩句，客套之餘又不得要領，兩人都沒有試圖隱藏初次會面的尷尬氣氛。不知道是不是這個原因，大哥沒有詳細問本多有關憲一的事，反而站起身來。

「禎子，我還有事，反正傍晚時我會再來的。」

大哥說完，又向本多打個招呼後就離開了。禎子送他到玄關。

「那個叫本多的，人老實嗎？」大哥在中途壓低聲音問禎子。

禎子知道大哥問這句話的意思，她想她必須儘早回東京了。

「那麼，傍晚見。」大哥晃動著肩膀走向對面的馬路。

看著那個背影，禎子想起了之前晚上從能登回來，在金澤車站所看到疑似大哥的背影。雖然在人群之中無法確定是他，但怎麼想她都覺得非常相似，可是大哥看來是在今天早上才從京都到這來的，那應該是自己的錯覺。

回到房間，本多看起來坐立不安。

「我來這裡拜訪，沒有得罪夫人的大哥吧？」他說著，一邊露出了似乎在看著某種耀眼事物的炫目眼神。

「沒有這回事。大哥只是感謝你對我的照顧，請不要想太多。」

本多嘴裡說著這樣啊，但似乎還是很在意。他接著表示今天早上來訪的目的。原來總公司來了聯絡，再次通知鵜原憲一依然沒有主動連絡。

「大哥來這裡，是因爲他有什麼線索嗎？」之後本多問道。

「不，他似乎也不是很清楚。」禎子特地隱瞞大哥先前所說的話。

「這樣啊。」本多沉默好一會，下定決心似地說：「他眞的是今天早上到這裡的嗎？」

「咦？」禎子不自覺地回看本多。

「呃，因爲他說的話有點奇怪。」本多有點臉紅。

「怎麼說呢？」禎子若無其事地追問。

「他說他一到金澤就馬上到鎮上逛，對吧？就是這裡很奇怪。」

本多開始分析。

「因爲根本就沒有任何一班快車直接從京都開到這裡而且在早上抵達的。晚上十一點五十分從京都出發的『日本海號』，抵達這裡的時間是早上五點五十六分，那個時候這裡還是一片漆黑。」

禎子恍然大悟。

大哥的確說過他是從京都坐快車來的，那麼在天未亮的時候逛街確實很奇怪。但他的話聽起來就像是他曾經走在沐浴著晨光的市街上。

禎子直覺地認爲大哥不是從京都來的，恐怕是聽什麼人說從京都坐快車，早上就會抵達金澤，所以拿來套用。但他卻忽略冬天清晨的金澤一片漆黑，脫口說出這樣的話。他的確說了謊。

禎子馬上想起前晚在金澤車站的人群中，看見那個酷似大哥的背影，如今想想那的確是大哥本人。可是那些人都是從能登輪島來的，禎子在那班列車上，那麼大哥也是搭同一班列車，只是坐在不同車廂罷了。

「本多先生，前晚我回到這裡時，有沒有發自京都或是東京的火車到站？」禎子問。

本多一臉疑惑，不過還是從口袋裡掏出小型時刻表。

「這個嘛，那時是晚上九點二十八分，嗯……」本多翻了兩三頁後說：「沒有。從上野發的列車是在晚上七點十二分到站，從京都發的車是晚上六點六分到站，在妳抵達的那段時間前後，並沒有其他列車靠站。」

那天傍晚，本多告訴禎子他還發現一件關於大哥鵜原宗太郎更奇怪的事情。

「今天，我在路上看到妳大哥。」本多說道：「他沒有注意到我，那時候他正從一家奇怪的店裡走出來。」

「奇怪的店？」禎子追問。

「對當地人來說，那是間普通的店，那是一家洗衣店。」

洗衣店？禎子也很意外。

「距離那家店不遠的地方，還有一家洗衣店。我這麼做可能有點不妥，不過我還是繼續觀察他的行動，發現他也走進了那家店，不久又很快就走出來了。」

「……」

「看樣子，說不定他全市的洗衣店都去過了。」

禎子屏住呼吸，說不出話。

2

大哥鵜原宗太郎去過金澤市內所有的洗衣店。從本多那裡聽到時，禎子內心莫名動搖。

「他到底爲什麼要去洗衣店呢？」

禎子看著本多回答：「我不知道。」

本多也一臉驚訝。「夫人也不曉得嗎？」

「我完全不知道。」

禎子可以了解本多提出這個問題的原因。憲一和大哥、大嫂共同生活在一個屋簷下，三人之間或許有著外人無法得知的祕密。因此本多才會略帶遲疑地將大哥造訪洗衣店的古怪行動，和這件事情連結在一起。

「姑且不論他是不是從東京過來，但他才一到這裡就突然造訪金澤市內的所有洗衣店，這到底意味著什麼？」

這絕對不是大哥有什麼事情必須去洗衣店，而是憲一和洗衣店之間有著某種關聯，大哥此舉便是在調查其中的關聯吧。

「我想他應該是去向各家洗衣店裡詢問鵜原先生的事情吧？」

本多也表示相同的意見。

「我也這麼認爲，畢竟憲一在這裡住很久了。」

憲一在金澤工作了兩年，單身的他一定都將換洗衣物拿到洗衣店處理。可是，大哥想從丈夫的換洗衣物裡調查出什麼呢？如果眞是如此，那麼他應該要向禎子說這件事。他究竟基於什麼理由必須獨自偷偷進行調查呢？

「我不知道我這麼說對不對，」本多微微臉紅，不自在地說道：「我想妳大哥對於鵜原先生失蹤的事情，或許有某種程度的了解。」

禎子感到愕然，聽本多這麼一說，她才發現這想法或許是正確的。

大哥由於工作忙碌而走不開，無法馬上趕到弟弟失去行蹤的金澤。而且到目前爲止，他對這次的事表現得非常樂觀，這恐怕是他有特別的根據才會如此吧。

而證據就是，自從他來到金澤後即進行著非常大的動作。他表示他是到京都出差順道過來這裡，卻又祕密地跑去了能登。如果眞如禎子所發現的，他去了能登，他爲何要對她隱瞞他的行動？他是憲一的哥哥，因此他才會知道弟弟某部分的祕密吧，而且那還是不想讓弟媳禎子知道的。

禎子默默地思考後，低著頭小聲說道：「我也不清楚，不過或許就是那樣吧。」

「夫人，」本多像是要喚起她注意似地說道：「我想我可能管太多了。不過還是可以問問那家洗衣店，看看妳大哥究竟是爲了什麼事情去那裡。妳覺得如何？」

禎子抬起頭。

「嗯，」本多雖然有點呑呑吐吐，但還是很熱心地說道：「我說這種話似乎顯得我不相信妳大哥，可是在這種情況下，我信不信任他，不是最重要的事。如果他去洗衣店這件事和鵜原先生有關，我們當然必須知道。只是，他因爲某個原因不告訴我們內情，那麼只好自己去打聽了。」

本多說得沒錯。他這麼熱心，正是因爲大哥去洗衣店的事似乎和丈夫的失蹤有關。

「嗯，那麼我也一起去。」禎子下定決心地說。

「是嗎？」本多露出了放下心來的表情。

禎子在偏房換上外出服。她覺得本多和她一樣，對大哥抱持懷疑。這麼說來，本多第一次見到大哥的時候似乎就對他沒有什麼好感，而大哥也是如此。

（那個叫本多的，人老實嗎？）他在走廊時悄悄地這麼問禎子。

大哥當時試探的眼神令禎子厭惡，她直覺地知道大哥之所以這麼問的含意。她在內心吶喊著一定要早點回東京。

然而這同時也意味著禎子的心虛感受。本多對禎子抱有特別的感情，儘管他極力地自我克制，卻還是不經意地流露出來，令禎子不知所措。而這不知所措的行爲，就表示禎子內心也覺得對大哥有所虧欠。

敏感的本多好像也察覺到大哥的眼神了，他似乎也不是很喜歡大哥。

兩人出了旅館已經是晚上了，他們還是搭乘綠色的小電車去目的地。這麼說有點奇怪，不過這電車已經融入禎子這幾天的生活了。

在下坡途中的某個車站，本多催促禎子下車。

「我就是在這裡看到的。」本多在十字路口指著小巷。從轉角那裡數來第五、六家左右，有個洗衣店的招牌掛在門燈下方，兩輛裝著待洗衣物的大籠子腳踏車就放在店門前。

進到店裡，兩個男人並排在工作檯前面，移動著大大的熨斗。

本多向他們問話，禎子站在本多後方聽著。

「是的，我們的確在今天早上見過那個人。」

看起來像是老闆的胖男人把熨斗放在旁邊，看著本多回答。他把燙好的長袖襯衫，折出摺痕漂亮地疊在一起。

「他問我們有沒有一個叫鵜原憲一的客人拿換洗衣物來這裡。」老闆答道。

「原來如此，那麼，貴店曾收過鵜原憲一的送洗衣物嗎？」本多問。

「不，我們沒有接過這個客戶。爲了愼重起見，我還查過帳本，但並沒有收過叫做鵜原的人的外套。」

「你說外套？」本多反問。

「是的，那個人說他應該只有拿外套來。雙排扣的，顏色好像是灰色。」

禎子心想如果是灰色的西裝，那麼就和丈夫出發到金澤時所穿的相同。

「可是，我們的確沒有收到。我一這麼說，那個人就走了。」

洗衣店的老闆再次握住熨斗的把手。兩人步出洗衣店，途中不禁面面相覷。

「鵜原先生爲何只拿那件外套到洗衣店換洗呢？」本多困惑地說道。

「這我也想不出來理由。」

很少人會只拿外套送洗，爲什麼不連褲子一起洗呢？既然要替換，只拿褲子去洗是很平常的，可是只拿外套的話就有點奇怪了。

而大哥知道憲一的這個習慣吧。

禎子突然注意到某件事。

「本多先生，鵜原最後離開辦事處時穿的是什麼顏色的外套？你還記得嗎？」

「這個嘛……」本多想了一下。

「還是灰色的，和他從東京來的時候是同一件西裝。」

「是嗎？」

這麼說來，憲一在離開辦事處之後，或許就拿著外套到洗衣店去了。

「他在辦事處的時候也一直都穿那件西裝嗎？」

「是的，只穿那件。」這次本多很確定地回答了。

那麼，憲一果然是在失蹤後拿著外套到洗衣店去了。他爲什麼只洗外套？有什麼地方特別髒嗎？還有，大哥爲什麼會知道？

從這個假設出發的話，只有一種可能，就是丈夫躲在金澤市內的某個地方。不然的話，就應該不會只拿外套去洗了。

丈夫爲了什麼原因要默默地躲在市內？或許目前他仍舊躲在那個地方吧。還有，爲什麼大哥會對這件事情有某種程度的了解？

本多帶禎子到另一家洗衣店。

「那個人的確來問了和你們同樣的問題，不過我沒有接過這樣的客戶。」店主也這樣回答。

「要再看看其他店嗎？」本多看著禎子。

「不了，這樣就夠了。」

禎子很累了，她覺得不論問多少家都只會得到同樣的結果。

「這樣嗎。」本多用憐惜的眼神看著禎子。

「那，要不要在這附近喝杯茶呢？」本多邀請她。

在咖啡店裡兩人相對而坐時，禎子說出了她一直在考慮的事情。

「本多先生，我要搭明天的火車回東京一趟。」

「咦？」本多眼睛睜得大大的，手裡還拿著咖啡杯。

「這樣啊，妳還是要回去啊。」本多明顯地很失望。

禎子低頭避開他的視線。她想離開金澤的理由之一，就是本多的存在。

「我在不知不覺間也留在這裡很久了。還有，我必須回東京去確定一些還不清楚的事情。」

其實，這是她眞正的心情。

本多默默點頭。可是，他仍舊一臉失望，讓禎子覺得有股壓迫感。

「所以，妳要和妳大哥一起回東京嗎？」本多刺探般地問。

「不。我會打電話到他住的旅館跟他說，我一個人回去。」

這些話代表了她對大哥的不信任，或者說是跟大哥的對峙。

本多馬上了解到禎子話中的含意，初次露出安心的表情。

「這樣或許比較好。」他委婉地表示贊成。

「他或許還在金澤，我會寫信通知夫人他在這裡的行動的。」

本多看著禎子，發表宣言般地說道。

7 CHAPTER

第七章

過去的經歷

1

禎子搭乘早上抵達上野車站的夜車回去。看慣了金澤市街的雪景，東京晴朗蔚藍的天空，和在明朗陽光下發亮的街道和建築物，讓人倍感新鮮。

禎子坐計程車來到位於世田谷的娘家，母親跑出玄關迎接她。

「我回來了。」

「歡迎回來，辛苦妳了。」

母親宛如守護寶物似地凝視著禎子，她似乎很擔心女兒的臉頰凹陷。

「那邊很冷吧？」

「是啊。」母親掀開蓋著暖桌的棉被，急忙撥大火燄。

「媽媽，這裡很暖和，沒關係的。」

母親似乎認爲女兒身上一直帶著金澤的寒冷。從走廊的玻璃窗透射進來的陽光溫暖了榻榻米。

母親開始準備泡茶。

「我來泡吧。」

禎子一站起來，母親就趕忙說沒關係、沒關係地阻止她。看著母親疼愛自己的模樣，禎子胸口感到一陣溫暖。

「憲一還是下落不明嗎？」

母親一在禎子對面坐下後，便立刻半是擔心，半是害怕地皺眉問道。

「是啊。就是我大致在電話裡說過的那樣。」

禎子更詳細地敘述經過，只是，沒有進一步地談到憲一大哥的行動。那不是能讓母親知道的事情，她只說了憲一大哥到京都出差，順道到金澤而已。

「可是，憲一大哥能去金澤眞是太好了，畢竟是兄弟，比起妳在那邊瞎找，他或許可以更快找到線索呢。」

母親聽到這件事後很高興。雖然母親只是單純地這麼認爲，可是大哥的確比禎子更了解憲一。

「憲一至今還是沒有主動聯絡任何人，拜託警察也還是不知道下落，事情到底會變成怎樣呢？」

母親雖然避免提到不吉祥的字眼，可是憲一的生死問題似乎還是梗在她胸口。

「大哥說過，憲一沒事的，他一定還活著。」

禎子引述大伯刻意強調的憲一還活著的說法。

「這樣啊，他這麼說啊。」

母親只因爲憲一大哥這麼說就開心地笑著。她彷彿認爲正因爲是血肉之親的主張，所以一定不會有問題，同時也以這件事向禎子求個安心。

「所以，他還留在金澤那邊嗎？」母親問。

「嗯，是的。」

「既然這樣，說不定很快就會知道下落了。那妳就冷靜地等他回來吧。」

總之母親把期望放在憲一大哥身上。

禎子心想大哥和憲一一定多少有連絡過，他之所以能樂觀地認爲憲一還活著，就是因爲如此吧。可是，無法輕易離開東京的大哥，最後以到京都出差爲名目來到金澤，不就是因爲他覺得憲一行蹤不明的時間太長了嗎？禎子覺得大哥的行動隱含著某種狼狽感。

大哥鵜原宗太郎接連地造訪金澤的洗衣店，詢問憲一有沒有送洗西裝，這麼問到底有什麼樣的意義呢？憲一的失蹤和送洗西裝之間，究竟要如何連接起來？

把西裝交給洗衣店，唯一的原因就是西裝髒了，可以想見憲一做了弄髒西裝的事情。

若眞是如此，這又和憲一不可理解的失蹤之間，有著何種關聯？

禎子總覺得那是血漬的髒汙，西裝上的黑色汙點是血跡。那是憲一自己的血跡，還是其他人的？這無法知道。但是那好像就是憲一失蹤的原因。

這麼說來，大哥之所以到洗衣店，就是因爲他可以預測憲一行動。換句話說，大哥對於憲一的失蹤握有充分的線索。他不想把這些告訴禎子，或者該說他不能告訴她。禎子心想，憲一的失蹤事件演變到此，和犯罪有了關聯。

禎子對母親表示要去向留在青山大哥家的嫂嫂打聲招呼，接著就出門了。禎子希望透過這次的拜訪能從嫂嫂的口中，得到什麼線索。

嫂嫂讓小孩在玄關旁邊晒得到陽光的位置玩耍，一看到禎子就說道：

「唉呀，妳回來啦。」她一臉天眞地笑著。

「金澤很冷吧？」

「是啊，雪下得好大呢。」

「來、來，快進來。」嫂嫂邀請她到客廳。

「妳還是不知道憲一的行蹤嗎？」

「是的，還是不清楚。」

「那還眞糟糕呢。」嫂嫂觀察著禎子的身體。

「妳好像變瘦了？」

「是嗎，我倒是沒什麼感覺。」禎子微笑著低頭。

「妳在金澤，見到我老公了吧？」

「是的。讓大哥擔心了。」

「他還沒回來呢。」

「大哥在百忙之中能抽空前往，我眞的非常感謝。」

「沒有啦，哪兒的話。他是爲了自己的親兄弟啊，他也對禎子感到過意不去啊。」

「眞是抱歉。」

「而且，他是個急性子。他現在一定在那邊忙得團團轉呢。」

禎子可以聽出嫂嫂話中有著，與其禎子瞎忙，不如由丈夫去金澤處理還比較有效的言外之意。

嫂嫂單純地相信丈夫的行動力。然而禎子對大哥的行動抱持著疑念，所以對嫂嫂的話不置可否。

「大哥很早就決定要到京都出差了嗎？」禎子轉換話題。

「不是，妳打電話來的那天，他就突然說要立刻出發。妳爲什麼這麼問？」

「沒什麼，我以爲大哥是以金澤爲目的地。」

「沒那回事，他是公事第一的人。」嫂嫂不滿似地輕輕抗議。

「他是因爲正好到京都出差，才會順道去金澤看看的。」

那麼，大哥也隱瞞了嫂嫂自己到金澤的事。對禎子來說，大哥到京都出差只是個謊言。爲什麼他必須隱瞞自己直接到金澤這件事？

嫂嫂倒了茶。

「大嫂，」禎子撒嬌似地問道：「妳結婚到現在有幾年了？」

嫂嫂誤解她的意思而笑了出來。

「這個嘛，已經有十五、六年了吧，我不太記得了。」

「這樣啊。」禎子低下頭。

「奇怪嗎，怎麼了？」

「是憲一的事情啦。」禎子抬起頭。「他以前當過巡查嗎？」她裝作若無其事地發問。

「喔，對、對，是有這麼回事。」嫂嫂立刻肯定地回答。雖然禎子結婚的時候不知道這件事，可是看嫂嫂的模樣，鵜原家似乎不打算刻意隱瞞。只是那種經歷沒那麼光彩，所以沒有特別強調，似乎也能這麼解釋。

「他是在立川署工作嗎？」禎子問。
「是啊，妳很清楚呢，是聽憲一說的嗎？」
「嗯，我曾經聽他說過一次。」禎子含糊地回答，然後反問：
「那個時候，憲一有帶過警署的朋友來大嫂家嗎？」
「這個嘛，」嫂嫂露出思考的眼神。
「這麼說來，他好像曾經帶過親近的朋友回來呢。我還記得雖然說是請客，但因爲那時是昭和二十五（一九五〇）年左右，是個物資缺乏的年代，連點像樣的食物都做不出來。」
「那大嫂還記得那朋友的名字嗎？」
「這個嘛，妳等一下。」嫂嫂盯著空中思索著。
「對了、對了，我想起來了，是個叫做葉山的人。」
嫂嫂因爲想起名字而微笑。
「葉山嗎……？」禎子爲了記下這名字而輕聲複誦。
「對，因爲和皇室的別墅所在地的地名相同，所以我才記得。憲一因爲那種個性，沒有太多朋友，他只和這個人很親近。」
「這樣啊。」
「怎麼？妳打算找那位葉山先生問些什麼嗎？」嫂嫂露出些微懷疑的表情問。
「是的，我有那種打算。」禎子把眼前的嫂嫂當作大哥似地輕聲說道。

「可以說是死馬當活馬醫了。」

「可是，」嫂嫂露出比方才更驚訝的表情說道：

「那是將近十年前的事了喔。在那之後憲一沒有再和葉山先生有任何往來，他們已經沒有關係了，對方也不會知道憲一現在的下落吧。」

「說得也是。」

禎子雖然老實地回答，可是卻打算一離開這裡就馬上前往立川。

「大哥何時回來呢？」禎子作勢起身。

「嗯，他還沒和我聯絡所以我也不清楚，不過大概到明天就會回來了。公司也沒辦法讓他待那麼久吧。」嫂嫂說完後，又說：「他回來的話，可能會知道些什麼，我再打電話聯絡妳。」嫂嫂的口吻彷彿是要替禎子打氣似的。

禎子一離開大哥家，就搭上計程車前往新宿車站。從車窗往外看，帶著春意的暖陽照射在外面庭園的草地上，和金澤昏暗的雪景是完全不同世界的色彩。

她的眼前又浮現了能登沉重低垂的灰色雲朵，和黑暗之海的顏色。

2

一個小時後抵達了立川車站。

禎子第一次來這裡。她一出車站就看見濃妝豔抹的日本年輕女孩，挽著外國士兵的手走在大馬路上。這時頭頂上方傳來了巨大的聲響，原來是軍用直昇機飛過上空。街道上沒有人抬頭看，大家似乎都非常習慣這震耳欲聾的聲音。

立川警署就位在大馬路上，非常好找，建築物本身並不太大。

「請問葉山先生在嗎？」

禎子才剛向服務處的巡查詢問，就有名中年巡查轉過頭來問：

「妳找葉山？那個葉山叫什麼名字？」

禎子回答她不知道名字，中年巡查又問：「是以前在這兒待過的人嗎？」

這時眾人都往這兒看了。

「大概在十年前，葉山先生曾是這裡的巡查。」禎子只知道這麼多。

「啊，我知道了。」中年巡查邊點頭邊說道：

「一定是葉山警部補吧。這裡從以前到現在就只有他姓葉山。」

「那他現在在嗎？」

「他在，我去叫他，貴姓？」

「敝姓鵜原。」巡查聽了姓氏之後就進去找人了。

不久，一名年約三十六、七歲，身穿警部補制服的警官急急地走在方才的巡查前面出來了。

「妳是鵜原女士嗎？」警部補盯著禎子看。

「是的。」禎子很有禮貌地鞠躬。

「請問是葉山先生嗎？」

「是的。妳說妳姓鵜原，莫非妳是鵜原憲一的……」警部補打量著禎子。

「是的，我是鵜原的妻子。」禎子低著頭說。

「喔，果然是他太太，有什麼話請到這邊談。」葉山警部補走到禎子身邊，伸手示意接待室的方向。禎子就在小小的接待室中和葉山警部補隔著圓桌相對而坐。葉山警部補是個中年發福，有著紅潤臉色的人，笑起來眼睛會瞇成一條線，談吐開朗。

在重新自我介紹後，警部補便詢問鵜原憲一的近況。他說他和憲一已經有七、八年沒見面了。

「對不起，可以向您打聽一件事嗎？」禎子開口問道：

「鵜原在這裡擔任什麼職務呢？」

「他是風紀股的，而我是交通股，不過我和鵜原很合得來。」

「風紀股？那是什麼樣的工作呢？」

禎子一這麼問，葉山警部補就盯著她的臉反問：

「鵜原太太，鵜原他怎麼了嗎？」

鵜原他怎麼了嗎？葉山警部補的問法很奇怪。在初次見面的寒暄之後馬上說出這種話，他猜想到了什麼？禎子不自覺地凝視著葉山，警部補好像也注意到這點。

「不，我眞失禮。」他有點臉紅。

「因爲我已經和鶇原七、八年沒見了，再加上初次見面的鶇原夫人又這麼問，不小心就問了這麼沒有禮貌的問題。」

乍聽之下的確有道理。被自稱是舊同事妻子的女人拜訪，直覺聯想到分開的友人發生了變故，也不是什麼奇怪的事情。

「夫人，」警部補說：「櫃臺通知我一位叫鶇原的女士要求見面時，我立刻就認爲是鶇原憲一的太太，因爲鶇原這個姓氏並不常見。」

「我們是在今年十一月結婚的。」禎子稍微低著頭說道：

「雖然說是婚前，可是鶇原之前受到你許多照顧，所以我特地前來致謝。」

「哪裡，我才是呢。」葉山警部補好像有點不知所措。

「那麼我想跟他說聲恭喜。雖然我們很久沒見面了……」

他好嗎？警部補好像把這句到了嘴邊的招呼語吞了回去。

「我之所以突然來這裡拜訪您，是鶇原發生了有些不太對勁的事情。」

禎子下定決心說道。

「什麼，妳說不太對勁的事是指？」警部補張大了那對小眼睛。

「您知道鶇原現在在A廣告代理公司工作嗎？」

「我知道，他在很久以前曾寫過明信片告訴我這件事情。」

「鶇原目前擔任A公司的北陸地方主任，工作地點主要在金澤。」

禎子詳細地說明丈夫已經決定調回東京任職，在處理最後的交接事宜時，就這樣前往金澤後下落不明的經過。

「公司也很擔心，拚命地尋找他，雖然也拜託警察搜尋，可是到現在還是不知道他在哪。」禎子說道：「我跟鵜原結婚還沒多久，不知道詳細狀況。不過鵜原家庭並不複雜，因此我不認爲是這方面的問題。公司那邊也調查過，沒有發現什麼理由。沒有人對於鵜原的失蹤掌握任何線索。」

這時，憲一大哥的身影掠過禎子的腦海，不過她並沒有告訴警部補。

「雖然妳說失蹤，」熱心聽著她的話的警部補第一次開口。

「可是那是鵜原自發性的行動嗎？」

「雖然我不清楚，但我的確是這麼認爲的。」

禎子明確地說出自己相信的事情。

「我並不認爲鵜原是被外力，例如遭到某種暴力被綁走的。」

「原來如此。」葉山警部補點頭，喝下已經變溫的茶水。

「因此，夫人打算問我鵜原在這裡工作時的狀況，然後從中找出鵜原這次失蹤的原因嗎？」警部補把茶杯放回桌上後說道。

「正是如此。」禎子回答：「我和鵜原是相親結婚，成爲夫妻的日子也不長，可以說我完全不瞭解鵜原的事。因此，最近知道鵜原以前當過警察時，我眞的有點意外。」

「妳說最近？」警部補露出訝異的眼神。

「鵜原沒有對夫人說過嗎？」

「我沒聽過，鵜原也沒說，鵜原的大哥也沒告訴我。」

「這樣子。」

「我能接受鵜原不想跟我說這件事。他並不是刻意隱瞞，或許只是不想告訴妻子他當過警察。」

「抱歉，夫人，」警部補客氣地說道：「我想妳可能想太多了，鵜原辭去警察一職，絕對不是因爲不名譽的理由。他對職務非常熱心，當他表示要辭職時，自署長以下，身旁所有的人都勸阻他。爲了鵜原，我一定要跟夫人說清楚。」

「謝謝您。」禎子輕輕地低頭，她對警部補站在丈夫這邊的好意感到很感激。

「您剛剛說鵜原是風紀股的巡查，那到底是怎麼樣的工作呢？」

「鵜原在這裡的時候，還是美軍佔領時代。」警部補開始說明：

「即使到現在，這裡仍是美軍的航空部隊基地。當時，這個小城中到處都是美國人。這裡的日本人數量只有他們的一半，以及不知道是日本人還是美國人的妓女，和美國人一樣多。現在美軍撤退後人數變少了，那些女人也如火焰熄滅一般地消失了，不過在那個時候眞的很多。」

禎子也透過報紙隱約知道曾經有過這種事。

「警察當時花了很大的心力處理那些妓女。她們就像爬滿食物的蒼蠅一樣，怎麼趕都趕不走，沒完沒了的，眞的是很麻煩的差事。所謂的風紀股，就是那些苦差事的執行者。」

禎子想起當時報紙和雜誌曾經刊登過警方的吉普車上擠滿了女人的照片。

「身為風紀股巡查的鵜原也非常辛苦。雖然他和我不同部門，可是因為我們感情很好，所以我常聽他抱怨自己有多辛苦。對了，鵜原曾經這麼說過，雖然大部分的妓女都是無知的女人，可是其中也有相當堅強的，也有受過不錯的教育，頭腦好的女人。此外，也有雖然沒有教養，可是卻很天真無邪心地善良的女人。接觸久了之後大家也變成熟人了，逐漸了解她們的原來面貌。因此，雖然這是自己的職務，但她們也是被欺負的一方，令他覺得很辛酸。」

「鵜原之所以辭去警察工作，是因為這個理由吧？」

「我想不只這樣。當時美軍有著絕對的權力，我們就像是被美軍使喚的爪牙。鵜原在那樣的狀態之下，也曾懷疑、煩惱過自己身為警察的價值。因此，便漸漸地討厭起警察這個工作了。這是我的想法。」

禎子離開立川警署。

她和葉山警部補見面，聽對方講述鵜原憲一擔任警察時候的狀況，卻沒有發現他失蹤的原因。只知道他在美軍占領時代，擔任風紀股的巡查，工作內容主要是取締妓女；以及他對當時的警察工作抱持著疑問，漸漸開始厭惡起這份工作，決定辭職而已。

禎子一開始曾經漠然地認為著憲一之所以辭去警察，是因為發生某種事故。憲一完全沒提過自己曾經當過警察，就像在隱瞞著什麼似的，讓人不禁猜想他避而不談的事情，就是警察時代的某件「事故」。或許那件黑暗的事情，和他這次無法解釋的失蹤有某種連結。

可是事情並非如此，至少從葉山警部補所說的話裡，找不到那樣的關聯。這樣說來，憲一沒有向她表明自己過去曾經當過警察的原因，是因爲對妻子有一種自卑感吧。禎子的某個朋友曾經說過，所謂男人，是不願對心愛的妻子說出自己過去曾經從事過討厭的職業。禎子突然覺得自己似乎能理解這種心情了。

前往車站的途中，一名穿著紅衣的日本年輕女子跟著美國士兵從禎子身邊走過。年輕的女子說著英文，美國人彎下自己高挺的背，邊點頭邊走向前面的道路。禎子看著兩人走出的房子，似乎是改造過的農家建築，還有像防風林的樹木圍繞在周圍。從樹的縫隙裡可以看見武藏野寬廣的農田鋪展開來，陽光照射在遙遠的地方，因爲雲的移動，光線也跟著移動。

一走到熱鬧街上，禎子發現鎮名是美國名稱。突如其來的轟隆聲撕裂空氣，穿越她的上空。

禎子帶著一身疲累回到家。

「我在等妳回來呢。」母親看著禎子，相當緊張地說道：

「妳青山的大嫂又打電話過來了，她說如果妳回到家，要妳立刻到青山一趟。我覺得她的聲音聽起來非常慌亂。」

「什麼？發生什麼事了嗎？」

禎子腦海裡第一個想到的，是憲一的消息。她知道自己的臉色也變了。

「難道是憲一大哥回來了，知道他在哪裡了嗎？」

母親似乎屏著氣息般地說道。

「說不定。」禎子輕輕地點頭。

「會是好消息，還是不好的消息呢？」

母親露出害怕的眼神。不會是好消息的，不然嫂嫂應該會立刻高興地告訴母親了。她用狼狽的聲音表示如果禎子回家的話，請馬上過來一趟，這就證明了不可能是好事。

「這個嘛，我也不知道。」禎子姑且這樣回答母親。

「總之，我現在馬上去青山一趟。」

才剛回到家，所以不需要重新整裝。

「禎子，不管聽到什麼消息，妳都要冷靜。如果知道結果，就馬上打電話告訴我。」

「好，我知道了。」禎子努力裝出微笑。「沒事的，媽媽。」

可是，從步出家門開始到青山的途中，計程車車窗外流逝的城鎮風景都失去了色彩，只看得見一片灰色。她的胸口悶悶的，心臟快速地跳動著，身體裡好像開了個洞。

一到青山家前面，大哥家的兩個小孩在玩耍著。

「嬸嬸。」小孩看到禎子就拍手發出聲音叫她。

「爸爸回來了嗎？」禎子問道。

「沒有，還沒回來。」小孩搖頭。

雖然嫂嫂馬上出現在玄關，可是禎子卻發現她的臉色十分陰沉。

「怎麼這麼慢。」說完，平時明朗的嫂嫂連笑都不笑，就帶禎子走進房裡。小孩們打算也跟在後面進去，卻被她責罵。

「禎子，事情不得了了。」一進屋裡，嫂嫂立刻一臉僵硬地這麼說。

「發生什麼事？」

禎子內心已經做好不論發生什麼事情都可以接受的準備了。

「我老公，」嫂嫂看著禎子，發出了和平常不一樣的聲音。

「不知道跑去哪裡了。」

「什麼？」

禎子嚇了一跳。不是憲一，讓嫂嫂驚慌失措的，是她的丈夫鵜原宗太郎的事。

「妳是說大哥行蹤不明嗎？」禎子茫然地回問。

「就是那樣。因爲公司來問爲何他沒有上班，我回答對方他去京都出差，回程時順便到金澤稍微處理一下事情，公司裡的人就說並沒有派他到京都出差。」

「什麼？」

禎子睜大雙眼。她驚訝的理由和嫂嫂的不一樣。大哥到京都出差果然是騙人的，他是直接到金澤來的。禎子的眼前浮現出從能登回程的火車下車時，在金澤車站看見很像大哥的背影。

「我也慌了，所以立刻打電話到他在金澤的旅館。因爲他到金澤的時候，有打電話聯絡過我。我一這麼做，妳猜怎麼著，對方回答說他從前天下午三點外出後就再也沒有聯絡了。」

前天的傍晚，那不就是造訪禎子住的旅館那一天嗎？

「如果是前天的傍晚，昨天早上，最晚昨天晚上就應該到東京了。他到現在還沒有回家，不就表示他發生了什麼事了嗎？他不論去哪一定都會和我聯絡的。」

「可是，」禎子說：

「這是今天才發生的事情吧。只過了一兩天而已，我想不用那麼擔心的。」

「嗯，我也這麼想。」但嫂嫂還是一臉不安。「因爲發生了憲一的事，讓我很擔心啊。第一，我不知道他對我說謊要去京都出差的理由。公司那邊，他也只說因爲親戚發生不幸，請了三天的假。禎子，我總覺得他和憲一遇到同樣的事了。」

證明這件事的電報，是在禎子聽了嫂嫂的話後，不到一個小時的時間內來的。

那是發生在鵜原宗太郎身上，比憲一那曖昧不明的情況更決定性的惡耗——

8

CHAPTER

第八章

被毒殺者

1

玄關的門鈴接連地響了兩次。來訪者相當粗魯地按著門鈴，似乎是按著不放。

嫂嫂的臉色微微變了，她看著禎子，猶豫著是否該站起來。嫂嫂陷入了恐慌與不安，接著從外面傳來清晰的叫聲。

「鵜原先生，電報。鵜原先生，電報。」禎子吃驚地看著嫂嫂。

「禎子，」嫂嫂背過臉，縮著肩膀說道：「妳出去幫我拿進來吧。」

嫂嫂的聲音聽來很害怕。她擔心著沒有照預定行程回家的丈夫，又被送電報的人的聲音刺激，使她的聲音失去了平日的開朗。

禎子走到玄關，打開門。

「這裡是鵜原宗太郎先生的家吧。」年輕的投遞員手握電報。

「是的。」

「請蓋印章。」禎子收下電報後回到屋裡。

「大嫂，是電報，印章在哪裡？」

「櫃子右邊的小抽屜裡。」

禎子找到印章，蓋在等在玄關的投遞員拿的收領單上後回到客廳。她沒有打開電報，直接將它放在嫂嫂身旁。

「那個……」

「禎子，妳先看吧。」

嫂嫂雙手環抱胸前倚靠在火盆上。

禎子攤開摺疊的白紙，才剛打開，中間兩行片假名就震撼了她的視神經。

「鵜原宗太郎先生過世　請立刻前來金澤

金澤警署」

禎子一聲不吭地呆立不動，指尖在發抖，她知道連她自己也臉色蒼白了。

「禎子，妳看完了嗎？」嫂嫂蹲在火盆邊，背對她問道。

禎子太過震驚了以致說不出話，腦袋裡彷彿被灌進了滾燙的熱水。

（大哥死了。）

禎子的心跳加速，快到令她感到一陣痛苦。她瞭解發信人是金澤警署的意義，然而儘管心情非常激動，她體內仍保留著第三者的冷靜。

「禎子，」嫂嫂發出比方才還要微弱的聲音。「電報上寫些什麼？」嫂嫂害怕得像隻小動物。

（鵜原宗太郎先生過世，請立刻前來金澤。金澤警署）

這封通知宗太郎死訊的電報是由警方發送的，上面沒有記載是自殺、他殺，或者是意外死亡。可是，禎子直覺地認爲是他殺。大哥的突然死亡，和丈夫憲一的失蹤連結在同一條線上。這件事讓禎子更加確定丈夫也是遭到殺害而失蹤的。

「大嫂。」

禎子一手握著電報，一臉僵硬地坐在嫂嫂旁邊，將手放在她的背後……

火車在隔天晚上七點多抵達了金澤車站。

這是趟長達十小時的漫長旅程。禎子昨晚幾乎沒睡，她回到娘家告訴母親大哥的死訊，然後重新整裝到嫂嫂家，接著早晨後就飛奔到上野車站，這段時間她和嫂嫂兩人都沒有闔眼。由於是緊急狀況，大哥小孩們就由禎子的母親代爲照顧。

那是個漫長又令人心焦的旅程。在火車內，嫂嫂因爲震驚而癱倒，她靠著禎子一味地哭泣，不哭的時候整個人崩潰似地靠在窗戶上，呆呆地盯著外面。窗外的景色已變成雪景，通過的車站月台因爲除雪的關係，雪被推到旁邊形成了白色的牆壁。嫂嫂紅腫的雙眼彷彿是受到雪堆反射的強烈光線照射而感到刺痛。

禎子勸嫂嫂喝茶她也不喝，她當然也搖頭拒絕了禎子買回來的便當。之後每隔一段時間她的眼淚就泉湧而出，痛哭失聲。禎子作爲一個旁觀者，坐在嫂嫂身邊，就算兩人挨著身體，她仍然無法體會嫂嫂一絲一毫的悲哀。不論她再怎麼努力也沒辦法。

禎子不太喜歡死去的大哥，他是個普通的上班族、平凡人。所謂的普通，就是他爲了生活，身上帶有著一絲狡詐。在公司內，他必定也是巧妙地遊走在上司之間，而且一邊奉承同事一邊思考哪邊對自己有利。禎子在初次見到大哥時便有這種感覺，而他去到金澤後的古怪行動，更在禎子的心裡留下沉重的陰影。

例如，大哥在憲一失去消息時，並沒有那麼慌張。即使禎子來到金澤，他仍只說著公司很忙不能隨便請假、憲一一定沒事的之類的話，不輕易地挺身幫忙。來到金澤後，還撒了到京都出差回程順道來看一下的謊，那個時候他仍是主張憲一絕對還活著。

奇怪的是，大哥卻去訪查金澤市內的洗衣店，探聽憲一是否曾經送洗西裝，禎子完全無法理解他這麼做的目的和理由。

可是，只要仔細思考到目前爲止發生的種種狀況，就能知道大哥宗太郎十分清楚丈夫憲一失蹤的理由。他不知道從哪裡來的樂觀自信，強烈地主張行蹤不明的弟弟憲一還活著，正因爲他對憲一的情況十分有把握，才會即使到了金澤依舊很有自信。他之所以造訪洗衣店，是因爲他很清楚禎子所不知道的憲一祕密，才會採取這樣的行動。

換句話說，大哥以他手上所有的線索前來尋找弟弟的下落。然後，就在他要採取行動之際，某個人下手殺害了他。

禎子之前猜測過是否憲一的西裝沾上了血跡，而大哥應該很清楚這件事情吧。經過這樣的解析，禎子首次發現了大哥造訪洗衣店的可能原因。

如果大哥是死於某人之手，那麼一定和憲一的失蹤有所關聯。也可以說，憲一和大哥之間有著共同的祕密……

禎子坐在時而啜泣時而嘆息的嫂嫂身邊，沉浸在自己漫無邊際的思索中。

2

一抵達天色已然昏暗的金澤車站，有個男人從月台的人群當中小跑步靠近她們，是本多良雄。

「啊，本多先生。」禎子支撐著萎頓的嫂嫂站在原地。

「妳好。」

本多看到禎子，露出了懷念的眼神微笑著，他一看到嫂嫂，馬上察覺到她的身分。

「妳們累了吧。」本多一這麼說，兩個女人都不自覺地點頭。

「我問了警署那邊，知道妳們是搭乘這班火車來的。」

「不好意思。」禎子很高興本多仍舊這麼親切。

「大嫂，這就是我之前提過的本多先生。」

嫂嫂雖然精神不振，但還是客氣地向本多鞠躬。本多驚訝地看著嫂嫂虛弱的臉。他表示已經叫好車子，於是便提著兩人的行李箱過去了。

本多坐在副駕駛座，兩個女人並排坐在後座。這樣的位置分配讓三人無法談話，他們保持著沉默，盯著車子行進的方向。路上抹上一層白色，可是並沒有很多積雪。

他們抵達了和禎子先前住的同一家旅館。

「還是住這家旅館。」本多在下車前回頭對她們說。

只是房間和先前不一樣，或許這是本多的顧慮，而禎子也不想和嫂嫂一起住進之前獨自生活好幾天的那個房間。禎子訝異於本多竟能細心地體察到這點。四、五個女服務生前來迎接，每一個禎子都認識，她們大概知道這兩人應該就是轟動此地的殺人案件死者的家屬，所以沒人露出露骨的好奇表情。

禎子想早點知道大哥的死因，她特意壓低了聲音好不讓嫂嫂聽見，偷偷地問本多。

「是他殺。」

本多小聲回答，他說這話的瞬間，眼裡露出了興奮的神色。

「我等一下會告訴妳們詳情。」

禎子心想，果然如此，她的預感成眞了。她點頭後低垂著雙眼。

本多等到三人齊聚在八張榻榻米的房間裡後開始說話。

「發生這種事情，我不知道該對夫人說些什麼。不過我還是要向您說明，您先生因爲意想不到的意外過世。」本多對嫂嫂低頭致意後開始說明。「接下來我們必須馬上去警署一趟，警方會向兩位說明詳細的狀況，不過我還是大致上先向兩位說明一遍。」

本多似乎認爲與其去警署受到冷不防的打擊，不如告訴她們一個大概，好有心理準備。

禎子靠在嫂嫂身旁，緊握她的手。

「在金澤的南方，有條私鐵穿越山岳地帶，終點是白山下這個地方。途中有個叫做鶴來的小鎮，從金澤搭私鐵只要花五十分鐘左右。鵜原宗太郎先生在二十日的晚上，在這個小鎮一家叫加能屋的旅館裡，喝下了摻入氰酸鉀的飲料死亡。」

嫂嫂睜大眼睛，身子直發抖。禎子更用力地握住她的手，卻仍然無法壓抑住顫抖。

「這是案件的報導，請看。」

本多從口袋裡拿出折成四折的報紙，攤開。

「十二月二十日下午六點左右，有名四十來歲的男性出現在鶴來町××番地的加能屋旅館。他向櫃臺表示『我要等人，請開一間房間給我。』旅館的女服務生就帶他到二樓一間有六張榻榻米的房間。由於男客想喝威士忌，還特地要求服務生拿杯子和水壺給他。客人出示小型的威士忌酒瓶給服務生看，表示是剛剛從認識的人那裡拿來的，他要在等人的時候先喝一杯。女服務生便依客人要求，送來了水壺和杯子，客人說了『謝謝』，就從二樓看著外面，服務生便下樓。之後大約過一個小時，並沒有男客所說的等候見面的人出現。服務生爲了詢問客人時間的事走上二樓，卻發現客人仰躺在榻榻米上斷氣了。餐盤裡放的小型威士忌酒瓶內已減少四分之一，杯子也是空的。

轄區警署立刻調查現場，發現死者身上有一個裝放了三萬八千圓現金的皮夾，服裝衣著也相當有派頭，但是死者身上沒有可以知道其身分的證件。從屍體的狀況來看，警方強烈懷疑爲氰酸鉀中毒，因此立刻聯絡金澤警署，交由市內××大學附屬醫院進行解剖。同時扣押喝剩的威士忌酒瓶，委託同醫院的病理室調查內容物。」

本多唸到這裡，抬起頭來。

「這是昨天早報的報導，接下來我要唸昨天的晚報和今天的早報。」說完，他又攤開兩張報紙。

「在鶴來町的旅館內因不明原因死亡的男性，經過附屬醫院的解剖之後，確定死因是氰酸鉀中毒。另外，仔細調查過威士忌酒瓶內的液體後，認定內容物含有氰酸鉀。還有，從附著在杯子上的殘渣中也驗出了同樣的反應。

金澤警署搜查課表示，綜合以上幾點，判定此案他殺，全案馬上進行調查行動。

1、那瓶摻有毒液的威士忌，是裝在可放進口袋裡的小瓶子。被害者曾向旅館的女服務生表示『這是別人送我的東西。』

2、就像被害者所說的『我在等人』，他的確看起來像等著某人。

3、被害者看來很開朗，不像打算自殺的人。

目前正全力追查身分不明的被害者身分。」

「有關鶴來町的毒殺案件，已經查明被害者的身分。金澤警署推測，被害者是前來此處旅行的東京或是京都大阪、神戶的居民，因此在調查金澤市內旅館時，收到看過案件報導的市內〇〇町龜井旅館的通報。從住宿登記簿裡確定被害者爲東京都港區赤坂青山南町××番地××貿易股份有限公司營業部販賣課課長鵜原宗太郎（四十一歲）。鵜原於十九日晚上投宿此間旅館，二十日的下午三點半外出。警署已致電通知其親屬，另一方面調查鵜原留在旅館內的行李箱後，發現裡面幾乎都是換洗衣物和盥洗用具，沒有足以作爲調查線索的物品。

另外，同樣是旅館員工看到案件報導而通報警署，警方得知鵜原在投宿龜井旅館之前，從十七日晚上到十九日傍晚都住在市內××町的伊藤旅館。

警方在金澤警署設立專案小組，負責本案的調查工作。目前警方在追蹤鵜原離開旅館後，抵達鶴來町加能屋旅館的路線。

1、警方正在調查從下午四點到六點這段時間內，有無在北陸鐵道的電車內目擊到被害者的民眾，特別是有無乘客目擊到和被害者同行的人物。鵜原對旅館的女服務生提到那瓶摻有毒液的威士忌時，曾經表示『這是別人剛剛送我的。』因此警方推測犯人在鵜原即將進入加能屋之前，將摻有氰酸鉀的威士忌拿給他。

2、鵜原在加能屋附近和同行的犯人分開，犯人假稱自己有事然後逃走。鵜原相信和犯人之間的約定，待在旅館內等待對方，而他在這段時間裡將摻有毒液的威士忌摻水後喝下。從威士忌的分量減少了四分之一來看，可以判斷他喝入了摻進威士忌內足以致死的氰酸鉀量。

3、鵜原表示『要等人』，而他要等的人，和與他同行並送他威士忌的人是否爲同一人，仍在檢討中，目前警方正在鶴來町一帶蒐集情報。」

9 CHAPTER

第九章

北陸鐵道

1

鵜原宗太郎的遺體在經過嫂嫂和禎子的確認後，當天就送去火化了。即使在金澤警署，也無法得到比報紙更多的情報。

鵜原宗太郎在十二月二十日的下午三點半離開金澤的龜井旅館，六點半時出現在金澤南方十一公里的鶴來町加能屋旅館。

鶴來町是從金澤到白山下的電車途中的停靠站，從金澤出發大約五十分鐘可抵達。

鵜原宗太郎向加能屋的員工表示要等人，開了一間房間。在二樓六個榻榻米大的房間內，喝下了摻有氰酸鉀的小瓶裝威士忌後死亡。

根據旅館的女服務生的證詞，宗太郎曾表示那瓶有問題的威士忌是「別人送他的。」因此，他是在不知道酒中有毒的情況下喝下。也就是說，送他威士忌的人，就是毒殺他的犯人。

宗太郎雖然表示過「我在等人」，卻沒有人知道他究竟在等誰，在他死亡後也沒有人到加能屋找他，因此那個人應該非常清楚宗太郎會死。這麼一來，那個「宗太郎在等的人」是犯人？還是共犯？總之一定是知道案情內幕的人。

警方也非常在意這一點。

知道宗太郎的妻子和弟媳一起來到金澤後，警方立刻就詢問兩人這方面的問題。

「妳先生在金澤有認識的人嗎？」搜查主任問道。

「沒有，我先生是第一次來金澤。」在禎子回答之前，嫂嫂先說了。

「他是爲了什麼事來的？」

「他弟弟鵜原憲一是A廣告代理公司的主任，派駐在金澤，可是卻突然下落不明，我先生是擔心他才來的。」

「那麼，妳先生的弟弟是什麼時候下落不明？」主任似乎對這點很有興趣。

「鵜原憲一是我先生，我來解釋吧。」

禎子對主任詳細地敘述了憲一失蹤的經緯。

「我們已經提出搜索申請了，正在麻煩署裡的各位。」

「這樣啊，請稍等一下。」

主任爲了了解情況，拿出裝訂成冊的離家出走者搜索申請書，翻了幾頁後開始看。

「啊，找到了，是誰接受報案的？」主任自言自語道。

「嗯，是一位有點年紀的警部補。」

禎子才剛說出口，主任似乎就立刻知道她在說誰。

「他現在出去了，我之後會再問他。不過我也有些事情想先請教夫人。」主任要求禎子再次說明事情經過，因此她只好又說了一遍憲一的事。主任一邊看搜索申請書所記載的內容，一邊聽著。

「我大致上了解了。」主任點頭。

「那麼，你們還是不知道憲一先生的行蹤嗎？」

「是的，公司那邊也很擔心。」

主任思考一會。「那麼有可能憲一先生和他哥哥約好在某個地方見面，因此宗太郎先生才從金澤前往鶴來。」主任推測宗太郎等的人就是憲一。

禎子嚇了一跳。是的，這是有可能的。

大哥一直強調憲一還活著，那不是盲目的信任，而是有根據的。因此也可以考慮憲一還活著並且將大哥約到鶴來的旅館。

然而，若眞是這樣，又是誰將摻有毒藥的威士忌交給大哥？就算不是憲一，那個「要等的人」也應該要出現，但是對方終究沒有現身，那一定是因爲那個人知道憲一的哥哥死了。

「不，那和摻了氰酸鉀的威士忌之間沒有關係。」

搜查主任彷彿看穿了禎子內心地說道。

「雖然這點目前還無法判斷。可是，要是憲一還活著的話，我想那也有可能的。」

「這樣啊，原來如此。」

主任是個長臉、有著柔和眼眸的人，聲音也很低沉。

「妳說宗太郎先生在這裡沒有認識的人，但他有沒有可能因爲弟弟憲一而認識什麼人呢？」

「這個嘛，我想應該不會。」禎子一這麼回答，主任便轉向嫂嫂。

「夫人，妳也這麼認爲嗎？」他再次確認。

「是的。」嫂嫂點頭。

「宗太郎先生以前來這裡旅行過嗎？」

警方試著調查宗太郎和金澤有無地緣關係。

「沒有。我先生在憲一還在金澤的期間說過他從來沒到過金澤，很想來玩一次。不過，我想這次是他第一次來。」

「宗太郎先生來到本地時，有人和他同行嗎？」

「我想沒有。他跟我說他一個人去京都出差，回程時可能會繞到金澤一趟。」

警方已經調查過宗太郎在金澤住的伊藤旅館和龜井旅館了，他是單獨住宿的。

「宗太郎先生有沒有自殺的可能？」主任繼續追問。

「那是絕對不可能的，他根本沒有自殺的理由，從平常的言行舉止，也看不出他有自殺的念頭。」嫂嫂極力搖頭否認。

「那麼，他曾經做過什麼會招人怨恨的事情嗎？」

「我想沒有。我丈夫是個開朗的人，不可能會樹敵。如果眞的有的話，他會跟我說的。」

搜查主任向兩人道謝後結束了詢問。之後由於屍體已經完成解剖，便准許她們將遺體火化。

「關於那個小威士忌酒瓶，」這次換禎子詢問：「上面沒有指紋嗎？」

「只有宗太郎先生的指紋。」主任回答，接著又補充了奇妙的內容。「倘若那個威士忌瓶子上有女人的指紋的話，那可就謝天謝地了。」

聽到他這麼一說，嫂嫂和禎子不自覺地盯著搜查主任。

「我剛剛就很想請教兩位，不過一直都忍著沒說。其實，有目擊者向我們通報和宗太郎一起到鶴來町的人是名女性。」

主任的口氣平和，可是卻一直觀察著嫂嫂和禎子的表情。嫂嫂深吸了一口氣。

「這位目擊者是搭乘北陸鐵道從金澤到鶴來町的乘客。」搜查主任說道：「根據他的說法，二十日下午六點左右，當他在鶴來町下車時，看到像是宗太郎的男人和一名年輕女子從同班電車下車，接著往加能屋的方向走去。」

「年輕女子？」禎子反問。

「是的。他稍微瞄了一下對方，是名二十三、四歲左右，穿著色彩鮮豔的洋裝，綁著頭巾的女子，詳細的服裝我們記錄在這裡。」

主任從桌上重疊的文件中抽出一張紙。

「頭巾是粉紅色的底色，上面綴有小小的花紋，大衣的顏色是明亮鮮豔的紅色，這種顏色非常搶眼。還有這裡幾乎都是土生土長的當地人，如果有從外地來的人會特別引人注意。據看到她的人表示，那名女子非常漂亮，從大衣的紅色衣襟中可以看到她的綠色圍巾，十分搶眼。而且她似乎還提著行李箱。接著是在車站前看到他們的人的證詞。那名疑似宗太郎先生的人，和年輕女子一邊低聲說話，一邊往加能屋的方向走去。由於六點的時候天色已經暗下來，他們只看到這些，之後的情形就不清楚了。此外，這也是因爲目擊者回家的方向和他們不同。」

主任繼續說道：「接著，有一名被認爲是同一人的女性，大約在四十分鐘後，被目擊到她在六點四十分往寺井的電車上。」

「寺井？」

「是的，妳不知道吧？寺井是在北陸主線上，從金澤往西行的第五站，寺井之後的下兩站就是溫泉鄉粟津。要從鶴來離開就只能搭金澤線和寺井線，這三個車站正好形成一個三角形。」

搜查主任爲了讓禎子她們理解，用鉛筆畫了草圖說明。

「情況是這樣的，穿著紅色大衣的年輕女子，和宗太郎先生一起從金澤搭電車到鶴來，然而只有宗太郎先生去到加能屋，年輕女子在途中和他分開，在鶴來車站搭乘到寺井的電車。根據目擊者的證詞，她還是綁著粉紅色的頭巾，膝蓋上放著行李箱，坐在座位上心不在焉似地看著窗外。」

主任講到這裡，交替地看著宗太郎的妻子和禎子，比較她們的表情。

「如何，妳們心裡對那名年輕女子的身分有個譜嗎？」

禎子和嫂嫂都搖頭。

「完全沒有。」

二十三、四歲，穿著色彩鮮豔洋裝的年輕女子——禎子覺得自己好像在大霧中看著一個朦朧的人影。

「我再問一次，妳們眞的完全想不到任何可能的人物嗎？」主任再次確認。

「完全沒有。」嫂嫂這樣回答，臉上的表情卻很複雜。

「我舉個例來說，問妳們這種話實在很抱歉，」

搜查主任似乎理解了嫂嫂的心情，口吻很客氣。

「宗太郎先生可能會隱瞞妻子和別的女人有來往嗎？」

「那是絕對不可能的，我非常有把握。」嫂嫂果決地說道：「我先生在這一點非常有原則，他從未有過外遇。」

「這樣嗎？我眞是失禮了。」主任說道：「抱歉，其實警方並不認爲那個年輕女子和妳先生有特殊關係，她只在鶴來突然出現在妳先生身邊。我們徹底調查過妳先生在金澤的狀況，完全找不到她出現的痕跡。也就是說，那名年輕女子只是和宗太郎先生一起到鶴來，接著便馬上往寺井的方向折回去，而不是去金澤。」

談到目前，搜查主任第一次點燃香菸。

「無庸置疑地那名女子和妳先生遭毒殺一事有極重要的關聯。目前我們正在寺井調查那名女子的行蹤，但她可能在寺井車站換車去福井或是粟津。不過她穿得那麼華麗，很引人注目，我想很快就會知道了。」

接下來，搜查主任轉向禎子說道：

「關於妳先生失蹤的事情，警方也會盡全力調查。妳大哥宗太郎先生爲了調查憲一先生行蹤不明的事來到金澤，結果發生這種不幸。這兩者一定存在著某種關聯。」他睜大眼睛說著。

鵜原憲一的搜索申請至今都被當作一般的離家出走看待，可是此時警方的看法改變了。大哥宗太郎之所以遭到殺害，必定和弟弟的失蹤有關係，這已經不是普通的離家出走案，其中顯然牽扯到犯罪事件。

儘管搜查主任沒說出口，可是他臉上的表情顯露出他對憲一的失蹤抱著極大的疑問。

「在妳們忙亂之中還問這些事情，眞是抱歉。」主任對禎子說道：

「請詳細說明妳先生失蹤的經過。我會向負責處理妳們搜索申請的警部補詢問，再一起仔細檢討整件事。」

「好的。」禎子說道：「這也是我所希望的。另外，我先生公司的同事也在幫忙尋找他下落，我想您也可以聽聽看那位同事的想法。」

「他叫什麼名字？」

「他叫本多良雄，是我先生的繼任者。」

「是嗎？如果有這樣的人，那更好了。」

「其實，本多先生也跟我們一起來了。」

「是嗎？？他在哪裡？」

「因爲我們要和您見面，所以他在櫃檯那裡等我們。」

「那眞是太好了，趕快叫他進來吧。」

搜查主任急忙吩咐部下。

隔天晚上，嫂嫂抱著丈夫的骨灰罈，一個人搭上返回東京的列車。

禎子和本多在月台送行，從特快車二等車廂的窗戶望進去，只見嫂嫂一臉萬念俱灰，面色蒼白，毫無表情。

「我跟這邊的警察談完後，會儘快回去的。」

禎子握著嫂嫂的手說著。嫂嫂的手又濕又冷，禎子知道那是因爲她沒有擦去上面的眼淚，胸口不禁一緊。

距離他們不遠處，有一群雍容華貴的婦人正在替一名搭乘臥鋪車的客人送行。從她們那身奢侈的裝扮就可以知道，她們都來自富裕家庭。

那位受到眾人送行的乘客，直到火車開動之前都站在火車的車門。那是名有著一頭漂亮白髮的老人，紅光滿面的臉上淨是笑容。婦人們圍成一個半圓環繞著這名老人，恭敬地談天說笑，還有報社記者照相機的閃光燈一個勁地對著老人的臉閃爍。

「啊。」本多被閃光燈吸引，轉頭看那一群婦人，接著發出了小聲的驚叫聲。

2

本多良雄站在月台上，看著在臥鋪車廂前的一群婦人。因爲他「啊」了一聲，禎子也轉向那個方向。那些婦人年約三十到四十歲，穿著各種款式的洋裝、和服，每個人都精心打扮，周圍瀰漫著一股名流婦人的華麗氣氛。

「夫人，」本多對禎子耳語，「室田夫人在那裡，就在那群人的中間。」

室田夫人——啊，禎子立刻知道本多指室田耐火磚社長的妻子。前些日子才拜訪過室田家。

禎子專注找尋室田夫人的蹤影。

「妳看，就在那老先生的正前方。」本多告訴她。

禎子看見一位氣質出眾的白髮老翁站在火車車門前，滿臉笑意。婦人們來爲那老人送行而圍成一個半圓，在那中央就是她曾見過的室田夫人側面。夫人苗條修長的高䠷身影，以及她那有著高挺鼻梁的側臉，畫出一道優美線條。她對著客人露出的笑臉也美麗非凡。

禎子想等會兒再向夫人打聲招呼，又回頭看嫂嫂。車窗內的嫂嫂眼睛紅腫，滿臉不安。

「大嫂，妳沒事吧？」禎子透過窗戶問。「我馬上就會回去了，雖然很寂寞，還是請妳再忍耐一下。」

嫂嫂默默點頭。她一直抱著放在膝蓋上以白布包裹的骨灰箱。原本開朗的她，如今卻一語不發、無精打采。

火車的汽笛聲響起。

禎子握著嫂嫂的手。兩人都失去了丈夫，這樣的情緒從嫂嫂濡溼的手心傳到了禎子的身體。嫂嫂激動地痛哭失聲，坐在旁邊的人好奇地望著她們。

聚集在臥舖車廂前的婦人群傳出拍手聲。火車緩緩開動了。

「禎子，妳要儘早回來喔。」

嫂嫂最後只說了這句話，那張哭泣著的臉孔就被火車帶走了。那張臉越變越小，突然從窗戶裡出現了老人微笑的臉龐。

老人一邊微笑著一邊輕輕揮舞著一隻手，好像對禎子打招呼似的。老人的身影逐漸遠去，可是他仍舊揮著手。禎子覺得嫂嫂就這麼突然消失了。

禎子回過頭，那些教養良好的婦人們還在揮著手，每個人都一臉開心的表情，不過那個人群所圍的半圓已經逐漸散開。

本多往那邊走過去，魚貫離開的婦人中，有一人突然停下來回應本多的招呼，她非常適合她身上那襲帶點黑色的和服。

本多似乎對她說了些什麼，室田夫人白皙的臉龐轉向了禎子，禎子只好從她原本站著不動的地方走過去。

「晚安。」夫人向禎子打招呼。月台的燈光使得那個微笑浮現複雜的陰影。

「前陣子眞是多謝您了。」禎子客氣地向夫人道謝。

「哪裡，眞是不好意思。」夫人一邊微笑一邊問道：「妳來送人嗎？」夫人似乎還不知道宗太郎的案件。

「是的……」

夫人愉快的聲音打斷了禎子曖昧不清的語尾。

「我和大家也是來送行的。你們知道三田大師吧，寫短歌的那位。」

禎子回想起在車窗邊揮著手的白髮老人面容，她曾經在報紙和雜誌的照片上看過，三田大師是短歌阿羅羅木派（註）的權威。

「大師有京都之行，所以我們也邀請大師到金澤來。昨天大家帶大師到能登玩，今天還開了一場短歌會，一直到晚餐前才結束。」

夫人口齒清晰地說道，她的口音聽來非常優雅。

室田夫人後方有兩三個中年婦人站著，似乎在等他們談話結束，禎子客氣地說道：「眞是打擾您太久了。那麼，我們也差不多該……」

禎子鞠躬行禮，室田夫人皺起她那美麗的雙眉。

「這樣子眞是太可惜了，我還想再多跟妳說些話呢。」

夫人也注意到那些在等她的人。禎子察覺到夫人所謂想再跟她多說些話，一定是關於憲一的事情，夫人想必也很關心她吧。

「我先生也非常擔心呢，還是不清楚鵜原先生的行蹤嗎？」夫人小聲地問道。

「還是不知道，我們已經報案了。」

室田夫妻似乎不知道大哥的案件。就算看過報紙，也不會注意到那和鵜原憲一的失蹤有所關聯。可是，這些事情實在不適合站在月台上說。

「眞糟糕，眞是讓人擔心。」夫人露出憂慮的神情。

註─以重視萬葉寫實歌風，對近代的短歌發展有所貢獻的門派。

這時，原本在室田夫人後方和等待的婦人打招呼的本多，又回到禎子這裡。

「本多先生，」室田夫人說道：「明天下午兩點多我要去公司找我先生，你要不要和鵜原夫人一起來呢？」

「嗯，這個……」本多低下頭。

「我先生也很擔心鵜原的事情，正好趁這個機會向你們請教之後的發展。」

「眞是感激不盡。」本多以詢問禎子意願的眼神看了她一眼。

「如果不會給兩位添麻煩，」禎子開口。室田夫婦的好意讓她很高興。「我很樂意前往拜訪。」

「這樣啊，我很高興。」室田夫人又重拾微笑。

「請妳務必前來。本多先生，我們該在哪邊碰面好呢？」

「在公司如何？」

「公司也是可以，不過我途中要去買東西，不好意思讓你們等太久。」

夫人想了一下後，說道：「那麼，可以在××百貨公司的咖啡店碰面嗎？兩點整的時候……」

「好的，我知道了，我會在那裡等您。」禎子回答。

「不好意思，我淨說些任性的話。」夫人親切地向兩人道別：「那就這麼決定。兩位再見。」

「抱歉打擾您了。」禎子和本多一起低頭致意。

室田夫人對等待她的婦人們輕輕點頭，說句「抱歉，讓妳們久等了。」就並肩離開月台。

「那些夫人，」本多告訴禎子。「都是金澤上流名士的夫人。一位是工商聯合會會長夫人，一位是市長幕僚的夫人，另一位是醫院院長夫人。」

那四人的身影開始走下月台的階梯，果然還是室田夫人修長的身影最引人注目。「室田夫人在這些名流婦女團體中地位很高，請三田大師來開短歌會好像也是夫人的提案。」本多邊走邊說。

對此時的禎子來說，那些婦人宛如另一個世界的住民。

3

隔天下午兩點整時，禎子才剛到××百貨的咖啡廳，就看到本多正在等她們。

「昨天晚上，」本多從椅子上站起來。「眞是打擾了。」

「哪裡，我才是，我眞的很感謝你特地前來。」

禎子向昨天前去爲嫂嫂送行的本多道謝，同時也對他放下忙碌工作特地前來和室田夫人見面的一番好意致謝。雖說是因爲同事發生不幸事件，他必須代替公司安慰家屬，但是換做別人恐怕無法這麼無微不至。

「你等很久了嗎？」

「不會，才剛來而已。」

可是，本多的咖啡杯只剩下三分之一，菸灰缸裡一截香菸變成白色的菸灰後崩塌。

當服務生過來爲禎子點餐時，室田夫人從服務生身後走過來了。

禎子和本多起身迎接。

「午安。」

夫人穿著和昨天不同樣式的和服，由素雅的塩澤布料裁製而成。無論是昨晚那樣華麗的外出服，或是今天這樣的典雅穿著，都非常適合她。

「你們好像等很久了？」夫人看了一眼小小的手表。

「不，我也是剛剛才來的。」禎子打完招呼，就勸室田夫人坐下。

「那麼，不好意思，我們就馬上出發吧。」夫人似乎很著急地說道。

「我到那邊再招待兩位喝茶，我希望你們能和我先生慢慢聊。」

「這樣啊，那麼我們就走吧。」本多抓起桌上的帳單。

一走出百貨公司大門，夫人就停下腳步。

「我是搭家裡的車子來的。」她對兩人說道。

這時，一名外國人在入口徘徊，一看到本多就靠近他講了些什麼。本多雖然懂英文，但對方講得非常快，只見本多一臉困惑地搖頭表示不知道。

禎子卻了解對方要說什麼。

禎子一插嘴，對方的藍色雙眼馬上轉向禎子，不過他還是用很快的速度說話。

禎子回答後，那名美國人重重地點了好幾次的頭，一邊向禎子道謝，然後就走到對面去了。當兩人交談之際，本多站在一旁微笑地看著禎子和那個外國人，並不自覺地看著室田夫人。

「妳的英文說得很好呢，我完全不行。」室田夫人稱讚禎子。
「沒有的事，我只是在學生時代因爲喜歡英文而下了點工夫。」
禎子的臉都紅了。
「他說了些什麼？」本多有些不好意思地問道。
「他問我金澤有沒有到東京的飛機，我回答我聽說冬天沒有。可是，我並不是很肯定，所以還是告訴他旅行社該怎麼走，請他去那裡問。」
「原來是這麼一回事啊。我完全聽不懂，我從學生時代起英文聽力就不行。」
本多苦笑著，但是看到站在一旁的室田夫人後，立刻換上嚴肅的表情。
「車子來了。來，請上車吧。」夫人邀請兩人。
甩著車尾的外國進口車滑行到他們面前停下來。司機下車，殷勤有禮地打開車門。
「請上車。」夫人說道，禎子便上了車。本多坐在她們之間，車內卻一點也不感到擁擠。
車子沿著電車軌道行走，下了有點坡度的路面不到十分鐘後，眼前就出現一棟白色三樓的建築物，那是室田耐火磚公司的總公司。總公司外觀是棟小型大樓，周圍種植著樹木，設計頗爲新穎、現代化。雖然已經是第二次來了，禎子還是忍不住向夫人說：「眞是漂亮的房子。」
「哪裡，不過是棟小房子罷了。」夫人回答後，接著對司機說道：「我送客人過去，你先在這兒等一下。」
三人進入玄關，右手邊的接待處內坐著一名女性。她一看到帶著兩位客人進來的室田夫人，馬上站起來對社長夫人鞠躬。

夫人輕輕點頭致意，接著彷彿想起什麼似地，走到接待處的窗口。

「妳看起來很有精神呢。」夫人笑容滿面地問。

「是的，託夫人的福。」接待處內的女性也露出微笑，客氣地回答。

「那就好，工作習慣了嗎？」

「是的，大家都對我很親切。」

接待處內的女性對夫人這麼說的同時，也對她身後的兩位客人行禮。然而，她卻突然盯著禎子好一會。

那名坐在接待處內的女子大約三十歲，身形很瘦，可是眼睛卻水靈動人，長得頗漂亮。禎子不知道爲什麼接待處內的女子盯著她看，或許是她對夫人的客人產生興趣。

「那太好了。」夫人對那名女子說道：「那麼，妳要振作喔。」

「是，非常感謝夫人的關心。」

那名女子從接待處內向夫人低頭道謝，接著向客人鞠躬。那個時候，她偷偷地瞄禎子一眼。從兩人方才的對話聽來，那名女子似乎最近才進這家公司。禎子大概只察覺到這些，可是在步上階梯前往位於二樓的社長室時，夫人主動說明剛剛的事情。

「那位女士的先生原本在工廠工作，最近去世。我先生覺得她很可憐，就讓她在這裡工作。」

「原來是這樣，」本多很佩服地說道：「社長眞是親切啊。」

——禎子非常瞭解寡婦的辛酸，她不禁想起今天早上孤伶伶抵達東京的嫂嫂。

4

室田耐火磚社長室田儀作相當禮遇禎子和本多，親自前來迎接兩人。

「歡迎兩位。」

室田就和上次禎子見到時一樣，非常和藹可親。他是個高個子，雖然兩鬢已有白髮，但氣色很好。他眼睛下方有著鬆弛的眼袋，這也令他給人沉穩的感覺。

「讓你們久等了。我昨天從內人那裡聽說了。」室田先生溫柔地望了在兩人後走進房間的夫人一眼，向他們說道。

「是我硬邀他們來的。」夫人走向客用沙發，對丈夫解釋。

「請坐。」她指著油畫匾額下方的沙發，微笑地邀請禎子坐下。

禎子向室田低頭致意，便坐在那張沙發上。本多坐在旁邊，室田則坐在禎子的正對面，夫人微笑地站在室田後方，她那修長挺立的站姿非常優美。

「妳也坐下吧。」室田抬頭斜看著妻子，言語和表情都非常溫柔。

「好。」

夫人回答一聲便步出門外，沒多久和女傭一起送來咖啡和水果。透過這件小事，讓禎子感受到夫人的好意。

「請不要客氣。」

夫人微笑地接過女傭手中的咖啡杯端到客人面前。她在桌子前彎腰的側面線條，也美麗得讓禎子不禁凝神細看。

水果也吩咐女傭按照人數分盤盛裝好了。

「妳快坐下吧。」室田對妻子說道：「妳不坐下的話，我們就沒辦法好好談話。」

從室田的眼神和說話的口氣就可以了解他有多愛著妻子。

「好、好。」夫人笑著坐到丈夫旁邊的椅子，鶼鰈之情溢於言表。室田一臉滿足，身旁的夫人也滿臉幸福，禎子不禁心生羨慕。然而比起自己的心情，禎子又想起了嫂嫂。大哥嫂嫂原本也很幸福，但妻子在丈夫死亡的瞬間起，就像小石頭般被丟進不幸的深淵……

「還是不知道鵜原的下落嗎？」

室田試探似地問道，大概是昨晚已從夫人那裡聽到目前的狀況，夫人也收斂臉上的笑容，正色看著禎子。

「是的，還是不知道他在哪裡。」禎子低著頭回答。

「已經過了很久呢。」室田低垂眼簾，啜飲著咖啡。

「警察到底有沒有認眞找人啊？」室田看著禎子，後者低頭不語。

「社長──」身旁的本多開口。

「嗯？」室田看向本多。

「其實後來又發生了一件不得了的事情。」本多加重語氣地說道。

「不得了的事情是？」夫人配合丈夫的反問，注視著本多。

「鵜原的哥哥不幸身亡了。」

「啊！」夫人驚叫出聲。

「難道是之前報紙報導的……」夫人睜大雙眼輪流看著本多和禎子。

「夫人看過那篇報導嗎？」本多問。

「是啊，我看過了。」夫人急忙轉向丈夫。「老公，果然是這樣！」

室田也是一臉震驚，對於夫人的話只是低沉地回了聲「嗯。」

「我們看到那個報導後就一直很擔心。報上寫被害者姓鵜原，這個姓氏並不常見。」夫人激動地向本多和禎子說道：「我甚至想過要打電話詢問本多先生，可是事關重大，我擔心萬一搞錯就不好了，因此雖然心裡一直惦記著，卻又有顧慮無法開口。」

「接二連三發生不幸的事情，我實在不知道該怎麼說才好。」

室田從椅子挺起上半身，鄭重地對禎子致意。

「這眞的是太遺憾了，我也不知道該說些什麼。但是，還希望你們能節哀順變。」室田夫人皺著眉頭，誠摯地安慰禎子。

「非常感謝兩位的好意，我代替大嫂向兩位致謝。」禎子站起來鞠躬。

「哪裡，快請坐。」室田伸手阻止禎子繼續站著。

「那麼現在的狀況如何？我們已經從報紙上瞭解大致狀況，警方找到犯人了嗎？」室田對著本多問道。他或許認爲這問題不適合問禎子吧。

「警方似乎完全沒有頭緒。」本多回答。

「我記得鵜原先生的哥哥是在鶴來去世的，他去那邊是處理什麼事情嗎？」夫人問。

「關於這點，目前沒有人知道理由。」禎子睜大眼睛道：「不過，我大哥是來找憲一的。」

「來找鵜原？」室田突然抬起臉來看著禎子，但立刻瞭解似地點了點頭。

「原來如此，他們是兄弟當然會很擔心。那麼他在鶴來那邊發現了什麼線索嗎？」

「我們不清楚他在那邊有沒有找到線索，可是我認爲他應該在金澤市內發現了點蛛絲馬跡。」

禎子指大伯訪遍洗衣店的事。由於室田接二連三地提問，禎子也就把這件事說出來了。室田夫婦互相看著對方，一臉不可置信。

「那麼宗太郎先生是找到了線索才到鶴來去囉？」室田社長問。

「我想應該是這樣，不過沒有聽大哥說過，我也不敢肯定。」

禎子一這麼說，夫人便想起什麼似地說：

「對了，報紙上寫他是在旅館喝了被下毒的威士忌後去世的，可是那威士忌似乎是別人送的。還有，他好像在旅館裡等人。」

「正是如此，」本多接口道：「警方正在尋找和鵜原宗太郎先生同行的人。有目擊者看到他和一名綁著粉紅色頭巾，穿著紅色大衣的年輕女子一起坐上從金澤開往鶴來的北陸鐵道火車。」

「粉紅色的頭巾，紅色的大衣……相當顯眼的打扮呢。」

夫人的口吻彷彿她曾親眼看過那些服飾。

「是的，就像我以前曾在東京看過的，那是以美軍爲對象的妓女打扮。」

聽到本多脫口而出的這些話，禎子才恍然大悟。她的眼前瞬間浮現出立川街道的模樣。

「那個女人究竟是什麼人呢？」

「不知道。目前還不清楚對方和宗太郎先生、憲一之間有什麼關係。還有，也還不確定是否就是那個女人將下毒的威士忌送給宗太郎先生。」

「宗太郎先生在鶴來的旅館等什麼人呢？」

「這也不清楚，不知道是在等那名女子，或者是行蹤不明的憲一。總而言之，有人目擊那名女性在案發之後搭上了從鶴來前往寺井的電車。」

「這麼說來，女子和宗太郎先生一同從金澤到鶴來，回程則坐上前往寺井的電車……」

夫人望著空中一點，說出她的猜測。

「雖然不知道她是否眞的和宗太郎先生一起行動，不過若眞如此，那就如您所說。」本多道。

「眞不可思議啊。」夫人嘆息：「那宗太郎先生是來找弟弟憲一先生才會招此橫禍……」

室田說道：「這起命案和憲一的失蹤有關係嗎？」

「警方這麼判斷。還有，沒人知道憲一的住處在哪裡，這也讓警方覺得奇怪。」禎子低頭回答。

「這可不行。」室田開口：「這樣憲一就會被懷疑和哥哥被殺有關，那是警方搞錯方向了。」

「爲什麼警察總要用懷疑的眼光看所有人呢？」夫人也有點生氣地道。

「他們就是那樣吶。」室田拿起桌上的香菸後問：「不過宗太郎先生到底爲什麼要拜訪金澤市內的各家洗衣店呢？」

室田一臉狐疑。

「眞是讓人不懂，究竟是爲什麼呢？」夫人也看著丈夫，不解似地偏著頭。

「當時眞該早點聯絡大哥，問清楚他爲什麼這麼做的原因。」禎子說：「都是我不好。」

然而，其實走訪洗衣店是大哥瞞著她暗中進行的。不過，這不能告訴身爲外人的室田夫婦。

「別這麼說，這就是所謂不幸的偶然哪。」

室田瞇著眼睛安慰禎子。從窗戶穿透進來的陽光，照射在他的肩膀上，反射出明亮的光線。

此時電話響起。

夫人起身，走向辦公桌拿起話筒。

「喂，這裡是社長室。」她把話筒壓在耳朵上。

「啊，這樣啊。」回答了對方之後，她放下話筒轉向丈夫。

「老公，總機說威金森先生在玄關的接待處等著見你。」

室田丟掉啣在嘴上的香菸，露出不高興的表情。

「他又來啦？」他喃喃說道，並伸出一隻手掌敲打後頸。

「該怎麼辦呢？」夫人用手遮著話筒問。

「他一直推銷我買古九谷（**註**）。現在這種時候，很少有好的古九谷，但是不管我怎麼拒絕他，他還是不死心。」

對方很明顯是室田不想見的客人。

「要拒絕他嗎？」夫人在不遠處問道。

「不，還是見吧，眞傷腦筋。叫他在接待處那邊等一下。」

「好的。」夫人再次拿起話筒。「請威金森先生等一下。」

禎子和本多知道是該告辭的時候了。

「在您百忙之中還願意撥空和我們談話，眞是感激不盡。」

禎子站起來，向室田社長和夫人致謝。

「不，都是我在請教你們，根本沒幫上什麼忙。」

室田撐著椅子的扶手，慢慢站起來。「沒有的事。」

「妳千萬不要因此洩氣。」夫人在一旁溫柔地對禎子說道：「我想過陣子一定會水落石出的，妳一定要打起精神來。」

「非常感謝兩位。」

「對了，本多。」室田叫本多過去，兩人低聲交談。

註—江戶時代在加賀九谷所燒製的磁器。九谷燒的別稱。

兩人可能是談一些工作上的事情，本多低頭鞠躬，並在記事本上寫了些東西。

「那麼，我就送你們到這兒。」室田在社長室門口向兩人低頭致意。

「我送他們到玄關吧。」

「那就麻煩妳了。」社長對夫人說道。

「不用了，請不用這麼多禮。」禎子婉拒夫人的好意。

「不會，就在樓下而已。」

夫人微笑地走在兩人後面。

一下樓梯就是接待處，有名高個子的外國人彎腰伸進小小的接待處窗口裡說話，對象就是那名負責接待客人，身材瘦削、有著漂亮臉孔的寡婦。她似乎沒有留意到從樓上下來的三人，還在和外國人談話。

兩人簡短的對話傳進禎子耳裡，他們是用英文交談，讓她感到意外。

接待處內的女子終於注意到他們三人，急忙向他們鞠躬，外國人也回頭看他們，嘴角還殘留著和接待處的女子聊得非常愉快的微笑。

禎子看了一眼接待處內的女子。對方長得很漂亮，不過還是讓人感覺到她已經三十歲了。而與其說對方是對著夫人打招呼，還不如說她也在盯著禎子。禎子感覺到她從背後盯著自己看。

「你們可以自由使用這輛車。」夫人指著在外面等候多時的汽車，露出開朗的微笑。

兩人坐上這輛車離開，回到了原本的商店街。禎子要求司機停靠在咖啡店前面，讓他們下車。

咖啡店在靠街道的窗戶邊陳列著九谷燒的大盤子，還有唐獅子之類的裝飾品，都是些一看就知道用了硃砂和金泥等塗料，色彩鮮豔華麗的陶瓷。

「妳要說什麼呢？」

由於禎子表示有重要的事要說，與禎子隔著桌子相對而坐的本多表情顯得有些緊張。

「之前我不是回去東京一趟嗎？」禎子開口。

「是的。」

「那時，我去了一趟立川。」

「立川？」爲了什麼事？本多用疑惑的眼神看著禎子。

「我還沒和你提過，不過我知道憲一在進入A公司之前的經歷了。」

「是嗎？」本多雙眼圓睜。「我也不清楚鵜原先生的過去，他以前做過什麼呢？」

本多似乎也察覺到這和憲一的失蹤事件有關，眼睛都亮了起來。

「憲一原本是警視廳的巡查。」

「什麼，我完全沒聽說過。」本多顯得非常意外。「那是什麼時候的事？」

「昭和二十五年左右。」

「那就是美軍占領時代的最高峰時期吧。」

「是的，而且憲一還是擔任立川署風紀股的巡查。」

「風紀股的巡查？」本多直盯著禎子看。

「也就是取締以美軍爲對象的妓女囉？」

「沒錯，這是我拜訪憲一當時在立川署的同事後確認的。」

本多沉默一會，靜靜開口：「那麼，這又和這次的事件有什麼關係呢？」

「我也不知道憲一在立川署時代的事和這次的事有沒有關係，可是，」禎子露出思索的眼神說道：「雖然是我個人隱隱約約的預感，但我總覺得這其中好像有某種關聯……」

本多輕輕點頭。

「或許因爲我去過立川，所以對那裡有著很強烈的印象。實際到過某處，和從未去過某處，內心印象會有不同。可能是立川讓我印象太深刻，才會讓我硬把兩件事情扯在一起。」

「我了解妳的意思。」本多回答。

「本多先生，剛剛你看到室田先生公司的接待處小姐了嗎？」

「看到了。就是室田夫人所說的，先生原本在他們公司工作的寡婦對吧？」

那又怎麼樣了？本多帶著疑問的眼神看著禎子。

「對，她大概年約三十歲左右。她在我們要離開的時候正在和那個美國人聊天，對吧？」

「沒錯，她好像英文很好呢。對了，夫人的英文也很好。」

本多似乎想起禎子在路上告訴外國人怎麼去目的地的事情。

「我只有在學校唸過英文，程度其實不怎麼樣。可是，」禎子說：「那位接待處小姐說的可是道地的英文，雖然我只聽到他們簡短的對話。」

「那麼就是說她曾經去過美國囉？」

「不是，並不是那麼純正的英文，而是在日本和美國軍人來往久了，自然就會記得的美語。」那是不標準、混雜著簡單和複雜的用語，能夠毫不在乎地使用下等辭彙的美語。

「我知道了。」本多雙眼圓睜。「那是以美軍爲對象的妓女所使用的美語，對吧？」

「我想是這樣沒錯。」禎子有點臉紅地說：「對這一點我很在意。畢竟在美軍占領時期的立川有很多這樣的女人，而我又很在意憲一立川時代的事情，才會覺得這件事似乎有什麼關聯。」

「嗯，」本多兩手在胸前交叉。「這還眞讓人覺得有點蹊蹺。」

「當然，我也不確定這次的事和憲一的立川時代是否有關，那位接待處小姐也不一定有那樣的過去。就算眞的有，也見不得就在立川。因爲，在日本各地都有以美軍爲對象的妓女。」

「話是這麼說沒錯。可是，」本多探身向前。「這還是很値得調查一番。如果搞錯了，那就點到爲止，不要深入。夫人，我去調查一下那位接待處小姐吧？」本多眼中閃耀著光芒。

「妳看，和宗太郎先生一起搭乘北陸鐵道的女人，不也綁著粉紅色頭巾、穿著紅色大衣，是那種會讓人聯想到妓女的打扮嗎？或許這並非夫人所說的偶然喔。」

那天晚上，禎子正準備就寢時，本多打了一通電話給她。

禎子看了一眼時鐘，已經將近十二點了。

「這麼晚了還打電話給妳，眞是不好意思。」

本多在電話裡這麼說著，聲音卻聽起來很雀躍。

「不過，我知道了那位接待處小姐一些有趣的事情。」

「眞的嗎？」禎子想要問個仔細，但本多說：「我必須等到明天晚上才能告訴妳詳細的狀況。而且，有些事情不等到明天是無法弄清楚的。」而不肯告訴禎子更多事情。

接著他就掛斷電話了。

10 CHAPTER 第十章

逃亡

1

八點左右，禎子在旅館裡醒了過來。

昨晚本多在電話裡對她說：「我知道了那位接待處小姐一些有趣的事情」。一直掛念這件事，禎子到凌晨一點多時都還難以入眠。

他到底知道什麼事？接待處小姐使用「下等並摻雜粗話卻又十分流利」的美語，和鵜原宗太郎一同搭乘北陸鐵道，綁著粉紅色頭巾且穿著紅色大衣，「一副妓女模樣的女人」，這兩件事在腦裡縈繞不去。本多說「他知道了」的事情就是能夠解開禎子心中疑問的答案嗎？

而且本多在將近午夜十二點打電話也很奇怪。她和本多在陳列著九谷燒的咖啡店分開是下午四點左右，之後本多花八個小時在調查那位「接待處小姐」嗎？

從浴室回到房間，服務生已經將棉被收拾好，暖桌上放有熱茶和使用砂糖醃漬的梅干。有一分折疊好的早報放在旁邊，禎子坐在藤椅上翻閱報紙，那是在當地發行的地方報。社會版左邊的標題吸引了禎子的視線，那是分成兩段的標題，鉛字並排著：

「鶴來的毒殺案件，警方調查出現瓶頸，

目前依然沒有有力線索。」

禎子仔細地閱讀這篇報導。

「——於十二月二十日所發生的鶴來町毒殺案件，警方雖成立專案小組詳加調查，然而截至目前爲止都未得到有力的線索，調查逐漸陷入僵局。目前仍舊不清楚被害者鵜原宗太郎（四十一歲，東京都港區赤坂青山南町××番地，××貿易公司營業部販賣課長）究竟基於什麼目的從東京來到鶴來町。向被害者公司詢問後，公司方面答稱被害者並非因公事前往鶴來，家屬也沒有頭緒。

此外，鵜原單獨在加能屋旅館休息時曾向旅館方面表示自己在等人，警方調查鶴來町一帶後，並沒有發現疑似鵜原所等的人。警方逐漸傾向認爲鵜原所說的這句話可能只是單純的藉口，因此鵜原到鶴來的目的依舊不明。

另外，二十日下午六點左右，有人目擊一名年約二十三、四歲，穿著鮮豔洋裝的女性，和疑似鵜原的人物一起搭乘北陸鐵道並在鶴來町下車。目前還無法判斷該名女性和這起命案有無關聯，但有其他的目擊者在當天下午六點四十分往寺井的火車裡看到該名女性。然而針對該名女性身分的調查，也因爲沒有線索而毫無進展。截至目前爲止，警方的調查明顯陷入僵局。

米田搜查主任表示：「調查之所以陷入僵局，是因爲被害者鵜原宗太郎先生在這裡是位陌生的旅行者。可是，警方仍舊會朝徹底解決此命案的方向繼續努力。」

報導中並沒有提到禎子所認爲，大哥到鶴來的原因和憲一失蹤有關的想法，看來是警方並沒有對媒體透露這件事情。

禎子無法判斷目前的調查狀況是否就如報導所說陷入瓶頸？還是這只是對外的表面話，實際是大有進展？不過，她直覺地認爲調查陷入僵局。

因此禎子希望能夠盡快知道本多調查到的事情。昨晚的電話裡，本多說「明天晚上碰面再說」，是因爲白天公司有事？還是他要趁白天更深入調查？禎子不得而知。

「早安。」女服務生送來了早餐。

「今天早上很冷，說不定白天就會下雪了。」女服務生邊把料理端到暖桌上，邊對禎子說道。

這麼一說，禎子注意到走廊的玻璃窗外，沉重的黑色雲朵低垂散布著。

禎子吃沒兩口就放下筷子。

「您不再多吃一點嗎？」

女服務生勸著，禎子卻毫無食慾，或許心情緊張，她完全沒有吃飯的情緒。

本多說今晚過來拜訪，禎子卻無法等到那個時候。

過了十點，禎子心想本多可能已經去了公司，忍不住打電話。

「他還沒到。」公司的人回答：「他說今天有事，會比較晚來。」

本多果然正在「調查」些什麼。

因此禎子請對方向本多留話，請他進公司之後回電話給她。

之後，禎子焦躁不安地度過了三小時。要是本多不打電話來的話，她說不定還會繼續不安。

「我是本多。」他聽起來很興奮，禎子心想或許是因爲自己的情緒也很高昂，才會這麼覺得。

不過再繼續聽下去，才發現的確如此。

「我接到夫人的留言了。」本多說：「我也有非常緊急的事要告訴妳，現在方便過去嗎？」

「那我等你。」禎子也雀躍地回答。

本多很難得地在電話中語氣激動，而三十分鐘後出現在旅館的他，的確難掩一臉興奮難耐。

「昨天眞的非常感謝你。」禎子向本多致謝，並整理暖桌前的坐墊。

「哪裡，請不用這麼客氣。」本多坐到走廊的藤椅上，他似乎對和禎子兩人隔著暖桌相對而坐有些不自在。不過，他也想要早一點開始談話。

「我調查到一些室田先生公司接待處小姐的事情了。」本多眼睛發亮，急急開口。

「你昨晚在電話中已經提過了。對了，昨晚謝謝你的來電。」

禎子爲本多昨晚打電話來通知的事道謝。

「哪裡，我這麼晚還打擾妳，才是失禮。其實，昨天我們分開之後，我就到七尾去了。」

「什麼？」禎子嚇了一跳。

「昨天和妳分開之後，我認爲有必要仔細調查室田耐火磚公司。」

禎子看著本多。

「讓我照順序說吧，」本多從口袋裡拿出筆記本。

「那名接待處小姐叫田沼久子，今年三十一歲，現在住在金澤市內一棟小公寓，最近才被室田社長錄用。我不是直接請教室田社長，而是從公司中我認識的職員問來的。我向對方確認田沼久子的丈夫是不是室田耐火磚的工廠員工，並且已經過世了。」

女服務生送來了熱茶，本多喝了一口後等待可以繼續說話的時機。

「沒想到，」本多等到女服務生的腳步聲消失在走廊後，繼續說道：「對方一臉意外地回答他完全不知道這件事。聽說那位接待處小姐是社長直接下令進公司的，他們並不知道她是工廠員工的妻子。因此我直接詢問了他們人事部門，他們回答工廠員工的所有事情都是七尾的工廠管理，總公司並不清楚。因此，我就下了決心要到七尾一趟。在那之前，我抄寫了一份田沼久子保存在人事部門的履歷，主要資料是這些。」

話一說完，本多攤開夾在筆記本裡的便條紙給禎子看，上面用鋼筆寫了以下的內容。

履歷

籍貫　石川縣羽咋郡高濱町字末吉

現在住所　金澤市××町若葉莊公寓

戶長　農業　田沼庄太郎長女

久子

昭和二（一九二七）年六月二日生

＊石川縣高 高級女子中學畢業

＊昭和二十二（一九四七）年　東京東洋商業股份有限公司就職

＊昭和二十六（一九五一）年　因私人因素離職

＊昭和三十一（一九五六）年　定居於籍貫地

＊昭和三十二（一九五七）年　和室田耐火磚股份有限公司工廠員工曾根益三郎結婚

＊昭和三十三（一九五八）年　曾根益三郎死亡

「大致上的重點就是這樣。」本多注視著正在研究便條紙內容的禎子。

「田沼久子小姐自昭和二十二年後的五年間，似乎是在東京。」

「是啊，那是戰後的混亂期呢。」

本多似乎也察覺到禎子的想法，那是從事特定職業的女性會頻繁使用美語的繁華時代。

「由於在總公司無法弄清楚她的事情，我就決定到七尾。」本多接著道：「到了七尾的室田耐火磚工廠，我見到了工廠的勞務課課長。課長表示的確曾經有名叫曾根益三郎的員工在這裡工作，後來去世了。」

既然工廠的勞務課長這麼說，那絕對不會錯。「可是，」本多說：「雖然田沼久子小姐的履歷寫著她嫁給了曾根先生，可是兩人並沒有正式入籍，他們只是同居關係。因此我就問勞務課長，曾根先生的退職金是否給了田沼久子小姐。我承認這麼問有點失禮，因此課長白了我一眼，表示全部都給了。雖然他們兩人是同居，但大家都認定她是妻子，當然會把錢給她。」

禎子實在不懂本多爲何要問這種事。

「我知道這件事情之後就馬上到七尾郵局，打電話給金澤的總公司的職員。員工本人死亡，公司會支付退職金給家屬，那不是筆小數目，總公司的會計部門不可能沒有記錄。我就是打去確認到底有沒有這筆記錄。」本多繼續說道：「對方表示沒辦法立刻查清楚，等查了之後才能回覆我，並沒給我確定的答案。按照我的推測，我認爲他們應該沒有支付這筆錢。由於我回到金澤時已經是晚上十一點了，當然也不可能接到他們正式的回覆。因此，我想與其用那麼迂迴的方式，還不如直接見田沼久子小姐比較快。可是，那個時候已經很晚了，我想今天早上再早點去拜訪，於是就打了那通電話給妳。」

「眞是感激不盡。」禎子低頭致謝。

「那麼，今天早上你去見過田沼久子小姐了嗎？」

「我在大約八點時去了。我原本打算在她去上班之前攔住她，所以才挑那個時間。」

「你見到她了嗎？」

「沒有。」本多用力地搖頭否定了。

「她已經從金澤逃走了。」

「什麼？」禎子雙眼圓睜。

「什麼意思？」

「我說她逃走只是我的直覺。今天早上我去若葉莊公寓時，管理員告訴我，田沼小姐昨晚突然搬走了。她付清房租，提了一個大皮箱就離開了。」

「怎麼會……」禎子目瞪口呆。

「管理員也被她倉促的行動嚇到了，就問她發生了什麼事？田沼小姐表示發生了一些事情，她要搬去東京。她房間裡的家具，像是舊櫃子、梳妝台、還有棉被和廚房用具等等，都請管理員幫她處理掉。她說雖然金額不大，不過錢就當作給管理員照顧她至今的謝禮。管理員說當時她的表情非常慌張，臉色也很難看。」

禎子說不出話，只能楞楞地看著本多。田沼久子逃到東京了，禎子把這件事情的意義和丈夫憲一的失蹤、大哥宗太郎遭到毒殺的案件，以及本多所追查的線索交錯在一起思考。

2

田沼久子爲什麼要逃走？禎子看著本多。

「室田先生知道這件事情嗎？」

「我想應該還不知道，再怎麼說這都是今天早上八點的事。」本多想了一下回答。

「本多先生對於田沼小姐逃走一事，有什麼看法？」

禎子已經將在北陸鐵道火車裡和大哥宗太郎在一起，綁著粉紅色頭巾、穿著紅色大衣的女子假設爲田沼久子。本多一定也這麼想，他雖然沒說出口，但他的表情已經透露此意。

「總而言之，」本多開口：「我們先請教室田先生關於田沼久子逃走的事情。如果他知道可能的原因，可以當作一個重要的線索。」本多看看手表。

「已經差不多兩點了，要先打個電話嗎？還是我去那邊問問看？」

禎子道：「本多先生是否認爲和我大哥一同搭乘北陸鐵道火車的女人，就是田沼久子小姐？」

「如果她曾經當過妓女，那就符合火車裡那名女子給人的感覺。不管怎樣，我認爲在北陸鐵道火車裡的女人十之八九就是田沼久子。」

「這麼說來，」禎子露出疑惑的神情。「田沼小姐爲什麼要突然逃走？難道她注意到我們發現了她的過去嗎？」

「我不認爲她是因爲我們的緣故才逃走的。」本多提出意見。「可是，我總認爲她突然逃走有重要意義。例如，」本多稍微挪動了膝蓋後道：「如果田沼久子向室田先生隱瞞自己的出身，那她當然不希望被發現，又或者是因爲剛好發生了和她的出身有關而且不好的事情吧。」

禎子邊想邊問道：「室田社長眞的不知道田沼久子的出身嗎？」

「我想應該不知道。」本多馬上回答。

「我想室田先生應該只知道她丈夫是過世的員工，覺得她很可憐才雇用她，不會太清楚她過去。總之，我認爲她逃走的事和我們無關。」

禎子認爲，假如和鵜原宗太郎一同搭乘北陸鐵道火車，穿著打扮讓人覺得是妓女的女子就是田沼久子，而且如果她和大哥遭殺害的案件有關，那麼他們兩人到底有什麼關係？禎子雖然拚命想像，卻想不出任何可能性。大哥在金澤根本沒有熟人，他不過是個來訪的旅客罷了。

這麼一來，田沼久子當然就和自己的丈夫鵜原憲一有關了。也就是說，大哥宗太郎在尋找憲一的時候，出現了田沼久子這個人。因此，可以推測他在追查田沼久子的時候被她殺害了，然而這個猜測實在太大膽，因此她並沒有告訴本多。

本多把香菸盒收進口袋裡，看著禎子說道：

「對了，我還沒跟夫人說，我決定今晚出發到東京一趟。」

「到東京？」禎子馬上想到本多打算追隨田沼久子到東京。可是，並非如此。

「是這樣的，昨天東京的總公司來了緊急聯絡。」

「今天就要出發嗎？」

「我要坐今晚的『北陸』快車回去。」本多回答。他和抱著大哥骨灰回東京的嫂嫂搭乘同樣列車。「我回東京後如果知道田沼久子的行蹤，就會去見她。」

禎子心想，本多打算如何在那麼大的東京尋找田沼久子的下落呢？他明明沒有任何線索，口氣卻那麼有自信。不過，此時禎子還單純地以爲本多只是隨口說一些安慰她的話。他是要安慰禎子，才如此信口開河。

「那麼，我會到車站送你。」禎子在本多站起來之前對他說道。

「那眞是太感激了，不過我馬上就會回來，妳沒有必要來送我。」

本多婉拒了禎子，她仍決定要去送行。

禎子覺得她實在給本多添太多麻煩，他才新上任就因爲尋找憲一的事而不能專心工作。若是本多要去東京出差而她不送行，實在感到過意不去。更何況嫂嫂出發回東京時，本多也曾前往。

那一整天禎子都待在旅館裡。從旅館依然可見金澤城一角。這天天氣晴朗，很多穿著大衣的年輕人信步走在通往金澤城的坡道上。他們把大衣的領子都翻起來了，由此可知外面吹著強風。想著想著，禎子發現自己來到金澤後完全沒去過當地的名勝古蹟。

禎子決定外出。風果然冷颼颼。她走進和電車軌道路線相反的巷弄裡，行人也隨之減少。兩側房子像是昔日士族住家，還有一些崩塌的土牆延伸。土牆上的長春籐蔓乾枯了，藤蔓的尖端被風吹得直顫抖。

經過剛剛的士族町後就是上坡路。冬日的陽光下，金澤城的白牆冷冷地發光。登上坡道後，有個兼六園的石頭標誌。禎子走進樹木林立的公園裡。公園裡沒什麼人影，當她在池邊漫步時，不知不覺思考起田沼久子的事情。

田沼久子爲何要逃走？只要知道她逃走的原因，就可以一口氣解開丈夫失蹤以及大哥不幸死亡的謎團。不，即使不能一口氣解開謎團，至少也能看清其中一部分的事實。

如果北陸鐵道的火車裡，那名看起來像是妓女的女子是殺害大哥宗太郎的兇手，那麼大哥和田沼久子到底在哪裡產生關聯？大哥來到金澤尋找弟弟憲一的下落，禎子並不認爲當時大哥就已經知道田沼久子的事情。她總覺得田沼久子突然出現，她又爲何要突然出現？田沼久子身爲室田耐火磚工廠員工的妻子，現在是總公司的接待處小姐，這和大哥鵜原宗太郎之間究竟有何關聯？

或許，大哥宗太郎是在調查的途中偶然遇見田沼久子。禎子想，田沼久子絕對和自己的丈夫憲一有著某種關聯。然而丈夫憲一和曾經是室田耐火磚公司員工的妻子——現在是總公司接待處小姐的久子之間，到底有什麼關係？禎子找不到聯繫兩人的線。不過，她就是無法停止思考久子。

禎子繼續往前走，公園就在前方的高處。在冬天清澈無比的南方天空裡，白山山脈的山巒承載著白雪往旁邊延伸。

禎子想起今晚要離開金澤的本多。

11

CHAPTER 第十一章

丈夫的意義

1

禎子在七點前抵達了金澤車站，發現本多已經在候車室了。本多似乎也預料到禎子會來送他，他起身笑著走向禎子。

「眞是太感謝了，我很快就會回金澤，還勞煩妳來送我，眞不好意思。」

本多顯得很高興。

「請早點回來。」禎子低頭致意。「你預定何時回金澤呢？」

「這個嘛，明天沒有什麼重要的事，後天要開會，我想應該是大後天吧。」

禎子在心中計算天數。

「到東京的那一天我比較空，我會設法去找田沼久子的下落。」

本多一臉認眞地道。禎子不禁懷疑他到底要如何找到久子？他不過只是在說安慰話。

這時，本多稍稍靠近禎子，低聲說道：「對了，我問過田沼久子籍貫地的公所了。」

「咦，你問了什麼？」

「根據履歷，她先生曾根益三郎昭和三十三年死亡，我到公所再次確認日期。」禎子不懂本多爲什麼要確認這件事。本多繼續說道：

「曾根益三郎的確是田沼久子的同居人，也的確如她在履歷上所寫已經死亡了。可是，」本多口吻認眞到有點奇怪。「他雖然眞的死亡，原因卻不是生病。」

「咦？不是生病？」

「是的。她的履歷上只寫著死亡，一說到死亡，我們通常會認爲是病死的。不過根據公所的說法，曾根益三郎是自殺的。」

「自殺？」禎子睜大雙眼。

「我今天下午去請教了公所，他們回答得很簡略，我也不是很清楚詳情。不過我想曾根應該是自殺，他留下了遺書。警方經過調查後也認爲的確是自殺，所有手續都已經辦理完畢。」

「他爲何要自殺呢？」

「這個我也不知道。我原本打算如果有時間要到當地看看，偏偏總公司來了出差命令，所以去不成了。不過，我覺得田沼久子的同居人自殺這件事，似乎有重大意義。」

禎子聽完本多的話之後也有同樣的感覺。

火車即將開動，本多朝月台走，禎子跟在他的身後。從福井來的列車滑進月台。

「那麼，」本多站在二等車廂前說道：「我三天後就會回來，我想到時候可以更清楚田沼久子的事情。」

本多語氣依然堅定，可以看出他對追查田沼久子的下落一事很有自信。

「回來之後，我會立刻調查這件事情，請夫人放鬆心情地再等一等。」

列車發動的汽笛響起之際，本多突然想起了什麼事情，又走回了禎子身邊說道：

「我忘了說件很重要的事情。曾根益三郎死亡的時間，是在昭和三十三（一九五八）年，也就是今年的十二月十二日。」

禎子還沒來得及意識到昭和三十三年十二月十二日的意義，本多已經站在火車的車門邊了。離火車發車還有幾分鐘的時間。

「田沼久子的履歷上記載她從昭和二十二年到二十六年，都在東京的東洋商業公司工作，我打算先去那裡看看。」

沒錯，這是一個方法。禎子一直在猜想本多要如何在人海茫茫的東京追查田沼久子，原來他打算調查她曾經工作五年的公司。

「她並沒有在履歷上塡寫東洋商業公司的地址，我也不知道在東京的哪裡，不過翻翻電話簿之類的，應該就能找到了。」

火車發動的汽笛響起，本多向禎子揮手道別。只見列車往東京的方向駛去，越來越小，禎子看見本多從窗戶探出臉來。不久火車拐個彎，紅色的車尾燈逐漸遠去。

送行的人潮從月台離開，直到人群都散去了，禎子還在原地眺望著黑暗中鐵軌的去向，小小的紅色燈號燈孤伶伶地在黑暗中閃爍。禎子想起以前經歷過同樣的場景，那是在上野火車站替丈夫送行的時候。

禎子走出車站，寒風吹過，天上見不到任何星辰。車站前面商店街的燈火似乎凍結。禎子的臉頰感到一陣陣刺痛，她發現自己似乎首次體會到北國的寒冷。

禎子早上起來時，外面已經下過一場雪，女服務生拿來了要點燃暖桌的火種。

「今天早上下了很大的雪喔。」服務生對她說道。禎子看了外面，昨天走過的金澤城到兼六園附近一帶的樹林都變成了一片雪白。細雪附著在窗戶上，外頭的景象朦朧不清。

「今天有積雪嗎？」禎子看著窗外問道。

「沒有，雪還沒多到那個程度。不過接下來會越下越大，還得出動鏟雪車。」

女服務生說完後，端出了早餐。

吃完飯，禎子開始準備外出。

「唉呀，您這種日子還要出門嗎？」女服務生驚訝地睜大眼睛。

「是啊，出去一下。」

「要去哪裡？市內嗎？」

「不，我要去能登。」

「能登？」女服務生再次露出驚訝的眼神。

「那很辛苦喔，那邊的雪更大呢。」

「眞有那麼大嗎？」

「是啊。能登那邊的積雪比這裡還嚴重。不過，海岸那邊的話，因爲刮強風，我想應該積雪不會那麼厚。」

「我就是要去海岸。」禎子微笑。

「哪邊的海岸呢？」

「西海岸那邊。」

「西海岸的風非常強勁，雪不會那麼多，可是會很冷。」

2

禎子在金澤搭上十點十五分前往輪島的火車，她上回才坐過這條路線。禎子想起上次大約花了一個小時到羽咋車站，前座的年輕人一直聊著電影的話題。今天有兩個不知是哪個村落的男性村議員，不停討論著村落預算。每個乘客都穿著黑色大衣，女性乘客中也有人披著那種令人聯想到明治時代的毛披肩。果然是北國的風味。

禎子從窗戶往外看，所幸並無飄雪。天空陰暗沉鬱，可是沒有下雪，只有遠方山頭一片銀白。

在羽咋車站下車後，還要換搭更小型的電車。從這裡到高濱車站不用一個小時就可以到了，從車窗看，日本海那綿延不絕、寒冷鈍重的景色在眼前展開。高濱車站下車後，禎子前次所看到的景色沒有任何改變，也沒什麼積雪，只有位在大馬路後面的稻草屋頂上積了一些。

禎子問到高濱町公所的位置，隨即前往。公所位在狹小的十字路口轉彎處。禎子走向標示著「戶政股」的窗口，窗口內坐著約四十歲左右的瘦削男性辦事員，他正在厚厚的簿子上振筆疾書。

「不好意思打擾一下，」禎子一出聲，對方就打開小小的玻璃窗。

「我想請教一下關於高濱町字末吉的田沼久子小姐的戶籍。」

禎子一這麼說，辦事員就露出看見陌生人的稀奇表情盯著她，然後突然站起來，從櫃子裡找出一本厚重的簿子。

「田沼久子，是吧？」辦事員問了住址後就開始翻頁。

「這裡。」禎子看著對方遞出的戶籍簿，上面寫著田沼庄太郎長女久子，就和履歷一樣。

禎子在這裡確定的事情只有田沼庄太郎、久子的母親以及哥哥全部都去世了。田沼家除了久子之外，其他人全不在了。

禎子想瞭解的有關曾根益三郎的事並沒有記載。其實轉而一想，當然不會有，他只是久子的同居人，兩人並沒有入籍。

禎子老實地詢問辦事員，該如何調查曾根的事情。這名中年瘦削、有點老氣的辦事員是土生土長的當地人，所以很清楚久子家的事情。

辦事員拿出別的文件開始查閱，之後又遞出他找到的資料指給禎子看。

「他死亡的時間是昭和三十三年十二月十二日。」辦事員看著禎子說道。

「有醫生開立的死亡證明書吧。」

「那當然，不這麼做的話，公所就不會發出埋葬許可證了。」

「他是生什麼病呢？」

「什麼病？」辦事員盯著禎子。「請問妳和田沼小姐之間是什麼關係？」

這是理所當然的疑問，禎子當然也準備好答案了。

「其實我和田沼小姐是舊識，我是代表有位想更深入了解田沼小姐的人來的。」

這話暗示著田沼久子有再婚的可能。一這麼說，那個辦事員果然就老實地相信禎子的話。

「醫生開的與其說是死亡證明書，不如說是驗屍報告，其實曾根益三郎並不是病死的。」辦事員用憐憫的口氣說道。

「咦？不是病死的？」禎子故意裝出驚訝的神情。「不是病死的話，那是什麼原因？」

「是自殺。」辦事員回答。

「啊！」

禎子表現得很驚訝，可是她早就聽本多說過這件事。禎子決定更深入地問出詳細的狀況。

「他爲什麼要自殺呢？」辦事員稍微把椅子移近禎子，身體向前傾並壓低聲音：「我們也不清楚他爲什麼要自殺。」他說：「根據驗屍報告，有人在十二月十三日的早上發現曾根益三郎的屍體。他從牛山海岸的斷崖縱身一跳，撞到頭部死亡。」

「牛山在哪裡呢？」禎子心跳不已。

「牛山是距離這個海濱往北四公里的海岸，那裡有個非常高的斷崖。對了，妳知道韓國的海金剛（註）吧？」

「嗯，我只聽過名字，不過聽說是個非常高的斷崖。」

「是的，這邊的海岸也有一個海金剛，就像是原封不動搬過來似的，名字也取做能登金剛。任誰從那個斷崖往下跳，絕對當場死亡，想撐個一會都不可能。曾根益三郎就是從那個斷崖跳下去，附近的漁民到十三日早上十點左右發現他的屍體後就立刻通報警方了。」
禎子的嘴唇都發白了。
「是哪位醫生提出驗屍報告的呢?」
「是住在高濱的西山醫生，妳只要向人問西山診所，馬上就知道在哪裡了。」
禎子把它寫下來。
「您清楚曾根先生自殺的原因嗎?」
「這個嘛，我們不知道。」辦事員輕輕搖頭。
「人總是因爲各種事情煩惱的。我聽說過一些傳聞，不過不知道究竟是眞是假。總之他本人都留下遺書了，如果妳去找西山醫生的話，應該會更清楚詳情。」
「我想再請教最後一件事情，」禎子問:「曾根先生在這兒有戶籍嗎?」
「沒有，再怎麼說他們也只是同居而已，沒有入籍。我問過久子小姐，連她都不清楚曾根先生的出生地，既然如此我們也沒辦法，只能要求她日後知道的話再交籍貫證明書，於是我們就先發給她埋葬許可證了。」
「籍貫證明書?」
「就是字面上的意思，我們要她若是日後知道曾根先生的籍貫要塡寫申報。」

註—韓國巨濟島的名山。

「如果還是不知道呢？」

「不知道的話就只能歸爲未解決文件。總之當時爲了不讓死者眷戀人世能夠早日成佛，處理文件的事情就等之後再說吧。」

禎子低頭道謝：「非常謝謝您的幫忙。」

一離開公所，冰冷的風迎面襲來。

走在路上時，禎子的腦袋一片混亂。曾根益三郎在十二月十二日跳崖自殺！禎子覺得似乎有人在她的耳畔大吼著這句話。她眼前浮現本多說這句話時的表情。

3

西山診所是間小房子，一走進玄關就是鋪著榻榻米的候診室，有名母親很冷似地抱著孩子蹲在暖爐邊。禎子打開掛號處的小窗戶，裡面有一名年約十七、八歲，很樸實的護士。

「請問西山醫生在嗎？」禎子問。

「妳是病患嗎？」護士反問。

「不是，我有事要拜訪他。」

臉蛋紅通通的護士眼鏡鏡片上光芒一閃，轉身進入診療室，然後很快地走出來。

「請進。」

禎子進入診療室，有名禿頭圓臉的醫生坐在火缽邊，伸長著腳看書。

「打擾您了。」

禎子客氣地走進。醫生見到意料之外的客人時，不自覺地瞇起雙眼、併攏雙腿，改變姿勢。

「很抱歉突然來訪。」禎子道歉。

「是這樣的，我想請教在今年十二月十二日自殺的田沼久子小姐先生的事情。」

「這樣啊。」醫生示意禎子坐在他面前的椅子。

「妳要問什麼事情？」

醫生露出稀奇的眼神。這家小診所恐怕從來沒有接待過像她這樣從大都市來的客人。

禎子先輕輕地低頭致意後，才開口：

「我是田沼久子小姐的舊識，這次是要了解一些田沼小姐的事情才來拜訪您。」

「原來如此。」醫生點頭。

「田沼小姐的先生自殺後，是您驗屍的吧？」

「是我驗的。」醫生回答。

「我想請您說明一下這件事情。」

禎子一這麼拜託，醫生出乎意料地率直回答。

「那真是可憐。當分駐所的員警聯絡我之後，我馬上坐上警察的吉普車出發。這邊的法醫工作都是由我處理的。因此，十三日那一天我也是搭警察的車到現場去，我記得抵達的時候已經過了十二點了。」

醫生說到這裡，從後方書架的抽屜裡翻出文件，抽出其中一張。

「這就是驗屍報告的複本。」醫生拿著類似病歷表的文件邊看邊說：「我到的時候，就如剛剛所說已經過了十二點。經驗屍後，推測死後時間大概過了十三、四個小時了，也就是說，死亡時間是在前一天晚上的十點到十一點。」

禎子邊做筆記，邊在心裡描繪某人獨自站在夜晚的漆黑斷崖上的情景。

「致命傷是頭部的挫傷。那是墜落時撞擊到岩石，傷勢深達頭蓋骨。換句話說，死者的頭骨都粉碎了，連掙扎都來不及就當場死亡。」

醫生加上手勢說明。

「經常有人在那個斷崖自殺。這幾年就有三個人在那裡尋短，每個都是頭骨粉碎，曾根先生也是在完全相同的情況下當場死亡。」

「您曾解剖那具屍體嗎？」

「不，沒有解剖，因爲曾根先生很明顯是自殺。」

「很明顯是自殺？有什麼根據嗎？」

「因爲警方找到了遺書。還有，在認爲是他跳下去的地方，也就是在斷崖上找到了當事人排放整齊的鞋子以及記事本。記事本裡夾著我剛剛說的遺書，放在鞋子旁邊，這種情形任誰看了都會認爲是計畫性的自殺。」

「那麼，」禎子吞了一口口水後說道：「您知道遺書的內容嗎？」

「不，那超出醫生的工作。我不知道把遺書的內容說出來好不好，不過我還是大略看到。」
「如果可以的話，能請您告訴我嗎？」
醫生露出有點猶豫的表情，隨即壓低聲音說：
「我在警方在場的狀況之下看了那封遺書。曾根益三郎先生的遺書是指名要給妻子田沼久子小姐的，內容大致是『我考慮了很多，覺得繼續活下去很痛苦，我不希望妳知道詳細的狀況，決定自己抱著這苦悶永遠消失。』我沒記錯的話，遺書內容應該就是這樣。」
禎子在心裡反覆思索這段文字。
抱著這苦悶，永遠從妳眼前消失……這是什麼意思？作爲一封遺書，內容實在太過含糊了，第三者完全無法從字面上看出死者這些話的含意，或許死者只想傳達自己眞正的心情給妻子知道。
「警方立刻聯絡死者妻子田沼久子小姐來認屍，」醫生繼續說：「她來了之後也確認是曾根本人。由於就現場的狀況看起來是自殺，她也就死心地領回屍體，並沒有要求解剖。」
「久子小姐對丈夫自殺這件事，心裡有沒有譜呢？」
禎子注視著醫生。
「久子小姐說她對曾根先生的自殺毫無頭緒。可是，畢竟當事人都留下遺書了，就算家屬想不出有什麼因素造成他自殺，但家家都有本難念的經也不好跟外人說。她是這麼回答警方的問話。由於現場的證據，久子小姐並沒有對自殺的說法抱持太大疑問，就這麼領回屍體。」
「那個時候，屍體的衣服很凌亂嗎？」

「不，他打扮得相當整齊，外套還整齊地扣著鈕釦，連領帶都繫得好好的。讓我印象深刻的是，驗屍時發現他上衣內側繡著『曾根』兩字的地方，爬著一隻小小的海蟑螂。」

死者西裝內側繡著「曾根」……禎子一聽到這句話，腦中迅速掠過某個影像，去世的大哥鵜原宗太郎不斷尋訪金澤市內各家洗衣店的模樣。

「留在斷崖上的記事本據說的確是曾根先生本人的。」

「記事本整齊地擺在鞋子旁邊，裡面還夾著遺書。」

「那本記事本中沒有寫些和自殺有關的事情嗎？」

「沒有，警方翻閱後發現，那只是曾根先生的備忘錄，裡面只有一些備忘事項，不可能有關於自殺原因的內容。」

「那本記事本後來怎麼處理了？」禎子問。

「當然還給他太太了。」

禎子沒有再問出其他重要的事情。她爲打擾了醫生而致歉，誠懇地道謝就離開西山診所。

禎子的腦中一片混亂。爲了整理目前收集到的情報，她必須再確定某些事實。她下定決心前往田沼久子的籍貫地。

高濱町字末吉位於高濱町北方大約兩公里處，是個半農半漁，寂寥冷清的部落，街道後方綿延著飄雪的能登高山。禎子向街上一家小香菸鋪詢問前往田沼家的路線。她照店家所說沿著街道再稍微走一段路，往東邊彎過去就見到一個部落的聚集地，田沼家孤伶伶地蓋在部落的不遠處。

「啊！」

當禎子站在這棟房子前面時不自覺地驚叫出聲，不禁懷疑起自己的眼睛。她看過眼前這棟房子。儘管此刻是在現實中初次看見，但是她之前確實看過有著相同房子和景色的照片，也就是丈夫鵜原憲一厚厚的原文書中夾著兩張照片的其中一張。屋頂上按此地風俗放置著石頭，入口狹窄，屋簷很深，窗戶外側鑲嵌著木條格子，每個地方都和照片一模一樣。禎子終於解開相片之謎。

鵜原憲一擁有兩張照片，一張是室田社長家，一張是田沼久子家。他拍攝室田社長家，可能是因爲社長對憲一另眼相待讓他屢次進出，留作紀念而拍攝的。可是拍攝田沼久子的家卻有著不同的意義，禎子直覺地認爲這裡是憲一居住的「家」。從剛才就盤據在她心中的恐懼，如今成了事實。禎子清楚地意識到，丈夫憲一和曾根益三郎就是同一個人。

天氣酷寒，細雪斜斜地飄到禎子的肌膚上，但她覺得雙頰滾燙，腦中的火焰不停燃燒著。

4

禎子拜訪住在田沼家附近的人，她想瞭解所有有關曾根益三郎的事情。一名中年農家婦女對禎子這麼說：

「久子是田沼家的獨生女。她家以前是種田的，可是她父母親和哥哥都因爲肺病倒下，後來都死了。就在她家只剩下哥哥的時候，大概是昭和二十三（一九四八）年吧，久子突然跑去東京了。當時她和她哥哥的關係不好，離家出走。她完全沒有寫信告訴她哥哥她在東京做什麼，附近也沒有人知道。沒想到她在大概五年前回來了。她回來的時候啊，」婦人興致勃勃地繼續說道：「穿著一身昂貴的洋裝，和以前完全不一樣，簡直就像換了個人似的。因此，大家都說她一定是在東京做什麼見不得人的事情。過了不久，她可能習慣了鄉下的生活，也就不再穿得那麼華麗了。從她哥哥死後她就守著這個家，耕種僅有的田地，日子也不是過得很好。然後……」婦人眼中閃耀著興致盎然的光芒。

「正好一年半前吧，久子忽然有了丈夫。不過，她沒有和對方正式結婚，當然也沒有結婚儀式和宴客。一開始久子似乎極力地想要隱瞞這件事，可是最後還是跟我們說那是她先生，那個據說是她先生的人叫曾根益三郎。我們不常見到曾根先生，也沒說過幾次話，而且不論是向他打招呼還是說話，他總是背過臉去，置之不理。我想大概是因爲他們只是同居吧，我們也是能夠體諒他們的心情……總之，他是個話很少的人。聽久子說，益三郎是某家公司的業務，總是早出晚歸。他都是搭最後一班巴士，回到家時天都黑了。而且，他一個月裡有十天要到東京出差，那時候就完全不回家。久子對於益三郎去東京出差這件事感到非常自豪，可是，我們完全猜不出來益三郎是什麼公司的業務。」

其他中年農夫和漁夫說的內容也差不多。大家對於曾根自殺的理由異口同聲地說道：

「我們都看得出來久子非常喜歡益三郎，大家也不知道他爲何會自殺。不過不是常有業務會挪用公款嗎？久子並沒有告訴我們益三郎自殺的原因，她當時實在太悲傷了，我們也問不出口。過沒多久，她就突然不回來住，也把房子、田地都賣掉，搬到金澤去了。當時久子說過，她已經決定要去金澤的公司上班。」

禎子問到的結果大致如此。這麼一來，曾根益三郎就不是室田社長他們公司工廠的員工，而是某家公司的業務員才對。禎子無法立刻判斷到底田沼家附近的人的話是眞的，還是室田社長的話是眞的。說不定是久子認爲曾根是室田耐火磚工廠員工她的面子會掛不住，所以才對附近的人說曾根是某公司的業務。然而，禎子覺得附近的人說的才是事實。

不管怎樣，室田社長說了謊。

如果曾根益三郎和鵜原憲一是同一個人，那麼他就不可能是室田耐火磚工廠的員工。而且，根據附近的人描述的曾根益三郎的容貌和特徵，都和鵜原憲一一模一樣。附近的人曾經聽久子吹噓過，曾根益三郎二十天在金澤，十天在東京的生活模式也和憲一相符。憲一有二十天的時間在A公司的金澤辦事處，爲爭取廣告代理工作四處奔波，剩下的十天則是回到東京。

室田社長爲何說謊呢？

禎子之前就總是覺得丈夫拿自己和別的女人比較。當時他不斷讚美自己，那種讚美的口吻有一種比較的意味。那時候她覺得是自己想太多了，現在知道眞相之後，她不禁想，自己的直覺果然沒錯。那麼，丈夫憲一爲何要自殺？

禎子決定無論如何都要去丈夫自殺的現場一趟。她向附近的人打聽，得知還要搭乘巴士到距離部落四公里遠處，於是禎子等待著班次少得可憐的巴士，巴士一天只來回三趟。她在下著雪的路邊，傻傻地等了將近一個小時。從巴士行經的道路來看，左邊窗戶下方應該是懸崖峭壁，因爲海平面位在很低的地方。

禎子獨自一人在某個車站下車。她在狂飛亂舞的雪花當中走上斷崖。斷崖上有著枯萎的小草，雲朵飄得很低。她曾經來到這一帶，當時陽光從遠方的雲縫中流洩而下，一部分的海洋清晰可見。然而此刻，整片天空就像是塗著厚厚一層油漆的牆壁，厚重雲層密布。沒有被遮蔽的太陽，也沒有飄動的雲朵。

禎子無法判斷丈夫究竟死在哪裡，但一定就在這一帶。往海洋的方向看，好幾塊聳立的岩石突出海面，如果以觀光的心態前來，此處景色的確不負能登金剛這個名號。然而對此刻的禎子而言，她只覺得眼前是滄海的墓園。她的心中再度浮現之前來到這裡時想起的詩句。

然而，看，天空的混亂

波浪——騷動著。

宛如高塔漸漸沉淪，

宛如推開陰鬱昏暗的潮水——

塔頂將好似薄膜般的天空

刺穿出一道狹小的裂縫。

此刻波浪發出紅光……

時間微微地低沉歎息——

在這世上一切都不禁呻吟之際。

沿海的墓場裡

海邊的墳墓裡

禎子流下淚水。連她自己也不知道淚水是因爲悲傷，還是迎面吹來的強勁冷風刺痛雙眼？

丈夫爲什麼會死？爲什麼要自殺？

他是在兩年前到此地赴任，一定是因此才和田沼久子發生了關係。禎子當然無從得知兩人來往的契機。可是，丈夫的確在赴任的半年後，悄悄地在這個沿海的村落和女人同居。

禎子大概想像得到丈夫自殺的理由，娶了禎子就是他自殺的原因。丈夫愛著禎子，但是他也愛著另一個妻子——田沼久子，只是他更愛新婚的妻子。爲此，他一定努力想要結束和田沼久子這一年半的生活，然而他辦不到。煩惱到最後的結果，就是從這裡的斷崖縱身一跳。

曾根益三郎的死亡日期是十二月十二日，丈夫鵜原憲一失蹤是十二月十一日的晚上。當時他表示隔天還要回金澤一趟，卻從此下落不明。禎子在此得出鵜原憲一爲何必須在其他地方住上一晚的答案。憲一傍晚離開金澤，也只能住在高濱的久子家，而那一天他並沒有坐上回金澤的火車。

憲一可能打算在那一天和久子分手，隔天再回金澤，接著回東京。可是那天晚上，他就從這個斷崖縱身跳下。

本多在搭上往東京的火車之前說過，曾根益三郎的死亡日期是十二月十二日。原來他早已經猜出曾根益三郎就是鵜原憲一了，所以他才會說要追查逃到東京的田沼久子下落吧。

海平面上層層疊疊的雲朵急速轉暗，海浪的顏色也開始變黑。冷風和雪花撲打在禎子身上，她卻站在原地一動也不動好一陣子。

禎子回到金澤是晚上九點過後的事了。

一回到旅館，女服務生就急忙告訴她：「夫人不在的時候，有人打了好幾通電話找您。」

「噢，是從哪裡打來的？」禎子驚訝地睜大雙眼，她認爲是在東京的母親打來的。

「是A廣告代理公司打來的，似乎有非常緊急的事要找您。兩個小時之前，打了三次電話。」

「謝謝妳告訴我。」

禎子這麼回答，心裡卻一陣不安。如果A廣告代理公司有事找她，那應該就和憲一或本多有關。難道是到東京去的本多找到重大線索嗎？若是如此，根本就不用透過A廣告代理公司，本多可以直接打電話到這裡。禎子猜不出箇中緣由。她不認爲A廣告代理公司已經知道憲一的事情。

禎子決定打電話到A廣告代理公司。她吩咐總機撥出電話，但是始終無法平息胸口的悸動。電話接通了。從話筒裡傳出了男人的答話聲。

「喂，我是鵜原。」禎子一這麼說，對方便回答：「啊，是鵜原先生的太太嗎？我是A廣告代理公司的木村。」

木村的語調顯得他似乎很慌亂。

「我剛剛出去了，眞是抱歉。」

「是因爲發生重大的事了，」對方著急地說道：「所以我必須立刻聯絡妳。我想立刻當面跟妳說，請問妳方便嗎？」

對方連事情的內容都沒說個大概，這讓禎子覺得事態嚴重。

「好的，我等你。」

從掛斷電話一直到對方趕到爲止，禎子完全無法冷靜。這和憲一無關，一定是本多良雄發生什麼事情了。禎子吩咐女服務生升起暖桌和火鉢的火。不知道會來一位還是兩位客人，總之禎子先準備了三人分的坐墊。

過了三十分鐘後櫃臺才來通知禎子有訪客，來訪的人是A廣告代理公司的木村和當地的警察。聽到警察，禎子屏住呼吸，那麼一定是發生大事了，而且還是得勞動警察介入的大事。禎子胸口發顫地聽著訪客上樓的腳步聲。

「打擾妳了。」拉門外傳來男子禮貌的聲音。

「請進。」

進來的都是禎子未曾謀面過的人。前後站著的三個人都穿著西裝，一手拿著大衣。

「我是A廣告代理公司的木村。」

先進來的男人向禎子自我介紹後，便介紹身邊的兩名中年男子。

「這兩位是金澤警署的刑警先生。」

「妳好，從昨天就開始變冷了呢。」

其中一名刑警說了些應酬話。他從口袋裡拿出皺巴巴的香菸，以冷靜的態度開始吸菸，並且露骨地盯著著禎子看。木村一等到女服務生將茶送上離去後，便立刻開口：「夫人，不得了了。」

禎子盯著木村。儘管她早有預感，可是一聽到木村說出來，才覺得一切變成了事實。

「是關於本多先生……」

啊啊，果然是本多的事，禎子在內心裡吶喊著。

「我想夫人知道本多先生到東京去出差的事，但是今天下午四點左右，金澤警署通知我們本多先生突然死亡。」

「什麼！」

禎子臉色大變。她雖然有預感本多出了什麼事，卻萬萬沒有想到會聽到他的死訊。再加上有警方的介入，她直覺地認爲本多的死並不單純，禎子覺得自己的嘴唇發白。

「關於本多先生死亡的不幸事件，」木村也一臉緊張地說道：「他是被殺害的。」

禎子頓時發不出聲音來。她想要說些什麼，腦中卻又一片空白。

「我來說明這件事情吧。」旁邊的刑警沉穩地接口：「警視廳通知我們今天的十二點左右本多先生被發現陳屍在東京都世田谷區××町××番地，一棟叫清風莊的公寓裡。屍體發現者是公寓管理員。根據管理員的證詞，那間房間是前一天由一名三十歲左右，叫杉野友子的女性所承租的。第二天本多先生就出現在那棟公寓。當時本多向管理員詢問是否有名叫做杉野的人搬到這裡，他打聽到房間號碼後就說要進屋找人，那時大概是九點鐘左右，之後就在杉野小姐的房間裡發現了本多的屍體。就如我剛剛所說，發現屍體的時間是大約過了三個小時，快十二點的時候，死因是氫酸鉀中毒，這是檢驗過屍體身邊的威士忌酒瓶後得知的。鑑識人員認爲那個威士忌酒瓶中摻入了氫酸鉀，而本多喝下了威士忌。此外，管理員也看到那名叫杉野的女性在九點多左右外出，神色非常慌張。」

禎子只是楞楞地看著那名刑警，不知道該說些什麼。

「因此，」刑警繼續沉靜地吸著菸說道：「我們想請教夫人一件事情。我們知道本多先生是爲了去總公司出差而前往東京。但是，本多先生卻去拜訪那名叫杉野的女性，我想這當然是本多先生的私事。我們得知妳似乎和本多先生很熟，因此想問問夫人的意見。」

12 CHAPTER

第十二章

雪國的不安

1

雖然刑警這樣問禎子，但她無法回答。她不是不了解刑警的問題，然而腦中一片混亂。

本多良雄被殺了。

禎子不敢相信這是事實，只覺得周遭的一切突然都扭曲變形了。

她的腦海裡只充塞著本多良雄和她道別時的身影，本多上車後從窗戶探出頭來始終看著站在月台上的她，他當時的表情在眼前逐漸擴大。

「怎麼樣，夫人？」來訪的刑警催促她。

「我和本多先生，」她終於開口。「在私人關係上並沒有那麼親近。」

禎子這麼說，內心卻知道這並不是個誠實的答案，因為她多少察覺到本多的心意。

本多才剛到任就放下所有的工作，竭力地尋找憲一的行蹤。與其說那是友情的表現，不如說是他對禎子示愛的方式。起初禎子也相信那是本多對丈夫的友誼，然而當他們一起四處尋找鵜原的行蹤時，她開始察覺到本多在很多時刻不經意流露出來的愛意。

本多不辭辛勞地協助她尋找丈夫憲一，但其實他的內心應該也很徬徨不安吧。本多在這樣的狀況下，逐漸對禎子產生了愛意，連禎子本人都看得出來了。可是對禎子而言這是個困擾，她覺得自己待在金澤太久了，也不想讓本多的心意繼續發展。

禎子對本多並沒有抱著愛情之類的感情，她對本多對自己的愛慕以及四處奔走，只是心懷深深的感激，如此而已。

「我和本多先生在私人關係上並沒有那麼親近。」禎子再次對刑警說道：「他只是我先生的同事，因爲他是繼任者，所以才那麼擔心我先生。」

金澤警署的刑警知道禎子的丈夫失蹤一事。

「原來如此。」刑警點頭。

「這麼說來，妳對本多先生在東京遭到殺害一事完全沒有頭緒了？」

「完全沒有。」

禎子不認識本多陳屍的那間房間的戶主，她是第一次聽到杉野友子這個名字。

可是，那個女人是在本多被殺的前一天才搬進那間公寓的，而本多曾表示他到了東京之後，會利用閒暇之餘設法尋找田沼久子的下落。禎子猜想杉野友子很可能就是田沼久子。

在室田耐火磚公司接待處工作的田沼久子突然行蹤不明，根據本多探查的情報，她似乎前往東京。這麼一來，到東京出差的本多自然會尋訪杉野友子。

杉野友子一定是田沼久子的化名。禎子腦中浮現出坐在接待處窗口邊，老實纖細的女性。

本多強烈地懷疑田沼久子，覺得她的同居人曾根益三郎的死亡疑點重重。雖然禎子自己找出了眞相，不過本多也一定推測出了大致的輪廓，因而才會認爲田沼久子可疑。

想必本多推測出杉野友子是田沼久子的假名，這對費盡心力調查田沼久子的他而言，不需花費太多時間。

但是，田沼久子爲何要殺害本多？

禎子腦中的思緒不停翻轉著，露出了茫然的表情。

「那麼，夫人對本多先生遭到殺害一事，心裡眞的沒有個底嗎？」

刑警再次確認，聽了禎子肯定的回答後，便說道：

「隨著調查的進展，我們或許還會再來拜訪。」

刑警們回去之後，禎子陷入沉思。

她並沒有告訴刑警，丈夫的失蹤和田沼久子的同居人曾根益三郎死亡這兩件事有密切關聯，因爲那不過是她的推測，沒有確實的證據。然而，在丈夫行蹤不明的事件背後，田沼久子存在的事實益發鮮明。

丈夫憲一隱瞞著禎子和久子在日本海岸落後的農家同居。而丈夫的失蹤，和久子名義上的丈夫曾根益三郎的死亡實則是同一件事。

田沼久子恐怕不知道自己的同居人曾根益三郎和鵜原憲一是同一人。鵜原憲一在金澤兩年的任期裡，有一年半的時間是以田沼久子的丈夫身分和她一起生活。

他從位於能登西海岸的久子家，到金澤的A廣告代理公司辦事處上班，並且從久子家出發拜訪各地的客戶。

鵜原憲一一個月中的十天爲了聯絡公事，必須返回東京的總公司。這段期間，曾根益三郎就以辦理室田耐火磚公司事務的名義到東京去出差。也就是說，鵜原憲一在每個月回到東京總公司的那十天，對曾根益三郎來說，是以工廠員工的名義到東京出差。

禎子還想到一件事。鵜原憲一從東京到金澤就任時，起初是住在沿著河川道路轉進小巷的那間舊房子，可是他卻在半年後就搬家了。禎子和本多前往造訪之際，賃居處的老婦人也表示她不清楚鵜原新家的地點，行李是鵜原自己叫計程車來運走的。

當時他們從金澤車站附近著手調查過，仍舊查不到他的下落。憲一不希望被人追查到田沼久子位於能登半島西海岸的家，保密功夫十足。他當時當然也還不知道之後禎子會成爲他的妻子，所以憲一是對公司所有人隱瞞他和久子同居的住所。

然而鵜原憲一的家人，像是身爲親哥哥的宗太郎會不知道這件事情嗎？禎子這才注意到宗太郎知道這件事。起初，禎子在丈夫出差之際造訪大哥家時，宗太郎對她保證「我弟弟憲一是個潔身自愛的男人。」當時，他露出了非常誇張的表情，那是對剛進門的弟媳禎子說的表面話，想必宗太郎也對妻子隱瞞了弟弟的祕密。

宗太郎表示要去京都出差，卻直接來到金澤，這是因爲弟弟憲一已經下落不明好一陣子了。爲何宗太郎剛聽到弟弟行蹤不明時，沒有立刻慌張地趕到金澤？禎子心想，大概憲一對哥哥宗太郎透露了一部分的祕密吧，而這也是在和禎子的婚事敲定之後才說的。

憲一爲了新生活，打算結束和田沼久子這一年半的關係，可是他無法對深愛他的久子坦白，因此，轉而對哥哥宗太郎傾訴他的苦惱。

就在憲一夾在他對田沼久子和禎子的愛情之間選擇了自殺時，鵜原宗太郎或許認爲這只是憲一拖延和那名女子分手的時間才採用的方法，但是由於沒人知道憲一的女人居處，所以才會看來像是憲一失蹤了。正因爲如此，宗太郎即使聽到了弟弟失蹤，仍是一派悠哉，不打算出面尋找。他向禎子保證憲一一定會現身，他的意思就是當憲一和那女人結束之後就會回來。這也就是即使其他人爲憲一生死未卜擔憂不已，宗太郎仍舊充滿自信地強調憲一還活著的理由。

禎子繼續思考……

可是，憲一卻遲遲沒有現身，於是連宗太郎也開始感到不安了。

他以去京都出差爲藉口來到了金澤，暗中進行調查。他不和禎子一起行動的理由，當然也是因爲他對弟弟的事情有某種程度的了解。

所謂某種程度，是因爲憲一沒有對哥哥坦白所有的事。宗太郎來到金澤之後，便四處探訪市內各家洗衣店。他採取這個奇怪的舉動，是憲一沒有對宗太郎坦白和他「同居一年半」的女人身分，他並沒有告訴哥哥對方的名字和住址。可是，禎子卻目擊到宗太郎來到金澤的那一天，搭乘了從能登半島發車的列車。宗太郎一定是推測出弟弟藏身在能登半島，或許是憲一曾對哥哥表示自己住在那邊，只是憲一難以向哥哥坦白一切，才使這次的事件陷入迷霧。

2

禎子繼續思考著。

現在已經可以確定丈夫憲一的同居人就是田沼久子，大哥宗太郎也已經知道這個祕密。

禎子很輕易地想像出田沼久子和丈夫憲一之所以在一起的原因。丈夫過去曾經是立川警署風紀股的巡查，而田沼久子有著一口流利的美語，不難想像她曾是以美軍爲對象的特種行業女性。如果久子以前眞是妓女的話，那麼就可以想像憲一是在立川警署的巡查時代認識了久子。

可能當時兩人就已經有特殊關係。田沼久子結束賣身的生活回到故鄉能登，和憲一辭去立川警署巡查一職的時間不是重疊了嗎？——不，還是有些許的不同，他在辭去巡查到進入目前的A廣告代理公司就職之前，有將近一年的空白時間。如果兩人在那時相遇，一定會立刻一同生活。

所以可能是憲一進到A廣告代理公司，當上金澤地區的負責人，到能登附近出差之際，偶然地和久子再次相遇。當時，憲一仍是單身，兩人開始交往，讓他決定和久子同居，因此就搬出到任後只住了半年的住處，接著便搬到久子家了。

那時，憲一對久子使用假名。憲一並沒有和久子結婚的想法，他或許想終究要回東京的總公司，並不打算和久子永遠在能登的鄉下同居。這麼一想，禎子認爲久子並不認識巡查時期的憲一，他們只是對彼此感到面熟，久子根本不知道憲一的名字。

數年後，兩人在北陸一帶相遇並且有了感情，憲一於是化名爲曾根益三郎，和久子同居。這種事情經常發生在到地方分公司工作的單身男性身上。田沼久子的確殺害了本多良雄。

她爲何要殺害本多？

恐怕是因爲本多在調查她的過程中觸及了她某部分的祕密。如果推測久子因此殺害本多的話，那麼大哥宗太郎被久子殺害（目前這還是推論）應該也是基於同樣的原因。也就是說，不論是大哥宗太郎還是本多，他們在調查憲一的失蹤事件時觸及了某個祕密，而招致殺身之禍。

那麼「某個祕密」又是什麼？是久子和憲一祕密的同居生活吧。然而只因爲那段「祕密的同居生活」慘遭殺害，未免太過牽強。除了這個理由之外，一定還有其他原因。

禎子閉上雙眼，思索了好一陣子。

這兩件命案一定都和憲一的死亡有關。唯有憲一的死亡是他殺的前提之下，逼近眞相的大哥宗太郎和本多良雄也被同一個犯人殺害，這樣的推測比較合理。犯人殺了憲一後再僞裝成自殺，然後先殺害了知道這個祕密的宗太郎，接著再誘出本多殺了他——就這樣，一切都言之成理。

然而，憲一是自殺的。

沒有他殺的嫌疑。從警方的調查報告來看，站在自殺處的丈夫，將身邊物品整理得有條不紊。以自殺者特有的心態，丈夫把鞋子擺放整齊，身邊物品也整齊排列，連遺書都寫了。對了，遺書——禎子都忘了丈夫憲一的遺書。自殺這條線的成立還是相當有力。

丈夫的確是自殺。然而調查這點的宗太郎和本多爲何會被殺害？禎子怎麼樣也想不通。

丈夫憲一以曾根益三郎的假名自殺，屍體也以田沼久子同居人身分合法處理。就算被宗太郎和本多挖出眞相，久子也不需要殺害他們。無法理解——禎子完全無法理解，沒有絲毫頭緒。

她只能斷定是田沼久子殺了本多良雄，還無法肯定究竟是什麼人殺害了大哥宗太郎。和宗太郎一同搭乘北陸鐵道火車的女人，據說乍看之下讓人覺得她是妓女。雖然這可以和久子過往的身分連結起來，然而那名女性果眞就是殺害宗太郎的人嗎？

不過，還是先把兇手認定爲久子吧，她既然殺了本多，當然也可能犯下另一件相同的罪行。禎子不認爲是有某個共犯殺害了宗太郎。

共犯——禎子忽然想到，室田社長說過田沼久子的丈夫曾根益三郎是室田耐火磚工廠員工。本多調查的時候，也向工廠的勞務課長取得確認。然而實際上，曾根益三郎就是鵜原憲一，連能登半島田沼家的鄰居們也都根據久子的話，表示他是某家公司的業務員。

這樣說來，室田社長不就是在憲一死後對外宣稱久子的丈夫是自己工廠的員工嗎？如果在憲一生前室田社長就這麼說的話，久子就不會告訴附近的人說丈夫是某家公司的業務員。若是在他死後，室田社長才讓他成爲工廠員工的話，這就合乎邏輯了。那麼，室田社長爲何要宣稱久子的同居人曾根益三郎是工廠員工？

室田夫人佐知子的話讓禎子想起了這件事。之前夫人曾對禎子說：

「我先生告訴我剛剛那位接待處小姐的先生原本在我們的工廠工作，最近去世了。他覺得她很可憐，所以就讓她在這裡工作。」

也就是說，室田以田沼久子過世的同居人是自己工廠員工爲藉口，讓她進自己公司工作，並動用社長的權限要求工廠勞務課的人，如果有外人問起就這麼回答。當然，他沒有發給曾根的家屬退職金，雖然勞務課長說已經發了，可是經本多調查，總公司的會計回答似乎沒有發放的模稜兩可答案，然而一旦有人問起，他們便一律回答「他是我們工廠的員工」，就像之前本多聽到的。

那麼，室田又爲什麼要如此費心？

室田很明顯地說了謊，他說一個根本不是自己工廠員工的人爲員工，他欺瞞世人的原因是什麼？那根本就是僱用田沼久子到自己公司的藉口。鵜原憲一以「久子的丈夫曾根益三郎」的身分自殺，而室田社長則接濟失去謀生方法的她。那麼，他接濟田沼久子，是兩人有特殊關係嗎？

3

思考至此，禎子想到田沼久子不知爲何要突然逃到東京？

本多良雄對於調查田沼久子的事不遺餘力，從他對禎子說的話看來，他似乎已經掌握到田沼久子的行蹤。無論如何，看得出來本多對她的調查有相當大的進展。田沼久子害怕這點，因爲她有恐懼的理由。

本多對禎子說了「不久後，我會把所有事情都告訴妳」後就這麼死了。禎子不知道本多究竟調查到什麼程度，可是，久子在調查途中就逃到東京，甚至殺害了追到東京的本多，可以想見她身上一定隱藏了天大的祕密。

然而想到這裡，禎子還是碰到了同樣的暗礁。那個祕密究竟是什麼？雖然可以想像和丈夫憲一的死有關，可是久子不惜殺人也要保護的祕密到底是什麼？

還有一件事情，本多如何得知田沼久子以假名在前天搬進東京的公寓？

本多當然是因爲公事才出差，和調查久子完全無關。就算是偶然，本多如何能夠知道前天才剛搬進東京公寓裡的田沼久子的住址？還有，他如何追查到使用假名的久子下落？禎子不禁感覺到本多的調查如此順利的背後，隱含著特殊意義。

所有的疑問在禎子的腦裡盤旋不去。

禎子無法理解室田儀作和這件事情到底有什麼程度的關聯？接濟田沼久子是基於其他的理由？或者與這些事件有關？不管怎麼說，她有必要去見室田社長。就公司和客戶上的關係，她必須這麼做，而且她對在這件事情上幫她很多忙的室田社長也有義務要報告。

隔天，禎子打電話到室田耐火磚總公司，總機馬上幫她轉接電話。

「我是室田。」

「我是鵜原禎子，很抱歉突然打電話給您。」禎子說。

「不會、不會，請說。」社長催促禎子往下說。

「我有件緊急的事要告訴您，希望您能仔細聽我說。」

「什麼事情？」社長的聲音還是很沉著冷靜。

「是關於先前一直受您照顧的本多良雄的事。」

「啊，本多啊，他怎麼了？」

社長似乎還不知情。當地警方當然不知道本多良雄和社長的關係，他們表面上只是A廣告代理公司的地方主任和刊登廣告的客戶之間的關係。警方應該不會通知社長本多的死訊。

「昨晚，我接到了本多先生遭人殺害的消息。」

「什麼！」社長顯得異常驚訝。

「妳說什麼？請再說一次。」禎子重複剛剛的話。

「眞的是本多嗎？」

這邊的早報還沒刊登這起案件，就算要登大概也要等到明天才會刊出。

「是警方通知我的，我想不會有錯。」

「兇手是誰？」社長馬上就問。

「兇手是，」禎子才開口就不自覺遲疑起來，她推測兇手是田沼久子，但社長會不會知道杉野友子這個名字？

「杉野友子？」

社長從禎子口中聽到這個名字後反問道，他的語氣聽起來就像完全沒聽過這名字。禎子的耳朵爲了正確判斷室田瞬間的反應而敏銳起來。可是，就剛剛聽到的，他的聲音並沒有特別狼狽，不像說謊。室田應該是初次聽到杉野友子這個名字。

「眞的很對不起，如果您現在有時間的話，」禎子說道：「我想去拜訪您，跟您詳談。」

站在禎子的立場，她有必要見室田社長一面。她想直接判斷社長瞭解田沼久子多少。

「好的，我時間沒有問題，請妳務必來這一趟。」

當禎子正在想社長會拖延時間的時候，室田一口答應了。

禎子在掛掉電話之後仍繼續思考著。

田沼久子是基於自己的意志逃到東京的嗎？有沒有可能是出於第三者的指示？

如果室田社長和田沼久子的行動完全無關，那麼事情就不同了。可是禎子心想，久子多半是按照室田社長的意思行動。對外宣稱她的同居人曾根益三郎是室田工廠的員工，而之後再讓她進公司工作都是室田社長的安排。雖然禎子認爲田沼久子逃去東京，是因爲本多的追查已經逼近到她身邊，但是不能確定久子沒有和任何人商量過這件事。因此也可以認爲室田社長知道最近發生的事情後，指示久子逃亡。

不過，從室田在電話中的聲音聽來，他除了率直地表現驚訝以外，還令禎子有一種虛心的感覺。可是，光只有聲音分不出來，必須直接觀察室田的表情和神色，否則無法確實判斷。

禎子一抵達室田耐火磚的總公司，可能社長已經交代過接待處小姐，她馬上請禎子前往社長室。接待處小姐已經換人了。

社長似乎正在辦公，不過立刻放下手邊工作，起身迎接禎子。

「我接到電話後嚇了一大跳。本多到底發生什麼事？我難以相信他居然被人殺了。」

禎子先爲工作時間前來打擾致歉，然而社長一臉驚訝，完全沒有試圖隱瞞他的訝異之情。

室田社長的圓臉氣色甚佳，平常給人親切感覺的細長雙眼依然沒變。如果他有所隱瞞，卻還能裝出這樣的神色，那可眞是非常高明的演員。

禎子還無法做出判斷。

「請詳細地告訴我一切。」社長向禎子要求。他在電話中只知道本多被殺，當然想知道更詳細的狀況。

「我也是聽警方說的，只知道他們告訴我的。」禎子先說了這番開場白後，開始轉述警方告訴她的內容。過程中，她自認完全沒有看漏室田的表情變化。

「根據刑警先生告訴我的，昨天中午十二點左右，本多先生被發現陳屍在東京都世田谷區××町××番地，一棟叫清風莊的公寓中一間房內。」

禎子拿出之前抄寫的筆記，邊看邊說：

「那間房是由前一天名叫杉野友子、年約三十歲的女子租借的。本多先生在隔天早上九點左右拜訪杉野小姐。然後，公寓管理員在接近中午十二點的時候發現了本多先生的屍體。」

禎子抬起頭。室田社長一直目不轉睛地注視著禎子，他露出了仔細聆聽他人說話時的表情。

「根據警方的調查，死因是氰酸鉀中毒。」

「氰酸鉀？」室田反問。

「是的。屍體身旁的威士忌酒瓶裡化驗出摻有氰酸鉀。警方因此推測杉野友子拿出威士忌招待前來拜訪的本多先生，他喝下後就毒發身亡。」

「原來如此，我在電話裡聽妳提起杉野友子這個人，她和本多之間到底是什麼關係？」室田社長一臉詫異地問道。

「這點我完全不清楚。我和本多先生是因爲這次的事情才熟悉起來的，我一點也不瞭解本多先生的私人生活。截至目前，我也未曾從本多先生那裡聽到杉野友子這個名字。」

「警方目前的狀況是？」

「警方目前似乎也找不到有關杉野友子的線索。不過公寓管理員表示在推測是本多先生死亡的時刻，那間房間的房客，也就是杉野小姐神色慌張地離開了公寓。」

室田聽完禎子的話，只是一臉驚訝而已。他張大細長的雙眼，眼睛眨也不眨地一直盯著禎子。他那驚愕的表情，讓禎子覺得他不是在說謊。如果這是室田特地僞裝出來欺騙禎子的話，那麼這世上絕對沒有比他演技更高明的人了。

4

禎子推測「杉野友子」和田沼久子是同一人。然而那只是她的推理，還不知道是否眞是如此。禎子猶豫著是否該對不是很親近的室田社長，提出狀況未明的田沼久子。

如果已經確定「杉野友子」就是田沼久子，禎子想質問社長，田沼久子的同居人曾根益三郎，明明不是室田耐火磚工廠的員工，他爲什麼要撒這個謊？然而現在還不是時候。從室田社長的表情看來，他似乎是初次聽到「杉野友子」這個名字，因此禎子只能再找機會問他。

仔細想想，室田社長應該沒有實際見過「曾根益三郎」這號人物。如果室田社長見過「曾根益三郎」的話，就會發現對方和經常爲了廣告業務前來的A廣告代理公司的鵜原憲一長得一模一樣。也就是說，社長假裝田沼久子的亡夫是自己工廠員工一事，是在曾根益三郎死後發生的，他只是聽信久子單方面的言論而已。

目前還不知道室田社長和田沼久子之間有什麼關係。總之，社長僱用了田沼久子當接待處小姐，而為了要讓周遭的人接受她突然進公司任職一事，必須有個正當的理由。那個理由就是她的亡夫是工廠的員工，他是基於好心幫助她的。

禎子目前只能推測到室田社長讓田沼久子進公司是兩人有特殊關係，但是她還無法看清更深入的部分。無論如何，眼前室田社長的表情沒有絲毫虛假，只有聽到意外之事的驚訝。

「我想警方應該沒多久就會宣布杉野友子是犯人，」室田社長說道：「尤其這是發生在警視廳管轄範圍內的案件，他們一定會全力追查。人總是會有許多不足為外人道的事情，我想只要抓到兇手，眞相就大白了。」

看來室田社長認為本多和「杉野友子」之間有特殊關係。禎子無法看透那是否是他的眞心話。

這時桌上的電話響起。

「不好意思。」社長道了歉，起身站起。

「喂，是妳啊。」社長發出低沉的聲音。

「這樣啊，這樣啊……」社長聽了對方的話後回答。「六點開始嗎？那妳要順道過來這裡嗎？」他說。禎子一聽，直覺認為那通電話是室田夫人打來的。

「不能過來？對了，妳要先去市長夫人那兒，如果是這樣那就沒時間了。沒關係，我知道。」

對方結束了對話，換成社長這邊聲音有點變了。

「對了，現在鵜原的太太在我這邊。又發生了不好的事了。」

禎子雖然聽不見電話那頭的反應，可是室田夫人似乎嚇了一跳地反問發生什麼事情。

「就是妳也認識的本多，」社長對著電話說道：「之前因爲鵜原的事曾經和鵜原夫人一起過來，妳也見過的。聽說他昨天在東京被殺了。」

電話那頭的室田夫人似乎也非常驚訝。

「東京啊。聽說本多去拜訪某個女人，然後喝下摻有氰酸鉀的威士忌死了。很令人驚訝吧。鵜原夫人爲了這件事情特地來見我。我會再跟妳說詳細的狀況。」

對方似乎說了「那眞是太糟糕了」之類的話。室田之所以回答「好的、好的。」可能是因爲室田夫人聽到這件事情，詢問丈夫她是否該和禎子見上一面。

「因爲沒有時間了，今天就先這樣吧。」

室田掛斷電話後，又坐回原來的座位。

「是內人打來的。」社長向禎子說明。「我跟她提到本多的事，她也嚇了一大跳。她本來想馬上過來，問妳詳情。可是很不巧，她今天六點要到本地的廣播電台開座談會。」

室田一提到妻子的事，語調就變得有些高昂，他似乎把本多的事丟在一邊了。

「從東京來了一位有名的A博士。本地的廣播電台企劃了一個『地方文化的存在形式』爲題的座談會，邀請博士爲主講者，由市長夫人和內人陪同出席。」

「啊，那眞是太棒了。」禎子當然知道A博士這個人。博士是T大的教授，也是當代數一數二的社會評論家。室田夫人能和市長夫人還有A博士對談，是因爲夫人原本就是地方上的名流貴婦。

禎子覺得室田夫人就是所謂的地方名流貴婦的代名詞。她不但個性沉著穩重，與人對談時思緒敏捷且應答如流，還具有知性和教養的品味。夫人被視爲地方上的文化知識分子婦女代表，也是理所當然。

禎子向社長致謝後起身，社長送她到門口。

「今天眞是把我嚇了一大跳。我想下次見面之前會有更詳細的報導出來，說不定連眞相也大白了。歡迎妳下次再來。」

社長客氣地對禎子說道。他一點也沒有懷疑禎子爲何來此，但是否眞是如此就不知道了。室田社長從頭到尾都沒有提到田沼久子逃亡一事。

5

禎子在六點之前走進街上的一家咖啡店。她覺得很疲倦，不想立刻回旅館，打算在這裡先休息一下。外面天色已經轉暗，彷彿是禎子白天所看見的黑色雲朵就這樣變成夜晚，氣溫驟降。

這是家小咖啡店。禎子選擇這間小店，是因爲想找個安靜的場所。更好的是，店裡沒有電視機，只有收銀台旁邊的收音機開著。

禎子喝著溫暖的咖啡思索著。

已經可以確定「杉野友子」就是田沼久子的假名。而久子殺害本多，一定是因爲本多加快追查她的腳步。本多到底掌握了久子的何種祕密？

本多在尋找憲一行蹤的過程中知道那個祕密。當他追查憲一失蹤的線索時，田沼久子出現在他調查的範圍內，可以說本多是因爲碰觸到她的祕密，慘遭殺害。

另一方面，大哥宗太郎也是在尋找弟弟憲一的過程被殺的。禎子從和宗太郎一起出現在火車上疑似妓女的那個女子聯想到久子。久子使用妓女的英文，而宗太郎身邊也有一名個像妓女的女人，這兩條線索吻合。

這麼說來，本多和宗太郎得知的祕密不就和田沼久子黑暗的過去有關？而且絕對不只是久子在戰後的混亂期間是個出賣靈肉的女人那麼單純。不可能只因爲這樣的祕密就痛下殺手殺死兩個人。不過，從這些線索至少發現她的過去的確可能讓她產生殺人動機。

禎子想起之前去拜訪立川警署時見到的葉山警部補，他是憲一過去巡查時代的朋友。田沼久子和丈夫憲一——一個是在日本戰後混亂期從事特種行業的女人，一個是專門取締這種職業的風紀股巡查。禎子當然無從得知，兩人之間有著什麼樣的密切關係，只是，本多和宗太郎不就是太過接近和憲一有牽連的久子更深入的祕密？禎子認爲那個祕密是他們被殺的原因。

禎子心想，再去立川見葉山警部補吧，或許能更清楚知道丈夫過去的一切。

這時收音機傳出六點的整點新聞，結束後開始播放座談會實況。禎子不自覺地豎起耳朵，她想起室田社長的話。以知名的A博士爲首，室田夫人和現任市長夫人一同出席的座談會開始了。

在收音機裡，室田夫人的聲音和禎子直接聽過的一模一樣。和A博士巧妙的談話技巧相比，夫人的發言也非常活潑完全不會相形見絀，比較之下，一同出席的現任市長夫人就遜色許多。

座談會大約有十五分鐘，以地方上的婦女問題爲主題，光是聽當代首屈一指的評論家A博士的言論就讓人興致盎然。不過比起談話內容，禎子更有興趣室田夫人的聲音。果然從收音機裡聽到認識的人的聲音，會令人更有興趣收聽。

當座談會結束之際，禎子聽到隔壁餐桌傳來的對話。

「室田佐知子也完全變成這裡的貴婦人呢。」

禎子往鄰桌一看，是三個三十幾歲的男性上班族。

「那是因爲室田佐知子光是腦筋就比一般人好太多了。她就算到了東京也會混得有聲有色。」

另外一名男人說道。

「說到東京的女人才沒什麼了不起呢。如果有環境或是機會上門，只要不是笨蛋，誰都可以躋身名流。」

「這麼說來，」另一名較年長的男人說：「在我們這種鄉下地方，不就非常吃虧嗎？」

「就是這樣。首先，鄉下地方根本不會有什麼報章雜誌要大肆炒作你的事情。再怎麼說，住在首都就是得天獨厚。」

「總之，」另一個人說：「室田夫人現在是這裡的當紅明星，不但當上文化婦女團體的會長，而且在她當上會長之後，那個團體更活躍了。」

另一個人接口：「是啊，因爲她是當代的才女吧。」

關於室田夫人的討論，禎子聽到這裡後就離開了。一走到外面，不帶水氣的乾爽細雪飄了下來。禎子心想，果然是雪國。剛剛還在店裡時就下的雪，已經在屋頂上積薄薄一層。

一回到旅館，服務生已經將房間的暖桌點燃。

「歡迎回來。」女服務生出來迎接她。

「要吃晚餐嗎？」

禎子總覺得今天胸口悶悶的，一點食慾都沒有，便拒絕了。

「這樣啊。」服務生說完拉開外廊木窗。禎子這才注意到，黑暗中遠方的街燈孤獨寂寞。那盞燈周圍的松樹枝上已經有積雪。

服務生拉開木窗後，屈膝蹲下對禎子說道：「夫人，如果您有要換洗的衣物，請不要客氣儘管拿出來。」她似乎認為禎子還會在這裡待上一陣子。

「沒關係的，我在這裡承蒙諸位諸多照顧，」禎子說道：「不過，我打算明天回東京。」

「這樣嗎？」女服務生看著禎子。「說得也是。再過三天就是新年了，您也要回去處理很多事情吧。」

旅館的女服務生似乎都認爲禎子來到金澤一事很不尋常。因爲有警署的刑警前來，本多也屢次造訪，當然會讓人覺得她並非是以觀光爲目的前來的旅客。

聽到女服務生說「再過三天就是新年了」，讓禎子驚覺時間飛逝。她不禁想，在這個北陸都市停留的這段時間似乎都毫無意義。自從她來到這裡尋找丈夫憲一的蹤跡，發生各種事情，可是，這一切彷彿都是毫無意義的堆積。回東京吧——禎子突然很想見母親一面。

聽到女服務生問自己有沒有換洗衣物，禎子忽然想起大哥宗太郎在金澤市內走訪洗衣店的事。

因爲本多的告知，禎子才知道這件事，然而到現在她還是不清楚宗太郎走訪的理由。禎子知道宗太郎的目的是要找憲一的換洗衣物，但她並不了解意義。禎子也認爲這應該和田沼久子有關，可以說宗太郎採取那麼奇怪的行動，是因爲他已經某種程度地掌握久子的祕密和憲一的行蹤。

6

禎子在旅館的房間裡聽著收音機裡的廣播。從玻璃拉門看出去，兼六園附近的山景一片雪白。雪停了，陰鬱的天空卻凍成淡淡的灰色。收音機正播報著十二點的整點新聞。內容是東京的新聞，她想到母親或許也正聽著同樣的節目，不禁歸心似箭。

新聞結束後開始報導地方事件。這時，一則播報使得禎子不由得豎起耳朵傾聽。

「石川縣鶴來町的懸崖下方發現了一具橫死的女屍——今天早上七點左右，鶴來町××農業的山田恭子女士經過附近的懸崖時，發現了橫躺在懸崖下方的女子屍體，便向當地警署報案，當地警署的駐守員警立刻趕到現場。經過調查，屍體是年約三十二、三歲的女性，頭部有撞傷和撕裂傷。從現場狀況研判，死者應該是從上方十五公尺處的手取川斷崖跳下。當地警署立刻將屍體運到鶴來町公所，經過詳細調查後，推定死後已經過十三個小時，也就是於前一天下午六點鐘左右死亡。死者穿著灰色連身裙，偏橘色的紅色大衣，白色的薄圍巾。攜帶物品有現金兩萬圓和裝有化妝品的手提包，大衣的內側繡有『田沼』這個姓氏。死者並未留下遺書，但從現場狀況研判是一樁決心尋死的自殺案件。金澤警署認爲從屍體的樣貌和穿著研判，疑似東京警視廳所通緝的本多良雄一案的兇犯，目前正著手調查中。」

禎子倒抽了一口氣，她不自覺地渾身顫抖，然後全身僵硬。

田沼久子死了——

收音機裡報導的死者的確是田沼久子。光是從大衣內側繡有「田沼」這一點看來，一定就是她沒錯。報導說可能是決心尋死的自殺案件，可知是她殺了本多再尋短。

禎子起身換上外出服。

「您要出門啊？」女服務生問她。禎子向對方詢問去鶴來的路線。

「您要去鶴來嗎？」女服務生看著外面說：「那邊的積雪可能會很深喔。」接著她就告訴禎子怎麼前往鶴來。

禎子搭計程車前往白菊町車站。途中，她想順道到金澤警署，不過由於屍體在鶴來發現，那麼一定是放在當地，只有到那裡才能了解更詳細的狀況，於是禎子決定還是前往鶴來一趟。

搭電車從白菊町到鶴來町，大概需要四十分鐘。禎子坐在電車上時，心想大哥鵜原宗太郎當時也是搭乘這班電車吧。電車越過積著薄薄白雪的田野。一路上除了小車站外沒有其他建築物。車站和車站之間，有數區二十座左右的的墳墓群散布在電車軌道兩邊。

雖然女服務生很擔心，可是積雪並沒有想像中深。山坡上閃耀純白光輝，有如禎子搭乘的電車上燈光那樣耀眼。

在鶴來自殺身亡的女子一定是田沼久子，因爲大衣內側繡著這個名字。

禎子此時突然理解，宗太郎走訪金澤市內洗衣店，尋找憲一外套送洗的箇中緣由。

宗太郎在尋找繡有「鵜原」兩字的憲一西裝。

憲一在往來東京和田沼久子家之際，必須更換他穿的西裝外套。

如果穿著繡有「鵜原」兩字的西裝回到田沼久子家，事情就會很麻煩，他必須在久子面前徹底扮演「曾根益三郎」這個人。

因此，憲一要去久子家時，就把繡有「鵜原」的西裝外套寄放在洗衣店，然後再取回之前送洗繡有「曾根」兩字的外套。要回東京時，則寄放繡著「曾根」兩字的外套，拿回繡有「鵜原」的外套。也就是說，洗衣店是這兩套西裝的更換場所。

鵜原宗太郎透過這件事情知道憲一生活的另一面。因爲憲一在前往田沼久子家時失蹤，所以金澤市內的某家洗衣店裡應該會留有繡著「鵜原」兩字的外套。禎子覺得此刻的自己彷彿目睹了憲一的雙重生活。

鶴來車站位在寂寥的小鎮裡，禎子向站員詢問得知警署就在附近。一走進矮小建築物的玄關，禎子馬上就看到接待處。正當值班巡查打算問禎子有什麼事時，「妳不是鵜原夫人嗎？」禎子驚訝地看向對她說話的聲音來源，原來是爲了本多的事到旅館通知她的金澤警署刑警。

禎子睜大眼睛，中年的刑警也一臉驚訝。

「夫人，妳怎麼會在這裡？」他盯著禎子。

「因爲我聽見了中午的新聞廣播，知道殺害本多先生的犯人在這裡自殺了。」禎子回答。

「原來如此。」刑警點了點頭。

「收音機已經播報了啊，動作還眞快。」說完他似乎注意到什麼似地說：「請往這邊走，這裡不方便說話。」他在前面帶路。

他們來到一間接待室，室內非常簡單樸素。

禎子和那個刑警相對而坐。

「妳已經聽了收音機的報導，應該很清楚大致狀況吧。」刑警開口：「我們接到警視廳的聯絡，得知殺害本多先生的嫌犯在上野車站搭上前往鶴來的班車，因此從今天早上起，我們就在車站等地警戒，可是卻收到了鶴來署關於這起自殺案的報告。由於死者的相貌和服裝與警視廳的通緝對象十分吻合，我們就急忙趕到這裡。」

剛剛的巡查端茶過來，刑警暫時中斷了談話。

「不過，警視廳所通緝的女人叫『杉野友子』。這名自殺者所穿的大衣內側則繡有『田沼』這個姓氏。因此，我們推測『杉野友子』是假名，『田沼』才是眞的姓氏。」刑警說明他們的推測。

「死者的手提包中放有一張寫著『室田耐火磚股份有限公司』的空信封。因此我們便調查該公司裡有無姓田沼的員工，對方的庶務股告訴我們，田沼久子是他們公司接待處的小姐。」

禎子認爲這麼一來已經可以確定「杉野友子」就是田沼久子。

「我們也向室田社長請教了這件事。」刑警繼續說道：「然而，根據該公司表示，田沼久子在二十五日的晚上突然從公寓中消失了，似乎是去了東京。所以我們相信，殺害本多良雄先生的犯人就是田沼久子。長相也吻合。雖然我們還沒請室田先生看過屍體的臉部照片，不過我想一定沒錯。我們的推測田沼久子搭乘二十五日的夜車到東京，二十七日那天殺了前去造訪的本多先生，然後馬上逃回這裡。田沼久子大概知道警方遲早會因爲她殺害本多先生追查到她，因此就自殺了。」

「夫人，」刑警接著說道：「我想再請教一次之前我問過的問題，妳眞的不知道田沼久子和本多先生之間的關係嗎？」

「就如我上次所說的，本多先生只是我先生的朋友，我完全不瞭解他的私生活。」禎子回答：「因此，我也完全不認識那個叫田沼久子的人。」

「這樣啊。」刑警點頭。「她本人攜帶物品當中沒有遺書，我們也無法得知本多先生和田沼的關係。可是，她自殺一定是因爲她殺害了本多先生，這點我想應該是沒有問題的。然而，因爲當事人自殺了，我們無法更深入追查。」

「田沼小姐是什麼時候來到這裡的？」

「嗯，」刑警回答：「是在昨天的中午。田沼久子在十二點左右抵達鶴來町一家叫『野田屋』的旅館後，似乎一直都在房間內休息。根據『野田屋』的女服務生表示，久子似乎在害怕著什麼，完全無法冷靜，臉色也很差，也沒吃什麼東西。總之就是一直在擔心害怕著什麼。由此看來，田沼應該是很害怕警方的追查吧。」

禎子聽完後，開始思考。

田沼久子爲何特地來到鶴來町？

禎子可以想像出其中的理由。鵜原宗太郎在鶴來町遭到殺害的當天，有目擊者指出和他在一起搭乘北陸鐵道電車的年輕女子打扮看起來像妓女。

禎子現在可以確定那名女子就是田沼久子。久子在那時候就已經來過鶴來町了。

那一天，田沼久子邀請鵜原宗太郎到鶴來町。雖然她和宗太郎一起搭電車，但下車後就和宗太郎分開了。禎子猜想，久子一定是對宗太郎表示「我帶你去見憲一」，將他引誘到了這個寂寥的小鎮。等到在車站前和他分開時，一定說了「我去問問憲一是否方便過來，你在加能屋等我帶他過去」。若非如此，宗太郎不會在一家不曾去過的旅館裡痴痴地等著某人出現。

兩人在車站前分開時，久子將摻氰酸鉀的小瓶裝威士忌交給宗太郎，並對他說「請一邊喝，一邊等我們」之類的話。愛喝酒的宗太郎不疑有他，接受禮物，抵達加能屋就把威士忌摻水喝下。

久子在鶴來殺害了宗太郎，她也選擇在鶴來近郊自殺。人類總是很不可思議地會回到曾經犯過錯的地方，田沼久子恐怕也是這種心理。總之，不論從她的出身、鵜原宗太郎身邊女人的打扮，宗太郎以及她死亡的鶴來鎮，一切的蛛絲馬跡都指出兇手是田沼久子。

她和宗太郎在一起時穿得花枝招展；而且如今已經身亡的她，穿的大衣顏色也是和年齡不太相稱的艷紅。

可是，警方還不知道田沼久子和當時出現在鵜原宗太郎身邊的女人，其實是同一人。

「田沼久子小姐，」禎子問：「是什麼時候離開那家旅館？」

「根據服務生表示，大概在五點過後。」刑警回答：「總之，她出門時還是一臉心神不寧，她對服務生表示要出門一下，就出去了。不過，田沼久子剛到旅館時，服務生問她是否要住宿，她並沒有肯定答覆。旅館便認爲她可能在鶴來有朋友，下午就是要去對方那邊。」

「田沼小姐墜崖的現場是很荒涼的地方嗎？」禎子問：

「是的，那邊是個外地人不會去的地方。鶴來町有通到其他部落的道路，那條道路途中會經過懸崖。道路和斷崖邊約有五公尺，要跳崖的話得特別走過去，所以我們認爲田沼是下定決心要自殺。」

「難道田沼小姐不是有事要到那個部落嗎？」禎子問。

「我們也考慮過這點。不過那裡僅僅只有十二、三戶的住家。我們問過那邊的居民，沒有人認識死掉的久子，因此我們只能認爲她是自殺。」刑警喝完剩下的茶，接著說：

「不過昨天晚上下雪了，那一帶積了十公分左右的雪。如果沒下雪，田沼久子一個人在那邊徘徊苦惱的痕跡也就會留下來了……說到這，自殺的人大多死前都會懊悔煩惱，男性會在現場留下滿地的菸蒂，女性則會在現場徘徊。昨晚下的雪完全掩蓋了她徘徊的痕跡。」刑警結束說明。

目前爲止可以確定田沼久子因爲畏懼殺害本多的罪行被揭發，選擇自我了斷。可是，禎子還有不甚清楚之處。

田沼久子的確殺害了本多，但是她的動機是什麼？

就如禎子之前猜想無數次，本多在調查憲一失蹤之時得知田沼久子的存在，因此知道了久子的過去，也調查到她和憲一的同居關係。可是，就因爲這個祕密被發現，她就殺了本多，這個理由實在太薄弱了。這其中必定存在著禎子所不知道更深遠、更能夠構成殺人動機的祕密。

然而，這樣的推測並非能夠對眼前的刑警述說。

「田沼的遺體已經運往火葬場了。我們聯絡過室田先生後，暫時決定由他那邊領回骨灰。」

禎子知道田沼久子是單身，沒有兄弟姐妹，沒有其他親戚。室田先生是最後照顧她的人。

禎子向刑警道謝後，起身。

在離開鶴來町到車站的這段路上，禎子覺得不論肩膀或心中都有一股寒風吹拂。

進入車站一看，禎子發現離電車到站還有十分鐘。候車室裡，乘客圍繞著火爐坐著。這裡的習慣是年長的婦人都披著披肩，穿著長靴。禎子獨自一人很顯眼，周圍的人一直盯著她看。

田沼久子之前在這裡下車時大概也很搶眼吧。不，應該說她和鵜原宗太郎一起下車的時候更是吸引眾人注意吧。根據當時目擊者的證詞，那名女子是從金澤來到這裡，回程時搭乘別的電車前往寺井的方向。寺井是從金澤往福井路上的第五個車站。

禎子心想，田沼久子爲什麼要去寺井？

久子殺害鵜原宗太郎之後大可直接回去金澤，爲何還要到金澤西邊的寺井？難道她認爲往返都搭乘相同的電車太引人注意，所以才這麼做？然而，禎子實在無法認同這個理由。

田沼久子爲什麼要從鶴來去寺井一帶？爲何要去金澤西邊的車站？

7

禎子回到金澤。

她必須再見一次室田社長，她有必要更深入地請教他關於田沼久子的事。

禎子原本想打電話詢問對方方便與否，但是一出車站，看到眼前有計程車就坐了上去。她心想，社長應該還在公司，就算會打擾到他，她也打算等到對方結束工作。

禎子向室田耐火磚總公司的接待處詢問，對方回答她社長前往東京出差，禎子嚇一跳。

「您是哪位？」接替田沼久子工作的接待處小姐詢問禎子的名字。

一回答「鵜原」後，接待處小姐就請禎子稍等，打電話到總務課。

一名中年社員從接待處出來。對方是股長，不過他仍禮貌地向禎子低頭致意。

「您是鵜原夫人嗎？社長去東京出差之前曾經交代我，如果您前來拜訪的話，要代替他傳話給您。來，請往這邊走。」總務課的股長帶禎子到接待室。

——室田去了東京！

禎子覺得腳步不穩。到昨天爲止，沒有談論過田沼久子任何事情的室田，爲何突然去了東京？他說是出差，當然是處理公事。身爲社長，當然可能因爲突發狀況臨時前往東京出差。可是，這個時間點不對。田沼久子跳崖之後室田社長馬上到東京，實在太可疑了。

根據鶴來警署的刑警表示，至少到今天早上室田都還在金澤。室田從刑警那邊知道久子跳崖自殺後就倉皇地出發前往東京，究竟是爲了什麼？

「社長突然有事到東京出差，他是搭今天早上十點左右的火車出發。社長說如果鵜原夫人前來拜訪，就代替他向您轉達他很快就會解決事情從東京回來。」

室田爲何要特地交代這樣的事？難道是他打算對禎子說明有關田沼久子的事情嗎？禎子想要請教室田的事情，難道也是室田想問她的事情嗎？

這時響起了敲門聲。股長應了一聲後，門被推開了一條縫隙，露出一名老紳士的臉孔。

「抱歉，有客人嗎？」

只見股長慌張地從椅子站起，並向禎子道歉後走出門外。

走到門外去的股長，隨即開始和老紳士交談。

老人說話的聲音很大，禎子聽得很清楚。

「社長到東京出差是什麼意思？」

「我們也不清楚，但是他的確去了東京分公司。」股長回答。

「你們這些小職員不清楚的事就不會是什麼重要的事。在這麼忙碌的時期還去出差，不會太悠閒了嗎？」

從兩人的對話聽來，老紳士似乎是公司的重要幹部。

「說得也是。」股長似乎也對社長的出差感到不滿似地回答：「我們這邊也有很多事情得請示社長，實在有點傷腦筋。」

「就是啊。昨天晚上我還問過負責工會事務的H，因爲和工會的交涉出了點問題，我打算向社長報告，和他商量。沒想到從五點起就不見社長的人影，這實在太傷腦筋了。」

「是啊。我們也四處問了社長可能去的地方，但就是找不到人。」

禎子聽著他們的對話，內心大吃一驚。室田社長從昨天下午五點起就不知去向。而推測田沼久子死亡時間是下午六點，正是室田行蹤不明的時間帶內。

「社長到底在幹什麼？公司發生這麼嚴重的事情，也不想想辦法處理。」

「社長的確爲了工會的事情相當煩惱。」總務課的股長像是爲社長找理由似地回答。

「雖然如此，還是有點奇怪。他該不會是神經衰弱了吧。」那名幹部笑著說道。

「社長預定何時從東京回來？」

「他說會在三十一日的早上回來。」

「他坐今天早上幾點的火車？」

「十點之前的列車。」

「這還眞是在奇怪的時間，這樣他到東京都晚上八點了。還眞是沒有效率的出差時間哪。」老幹部毫不客氣地說。

隔著牆壁聽著的禎子也注意到了，就如幹部所說，晚上很晚才抵達東京的話根本不可能工作。若是因公出差，通常都是坐夜車出發，早上抵達東京的。

總務課的人不清楚社長爲什麼出差，以及不尋常的出發時間，這兩點讓禎子覺得室田的行動大有蹊蹺。

「既然社長不在那也沒辦法，我回去了。」幹部的聲音聽起來不太高興。股長忙著道歉賠不是。

幹部離去後，股長帶著疲憊的表情回到了接待室。

「眞是失禮了。」股長向禎子低頭道歉。禎子想，她沒必要在這裡久留了。

「非常謝謝您。等社長回來之後，我會再來拜訪。」

禎子向股長道謝後，離開公司。外面刮著冰冷的寒風，沒有下雪，天氣陰沉昏暗。北國的天空從入冬就一直是這般模樣。

禎子搭上計程車前往室田夫人家。

她想過打電話詢問對方是否方便，可是她滿心只想立刻見到夫人。她想藉由見到夫人來塡補沒見到社長的失落。

禎子曾經和本多來過，所以知道前往室田家的路線。她搭車不到二十分鐘就抵達了位在比城鎮稍高的高地上那閒適幽靜的高級住宅區。

禎子認得那棟有著長長圍牆、東西合璧的高級住宅，她在屋子前面下車。庭園中種植著很有特色的喜馬拉雅杉樹、棕櫚樹、梅樹，籬笆上還有乾枯的玫瑰藤蔓攀爬。禎子在和本多來這之前就看過了這棟房子。

她記得第一次和本多前來時，自己不禁倒抽了一口氣，直到現在，那記憶依然鮮明。這棟房子就是丈夫憲一夾在原文書裡的照片中那棟建築。

在按下玄關的門鈴之前，禎子再次注視這棟建築。建築物的圍牆、屋頂、牆壁、窗戶，還有裡面各式各樣的樹叢——每一處都是照片上細微部分的放大。

憲一爲何拍下這棟建築物？禎子想過，或許是憲一屢次來拜訪大客戶室田耐火磚公司社長自宅之際，因爲社長在工作之外也相當照顧他，所以才拍下作爲紀念。

可是，在知道另一張農家的照片原來是位在能登半島的田沼久子家，禎子認爲已經無法單純解釋室田家照片了。她無法很清晰地描述自己的感受，但總覺得其中有著更深入的原因。

在禎子看來，室田社長目前的舉止非常可疑，雖然只是隱隱約約的直覺，但她認爲並沒有錯。丈夫有兩張照片，一張是能登半島上的寂寥農家，一張是位於金澤高地上的高級住宅。禎子認爲在這兩棟完全相反的建築物之間，存在著共通點。

然而，她還無法說明這種感覺。

有兩三名看似附近住戶的女性，盯著佇立在室田家門前的禎子，經過她的身邊。禎子感受到對方視線的壓力，按下了室田家玄關的門鈴。

從門口到玄關之前的景物和之前與本多一起來的時候一樣，只是比起當時，現在的草坪顏色更枯黃了。

從緊閉的門扉內側傳來了聲音，門打開了。像是往外窺伺般地探出頭來的是女傭。

禎子之前和本多來的時候曾見過這名女傭，她看到禎子後問：

「您是哪位？」她好像已經忘記禎子來過，低頭致意。

「我姓鵜原，我想拜訪夫人。」禎子說道。

「難爲您特地來這一趟，」女傭客氣道歉，「可是夫人現在外出了。」

雖然禎子早有對方可能不在家的預感，可是聽到這樣的答話後還是不知所措。她無論如何都想在今天見到夫人。

「夫人大概何時會回來？」禎子不自覺地以困擾的口吻問道。

「夫人說大概晚上的時候。」女傭似乎覺得有些過意不去。

「她去了很遠的地方嗎？」

「是的，因爲報社舉辦了座談會，她要和大學的教授一起出席，所以出門去了。在那之後還有兩場活動，會很晚才回來。」

室田夫人是地方上的名流貴婦，行程非常忙碌。聽到她很晚才會回家，禎子失去了再來一趟的念頭。她已經決定搭今晚的夜車回東京，沒有時間再來了。雖然她想在回東京之前再見夫人一面，可惜無法如願。

禎子對室田夫人的印象非常好。她不但人長得漂亮，又沉著冷靜、充滿知性。儘管禎子內心懷疑室田社長，但她認爲夫人可以讓她此刻騷動的心情鎮定。室田夫人就是擁有這種特殊氣質的人物。

禎子請女傭代她向夫人轉達謝意後就離開了。

一走到外面，便是通往老市區的斜坡路，遠方海岸線清晰可見。遠處水波蕩漾，雲朵的盡頭便是陰鬱的海浪顏色。禎子想起走在這道斜坡之際，她曾對本多含情脈脈的強烈凝視感到狼狽。

禎子搭上當晚從金澤出發的夜車，早上抵達了東京。東京的天氣非常晴朗。

禎子一抵達東京立刻回到世田谷的家。因爲許久未見，母親非常高興。

她和母親聊了許多事情，例如宗太郎的死亡，還有青山的嫂嫂在那之後的情形等等，兩人聊個不停。母親告訴禎子，宗太郎的葬禮非常盛大，只是原本性格開朗的嫂嫂卻變得異常消沉，連經常拜訪的母親也不知該如何安慰她。

禎子想，不能就這樣和母親一直聊下去，她希望早一點到立川。

「妳又要出門？」母親顯得有點不滿。

「我馬上就會回來。」

禎子沒告訴母親目的地和目的。她的手提包裡放著金澤地方報的剪報。

大約一個半小時後，禎子抵達立川警署的大門。

她向接待處的巡查要求和葉山警部補見面。一聽到「鵜原」這個姓氏，葉山警部補立刻出來見她，警部補和之前一樣，一點都沒有改變。

「前陣子眞是謝謝了。」警部補看著禎子，對昔日好友的妻子低頭致意。

「來，請進。」和上次一樣，他們又走進旁邊那間小小的接待室。

「上次眞是失禮了。」禎子致歉。

「沒有，我才是呢。」

兩人聊了一下已屆年底工作很多很忙之類的客套話，接著禎子就從手提包裡取出剪報。

「我想向您請教一件事情。以前葉山先生和憲一是同事時，也就是昭和二十四、五年左右，請問您知道有一些在這裡從事以美軍爲對象的特種行業女性嗎？」禎子問。

「我當然知道。這裡是美軍基地，所以當時的警察很辛苦吶，我雖然隸屬於交通股，可是經常得幫忙取締她們。鵜原他們應該更辛苦吧。」警部補回答。

禎子遞出剪報，那是關於在鶴來自殺的田沼久子報導，橢圓形的框框裡刊登著她的照片。

「請問，」禎子讓警部補看那張照片，「您見過這名女性嗎？」

葉山警部補取過剪報。只看那張照片一眼，他就露出驚訝的表情；僅僅那麼一瞥，他的表情就變了。禎子有點驚訝，警部補只看那麼一眼就知道那名女子的身分嗎？不料接下來的話更讓禎子驚訝不已。

「大概在一小時前，」警部補說：「有人拿了和這一模一樣的照片給我看。」

「什麼？」禎子屛住氣息，說不出話。

「對了，對方給我了一張名片，他好像是某家公司的社長。他也是拿了這張照片給我看，問我對這個女人有沒有印象……請稍等一下。」

警部補從口袋拿出名片夾。

禎子知道自己的臉色變了，就算警部補不說，她也知道名片上的名字。

警部補找到那張名片，說出名字。

「對了，就是這個人。室田耐火磚股份有限公司社長，室田儀作。」

13 CHAPTER

第十三章

零的焦點

1

葉山警部補把來訪者的名片遞給禎子，名片上的鉛字整齊地排列著室田儀作的名字和頭銜。

「這樣啊。」禎子淡淡回答，心中卻一陣騷動。

她已經從金澤總公司那邊得知室田社長突然到東京出差一事。當時公司總務課的人表示不知道社長什麼原因出差，但在這裡，禎子知道室田來到東京來不是公事，而是到立川警署詢問田沼久子的事情。

可是，室田爲何要十萬火急地趕到立川警署來呢？他爲什麼會把田沼久子和立川警署連結在一起？禎子認爲就算只從這兩點，也可以知道社長瞭解田沼久子的過去，他們兩人之間有關係。

「那位社長問了些什麼呢？不好意思，問這種事情。」禎子問警部補。

「沒關係，我不會介意的。」葉山警部補開朗回答：「這也不是什麼重要的調查機密。」他露出微笑。

「那位社長問我相片上的女人是否曾在戰後這個美軍基地從事以美軍爲對象的特種營業。」

室田社長的問題和禎子打算提出的問題完全相同，如此說來，室田並不清楚田沼久子的過去。

也就是說，室田認識久子時她已經脫離那種生活。當時，久子一定沒有對社長坦白自己的過去，也因此，社長才會對久子的過去感到疑惑，特別來立川調查她。

那麼，室田社長又是根據什麼線索注意到她曾是以美軍爲對象的妓女？

禎子發覺田沼久子曾經是妓女，是因爲她使用特殊鄙俗的美語。然而如果是因爲她所使用的美語，室田社長應該會比禎子還要早發現。所以，他一定握有更具體的事實，只是禎子並不知道那是什麼。

「那您認識這個女人嗎？」

「不，光看照片並不知道她是誰。」葉山警部補回答：「不過，當時我和妳先生可是成天和這些女人打交道啊。我隸屬於交通股，不像鵜原那麼專門，儘管如此，我還是常以違反交通規則的名目取締那些聚集在街頭的女人。話說回來，我總覺得我見過這張照片的女人。」

「您有印象嗎？」禎子盯著注視著照片的警部補問道。

「我不敢確定。不過，要是我沒記錯，我見過這個女人。連我都對她有印象，那表示她應該在這一帶混很久了。」

「那她是叫這個名字嗎？」

「這個嘛，」警部補看著照片下方所印的鉛字「田沼久子」後道：「我記得她不是叫這個名字，但我又想不起來她叫什麼。不過如果是我所想的那個女人，我當時去過她的住處。」

「那是在哪裡呢？」禎子心情激動地問。

「從這邊往南走一公里左右，離馬路有一段距離，那裡都是一般民宅，其中應該有一棟和其他民宅很不搭調，像洋房的房子。那棟房子的屋主姓大隈，當時她們都聚集在那裡。那位大隈太太很照顧她們，還分租房間讓她們住。我想只要去見她，應該就會很清楚了。」警部補這麼告訴禎子。

禎子原本以爲只要見到葉山警部補就可以打聽到田沼久子的過去，但是他當時服務於交通股，並不很瞭解這方面的事情。所幸從他這裡獲知了新的情報來源，來這裡還是有價值。

她想，室田也一定從警部補這裡得到相同情報。她一向警部補確認，果然如她所想的，他也告訴社長那棟房子的位置。

「夫人，」警部補偏著頭問道：「剛剛那位先生也拿著同樣的照片，和您問同樣的事情，你們基於什麼理由要追查那名女性呢？」他露出疑問的眼神看著禎子。

2

禎子按照葉山警部補告知的路線前往那棟房子時，發現那是她第一次前來時經過的地方。防風林後面有一些一般民宅，前面是遼闊的田園，遠方可以看見平緩的丘陵，武藏野台地就在這一帶的北端。禎子來這裡時，曾看到一名穿著紅色洋裝的女人和外國軍人同行離去。

那棟屋主姓大隈的房子，正如葉山警部補所說，一半是以往民家的古老建築，另外一半卻是帶著外國風味的奇妙建築物。由於造價低廉價，那棟建築物老舊到讓人不覺得才完工十年，外牆油漆剝落得很嚴重。

禎子一對屋裡打招呼後，馬上就出來一名五十四、五歲的微胖女人，她的眼角和臉頰鬆弛。

禎子一遞出照片，對方立刻知道她的來意，室田社長果然來過了。

「妳是第二個來問我的人。」她說，因此只是簡單回答。

「我對之前的那個人也這麼說，」微胖的老闆娘說道：「這人的確在這裡住過，不過她不叫田沼久子。之前她曾給過我她的流動戶口證明，不過我什麼都不記得了。她們在這裡是不用本名的，但她的確不叫這個名字。美軍都叫她『艾美』，她不太引人注意，是個很樸素的孩子。不過她那種靦腆的氣質倒是很受美軍歡迎，有不少客人。她大概在我這兒住了一年左右。」

老闆娘眼神遲鈍地說著：

「這些女人大多不會在同一個地方待太久，像她這樣待了一年的人可是很稀奇的。」

「她離開這裡之後跟您聯絡過嗎？」禎子問。

老闆娘露出了奇妙的微笑。

「那些女人不論在這裡受到何等親切的照顧，只要離開這裡，根本連感謝信都不會寄。不過，我記得艾美寄過一張明信片給我。」

「那張明信片還在嗎？」

「那是很久以前的事了，就算找也不一定找得到。」老闆娘有些嫌麻煩地道。

禎子心想無論如何都希望她找出那張明信片，只要有那張明信片，田沼久子的過去就會明朗了。畢竟老闆娘只記得照片上的田沼久子和那個叫艾美的女人很像。

老闆娘說那張明信片是七、八年前寄來，禎子也不好意思硬要對方找出來給她。

「請問您知道艾美的故鄉在哪裡嗎？」禎子也只能這麼問。

「這個嘛，」老闆娘再次陷入思考。「當時我這邊有很多女人來來去去，我根本不記得誰在哪裡出生的。嗯，艾美是哪裡人呢？」

老闆娘閉上眼睛思索著。她不像是尋常人家的家庭主婦，顯得臉色不佳、很不健康，光從她照顧那些特種行業的女人這點來看，或許她以前從事過相同工作。

「是在北海道嗎？」老闆娘口中念念有詞。

如果眞是北海道，那麼禎子就完全弄錯對象了。但是老闆娘說北海道，倒是讓禎子想到或許是和雪有關係的地方。老闆娘可能隱約記得田沼久子在聊天時，說過自己的故鄉是個多雪的地方，所以錯認是北海道。

禎子向老闆娘提出自己的看法。

「說得也是。」臉色不佳的老闆娘，張大她那不甚靈活的雙眼看著禎子。

「或許就如妳所說，我記得艾美確實說過那裡積雪嚴重，冬天什麼事都不能做。」

「我猜她是石川縣的人，」禎子說道：「她說過類似的話嗎？」

「石川縣？」老闆娘喃喃地說道：「這麼說來明信片好像就是從那裡寄來的，我記得住址欄好像有石川縣的字眼。妳等一下，我不知道找不找得到，不過我現在找找看。」

既然是老闆娘主動提出，那眞是再好不過，禎子立刻回答「一切拜託了。」

老闆娘走進屋裡時，禎子就站在冬天和煦陽光照射下的庭院裡。籬笆旁邊的雜草中，南天竹結出紅色的果實，附近傳來搗年糕的聲音。突然，有道撕裂空氣的爆炸聲響起。美軍基地就在附近，飛機起降十分頻繁。悠閒的搗年糕聲和撼動耳膜的機器轟隆聲，構成了奇妙的組合。

聽到搗年糕的聲音，禎子感受到新年即將來臨。她和鵜原憲一在十一月中旬時結婚，然而對禎子而言，這段時間漫長得不似只有一個月。這一個月的期間，她被丈夫突如其來的失蹤拖著腳步，宛如無頭蒼蠅般四處奔波。而大哥宗太郎、本多、田沼久子都被看不見的黑色漩渦捲入，喪失生命。雖然只有短短的一個月，禎子卻覺得已經過了好幾年，忽然間時間感變得混亂。

二十分鐘後，微胖的老闆娘從黑暗的深處走出來。她一手拿著明信片，露出了放心的笑容。

「讓妳久等了，總算找到了。」

那張明信片已經很破舊，紙張泛黃近乎咖啡色。

「眞不好意思。」禎子雀躍不已，來到這裡總算有了代價。

她馬上看寄件人的名字。或許當事人不希望他人知道詳細的住址，因此上面只寫了「石川縣羽咋郡」。寄件人名字是艾美。但禎子認爲一定是田沼久子，光從石川縣羽咋郡就可以確定。久子不希望他人得知的住處，因爲她連本名都換了，生活也變了，根本不能將眞正的地址寫在明信片上。

禎子翻到背面。

「之前承蒙您諸多照顧，非常感謝。我離開了大都市，回到自己的故鄉。您眞的對我非常親切，我很感激。請您好好保重身體。致上萬分謝意。」

內容很簡單，但可以確定艾美就是田沼久子沒錯。

「她只寄了這張明信片來，可是她眞的是善良的好孩子。」老闆娘看著禎子說道：「其他女人都很難纏，只有艾美很特別。她對待美軍的態度就像自己是對方的妻子一樣，喜歡她的人還不少。

他們都喜歡像她那樣帶著日本味的親切態度。」老闆娘笑著說道。

禎子請教老闆娘艾美的長相，發現她說的特徵都和自己見過的久子吻合。

「眞的非常感謝您。」禎子把明信片還給老闆娘。

看過這張明信片的只有禎子，室田社長當然不知道有這張明信片的存在。不過室田社長已經在這裡確認了田沼久子的過去，禎子只是透過明信片更加確認而已。

禎子前往車站。儘管她早有心理準備，可是確認了田沼久子曾經是以美軍爲對象的妓女後，卻令她心情沉重。禎子眼前浮現了久子屹立在北國海岸的家。在家鄉務農的久子，和打扮奢華、一身大紅，挽著美軍的手走在馬路上的久子，在禎子腦中交錯浮現。

3

禎子一回到家，附近糕餅店做好的新年年糕正好送到。夜色已深，電燈光芒下，年糕閃爍著白皙的光澤。每次看到年糕，心情就回到童年時光，在立川聽到的搗年糕聲音，又在耳邊響起。

「妳去哪裡了？」母親問她。

「拜訪朋友。」

禎子沒有說出實情。她認爲對母親說那麼多也無濟於事，說出來只會讓氣氛更沉重。母親似乎也認爲禎子沒說實話，但也沒有深入地追問。

母親似乎對於失去丈夫的女兒在想什麼、打算做什麼有著自己一番想像。

禎子回到自己的房間，不，已經不能用「自己的房間」來稱呼了。鵜原憲一的失蹤，讓她又回到了娘家。母親貼心地從公寓運回部分的傢俱，照女兒出嫁前的樣子擺設一番，然而氣氛還是和以前不同。某個部分被切斷了，那條被切斷的線，就是和鵜原憲一失蹤連結在一起的斷層。

禎子看著火缽的炭火思考著室田社長接下來怎麼做？

室田社長昨天早上從金澤出發，昨晚抵達東京，今天去了立川，他比禎子早一步走了相同的路線，如今應該在回金澤的夜車上，或是正在處理公司的事情？禎子不禁胡思亂想起來。同時，禎子總覺得室田社長似乎正徬徨不已地徘徊在黃昏的東京街頭，追尋著田沼久子一路走過的足跡。

室田究竟和田沼久子之間的關係深入到什麼程度？他究竟知不知道久子和憲一之間的關係？憲一和久子同居已是無庸置疑。室田社長明知這件事，卻仍然接近久子。因爲憲一一死，室田馬上就將田沼久子引進自己的公司。他不是在憲一死後才認識久子，他一定是在憲一還活著的時候就和久子有關係了。那麼室田當然知道田沼久子和憲一同居一事。

該怎麼界定室田在整件事情的位置？

如果他們是所謂的三角關係，室田應該經常和田沼久子碰面。可是久子一直在能登西海岸的家中靜靜生活，很少到金澤。長年忙碌的室田和久子之間，不可能常碰面。

那麼，兩人爲何會有不尋常的交往？從時間和空間來看，以金澤爲中心十分活躍的室田社長與住在貧寒漁村始終待在家裡的久子，實在找不出兩人可以碰面的機會。

這樣一來，室田和久子的關係就必須回溯到憲一和久子同居之前。按照今天所見的那張明信片看來，久子七年多前離開立川。所以，室田和久子早在她和憲一相遇前就已經認識一段時間。那不就是久子回到能登老家前，到金澤工作的時候嗎？若非如此，她絕對沒有和室田邂逅的機會。如果按照時間順序，久子回到家鄉過一兩年後前往金澤。她在那個時候邂逅了室田，開始某種交往並持續一段時間。之後，久子開始和鵜原憲一交往，疏遠室田而和憲一同居。

不過，室田由於兩人之前的關係知道久子之後的生活，而他知情，應該是因爲久子有時還是會和他見面。室田無法對久子忘情，在憲一死後，馬上就將她引進自己的公司，讓她住在金澤。

如果不這樣想，禎子無法理解室田和久子的關係。

追查憲一行蹤的本多，又對他們兩人的關係知道多少？

他對禎子說出他大部分的想法，可是仍然隱瞞某部分。那天晚上他深夜打電話到旅館告訴禎子，他知道關於接待處小姐某些有趣的事情，並且說必須要到明天才能告訴她詳細狀況。

隔天見面，本多讓禎子看了田沼久子的履歷，也提到田沼久子的丈夫「曾根益三郎」的事情。當初本多一定也對履歷深信不疑，然而他如何發現禎子之後得知的，憲一就是「曾根益三郎」、久子和室田社長有關的事情？

本多在知道這些事情之後恐怕難以對禎子啓口，特別是關於憲一黑暗的那一面更是難以啓齒。他可能打算找到證據，再把這件事情和其他相關的一切統統告訴禎子。

可是，本多在追查的途中，被逃到東京化名爲「杉野友子」的田沼久子殺害。田沼久子殺害本多，是本多太接近她的祕密。

然而禎子怎麼樣都想像不出久子必須殺害本多而保護的祕密。

禎子並不認爲田沼久子曾是以美軍爲對象的妓女，以及她和室田社長之間有著祕密關係的這兩件事情，會對久子造成多麼重大的打擊。當然，這兩件事情對身爲女性的久子而言的確不名譽，但還是構不成不惜殺害本多的動機。

她究竟爲了保護什麼事情而痛下殺手？禎子的思考陷入無限迴圈。

禎子猜測過，久子殺害本多和宗太郎的動機和憲一的突然死亡有關。然而那是在憲一的死是他殺的前提之下，害怕東窗事發的久子殺害逼近眞相的宗太郎和本多。

照此推論，憲一不是自殺，而是被某人殺害僞裝成自殺。可是，禎子的推論又被自己推翻。

這道橫亙在她眼前無法推倒的牆壁，就是憲一的確是自殺的，怎麼樣都找不出他殺的可能。他在死前整理了身邊的一切，根據警方的調查報告，也指出現場死者整理隨身物品，也留下了遺書。在精心設計的他殺案件中，犯人的確可能將遺物整理成死者自殺的假象，然而犯人絕對不可能以當事人的筆跡寫下遺書。

「我考慮了很多，覺得繼續活下去很痛苦。我不希望讓妳知道詳細的狀況，決定自己抱著這苦悶永遠消失。」即使是此刻，禎子還是能清晰回想起遺書字句。

禎子繼續思考。

憲一在十一日的三點左右，對同事本多表示今天要前往高岡一趟，明天會回金澤，接著再回東京。禎子並不認為憲一在說謊，她覺得這是憲一的真正心聲，而且禎子的確收到憲一寄給她，表示十二日要回家的明信片。他是真心愛著新婚妻子禎子，她不相信他會對自己撒謊。

禎子此刻仍然相信在信州蜜月旅行時，憲一對她表現出來的愛情不是虛偽的。他打從心底高興自己將從金澤的辦事處回到東京的總公司，那麼期盼在東京和禎子共組家庭的憲一，實在沒有跳崖自殺的理由。

如果憲一因為無法結束和久子長久以來的同居生活，煩惱到最後做出跳崖自殺的突發行為，那麼留下那樣的遺書就顯得很不自然。不留下遺書死去才是正常的，不是嗎？

這道障礙文風不動地聳立在禎子面前。禎子突然想到，莫非本多已經解決這個障礙？他的推理一向比自己快一步，也正因為他突破了這道障礙，久子才會殺了他。

想到這裡，禎子不自覺地激動起來。

若是如此，那就是久子殺了憲一！

若不是這樣的話，久子根本沒有殺害本多的理由，也沒有殺害走在本多之前，追查同樣線索的大哥宗太郎的理由。這兩人被殺害，就是他們追查著同一件事。

久子殺害憲一的動機是很容易想像的。憲一的心在他娶了名為禎子的新婚妻子後就離開了她。久子無法忍受憲一離開自己。如果就這樣讓憲一回去東京，兩人的一切便永遠消失了。久子並不知道憲一的本名，始終相信他就是曾根益三郎；她更不可能知道曾根在東京才剛新婚，可是，久子知道曾根益三郎要從她面前消失一事意味著永遠的別離，她無法忍受。

她引誘憲一站到能登的斷崖上將他推落海中，接著再僞裝成自殺。久子是有動機這麼做的。然而還是有不自然的地方，憲一是不可能寫下那封遺書的。遺書又再次化爲無法越過的障礙，聳立在她面前。

4

母親過來問獨自一人坐在房裡的禎子，「年糕烤好了，要不要來吃？」

「好。我待會再吃。」禎子靜靜地婉拒母親。

母親不再勸她。她看著在昏暗燈光下把手靠近火缽，若有所思的禎子，忍下想說的話離開。

總之，本多比禎子還要先追查到事件核心。他在死前告訴禎子，久子似乎去了東京，他是如何得知久子的租屋處？本多應該沒有時間調查出這一點。

久子在二十五日晚上離開公寓，消失蹤影，而本多是在隔天二十六日早上抵達那棟公寓時知道久子失蹤了。

當天晚上，本多表示因爲公事要到東京的總公司一趟，接著就搭乘夜車出發。禎子曾到金澤車站送行。也就是說，本多就只有從知道久子失蹤的二十六日早上到夜車出發之間的幾小時可以調查。他爲何能在這短短的時間內知道久子在東京的住址，甚至知道她化名爲「杉野友子」？

本多確實知道很多禎子不知道的事情。但是就算如此，本多應該沒有太多時間可以查出久子在東京的公寓住址和她的假名。

就算他時間眞的那麼充裕，那麼他又以什麼方法調查？禎子認爲與其是本多自行推測出線索，更可能是透過第三者得知久子行蹤。

現在回想起來，本多在二十六日晚上突然表示要出差而前去東京一事也很不自然。當然他的確有公事在身，但那絕對不是他的主要目的；他的目標一定是找出田沼久子。本多在得知她失蹤的當天晚上就出發去東京，這實在太倉促。他一定從某處得到關於久子的情報。

本多出發前在月台對禎子說：

「三天之後我就會回來。我想到時候我會更清楚田沼久子的事情吧。回來之後我會立刻調查這件事。」

當時他一臉自信，讓人不覺得他只是在安慰禎子。本多還說過：

「田沼久子的履歷寫著她從昭和二十二年到二十六年都在東京的東洋貿易公司工作。我打算先去東洋商業公司看看。」

禎子當時曾經懷疑本多如何在人海茫茫的東京追查田沼久子，然而本多表示他找到東洋貿易公司這條線索。當時禎子覺得有道理，可是如今她知道那是本多隨便說說的，他並不把東洋貿易公司當成線索。那裡或許會有和田沼久子過去有關的證據，然而他已經打算直接找住在東京某間公寓的「杉野友子」了。他隱瞞這件事，是因爲他打算在徹底查出事件的眞相後再告訴她。

那麼究竟是誰告訴本多「杉野友子」這個假名和住址？

禎子認爲除了室田社長以外，沒有其他人了。室田和久子關係親密，非常瞭解她。本多應該是從室田那裡知道，他指示久子逃走、指定她住進那間公寓，命令她使用「杉野友子」這個假名。

室田告訴本多這些事情，應該是害怕久子會對本多坦白並供出他吧。對室田來說，如果久子被追查到，他會面臨相同的危機。

本多去了化名「杉野友子」的久子住處，喝下對方招待他的摻毒威士忌後死亡。因爲是室田告訴本多久子的住處，所以他當然料想得到本多會拜訪久子。室田等於唆使本多拜訪久子。

室田事先準備好摻毒的威士忌交給要出發到東京的久子，指示她若是本多來訪就讓他喝下。久子並不知道那是摻毒的威士忌，她遵照室田的指示，在接待來訪的本多時招待他喝下那瓶威士忌。本多喝了酒後就死在久子面前。

久子看到本多死在她面前，大吃一驚，她慌張逃出公寓，當天就搭車回到金澤。當然也可能是久子和室田共謀，因此她很清楚威士忌裡摻進了氫酸鉀。然而，久子狼狽逃走的模樣否定了禎子的想法，如果久子知道那是摻毒的威士忌，一定會使用更高明的手法殺害本多。

她帶去的行李就這樣放在東京的公寓中，因此當晚久子慌張回到金澤一事也不自然。如果事先就打算下毒殺人，她就不該回金澤而該逃往他處。因此，久子根本沒想到本多會死在她面前，她這才知道室田交給她的威士忌裡摻了毒藥，慌張趕回室田那邊。當時，她的心情一定相當複雜。

另一方面，室田也預期久子會大驚失色地匆忙回到金澤。

當時他已經有所準備了。

禎子認爲久子和室田之間還有來往時，一定是利用金澤市內的某個場所。久子回到金澤時應該是去了他們一直利用的那個地方，從那裡打電話要求室田和她見面。

這個時候，室田採取了什麼行動？

正如室田預料，久子主動和他連絡。他告訴久子她出現在金澤會很危險，要求久子前去鶴來。久子對於本多喝下自己拿出來的威士忌死亡一事心情大亂，害怕警方追查到她，只能默默聽從室田的指示。

久子從藏身處搭乘北陸鐵道的電車在鶴來町下車。室田一定也指定兩人在這裡見面的場所。不過那個地方一定不是旅館之類的地方。像鶴來這種鄉下地方，當地人對外來客總是特別敏感，室田不可能選擇引人注意的場所。室田一直住在金澤，一定很清楚鶴來町一帶狀況，久子當然很瞭解這裡。兩人一定選擇最不會引人注意，日落之後、村人都不會去的人煙稀少之地。

接著久子就先去那邊等待，之後室田社長再悄悄前往。

禎子這麼認爲，是因爲有實際證據支持她的假設。本多在喝下摻毒的威士忌後喪命，鵜原宗太郎也是被摻有氰酸鉀劇毒的威士忌毒死。這兩起命案的共通點就是作案手法完全相同。

還有一項共通點。田沼久子是從鶴來町近郊的斷崖上摔落到手取川死亡；憲一則是從能登西海岸的斷崖上摔入海裡死亡。這兩種太過相似的死法，都指出兩件命案出自同一人之手。

禎子在腦中整理著截至目前的推論。

雖然從最後的狀況看來鵜原憲一是自殺，然而禎子直覺認爲是他殺。兩者當然有矛盾，不過這可以在之後找到合理的答案。但不可否認，憲一的自殺包含許多謎團。

鵜原宗太郎前往金澤調查弟弟爲何失蹤，他對弟弟在金澤的雙重生活有瞭解，因而察覺到憲一失蹤的眞相，而被某人——姑且先稱爲X吧——X將他引誘到鶴來殺害。

禎子原本認爲當時在宗太郎身邊的女人一定是田沼久子。所以久子和X之間是共犯關係？或者久子是X的爪牙？

宗太郎爲何會隨便地和久子一同前往鶴來？宗太郎對憲一是否死亡半信半疑。久子或許認爲告訴宗太郎憲一在鶴來的話，便能引誘他前往。當時，久子欺騙宗太郎憲一從能登搬到鶴來的祕密住處，宗太郎便要求和憲一見面。因此久子和他一起前往鶴來，再對他說自己要去找憲一過來，請他在「加能屋」等待，並交給宗太郎摻了氰酸鉀的小瓶裝威士忌。

這樣一來就可以解釋宗太郎爲何對旅館服務生表示他在等人，久子這些行動全是X的計畫。

X殺了宗太郎之後，沒想到又出現追查過來的本多。基於和殺害宗太郎同樣的理由，X必須再度痛下殺手。本多對久子產生懷疑，對X而言是非常幸運，因此X安排久子逃到東京。X告訴本多，久子在東京的住處和她的假名，本多便緊追過去。X讓久子逃到東京去之前就預料到本多的出現，於是事先交給久子下毒的威士忌。從這點來看，X是知道本多愛喝威士忌的人。

久子不知道那是摻毒的威士忌，當她看到本多在自己面前死去後，爲了要和X商量善後的對策，便慌張地逃回金澤了。她一方面要追問X爲何在威士忌裡下毒，一方面是因爲自己遭到警方通緝而想尋求對方的保護。

X平常都固定和久子在某處見面，久子便從那裡打電話給X。X要求久子搭乘北陸鐵道的火車到鶴來。從安排久子去東京時起，這些就全都在X的計畫。

X去了兩人約定的場所，兩人想必是晚上見面。那一帶非常偏僻冷清，晚上一定沒什麼人會去。兩人避開他人耳目來到現場，此時X一定是這樣說服久子。

因爲久子有殺害本多的嫌疑，所以X告訴她暫時隱身在這附近的鄉下比較好。X告訴久子鶴來有他認識的人，要帶久子去對方那裡避風頭，久子就老實地相信了。

兩人走在手取川岸邊的斷崖上面的道路時，X強行將久子拉到斷崖上推下。被推下去其實和自己跳下去的情況沒有兩樣。

想到這裡，禎子發現自己的嘴唇變白了。她突然想到，憲一是從能登西海岸的斷崖上跳下的，跳崖現場的狀況其實和被某人從推下是一模一樣的；和之後久子的情況相較，所有條件完全相同。丈夫憲一是被人從背後推落海中的！

憲一在現場留下親筆遺書，將鞋子擺好，記事本和其他隨身物品也排放地整整齊齊。不論誰看了現場都會認爲自殺的證據充分。犯人讓憲一把現場整理成這樣的狀況，再將他從斷崖上推下去。

禎子想像著站在能登斷崖上的憲一身旁的是一個男人。

那就是室田儀作。憲一和室田並不是單純的客戶和廣告代理公司員工。禎子聽本多說過：

「室田先生非常欣賞鵜原先生，大約從一年前起，室田公司的廣告量，也就是和我們的生意突然攀升到之前的兩倍高。這也是鵜原先生努力地開拓來的。」除了這些，還有……

鵜原先生和室田夫婦很親密。本多也說過所謂的業務員，如果不和客戶達到某種程度的私人交情，不能稱之爲優秀的業務。

禎子當時訝異於憲一竟有如此高明的交際手腕。她所知道的憲一，是個老實且從各方面來說都頗陰沉的人，絕對不是開朗的社交型男人。禎子那時相信男人在工作時都會有著女人不知道的另一面，她甚至對平時無法感受到的丈夫的社交能力感到驚訝。

如今回想起來，當時她對憲一工作能力的單純驚嘆背後隱藏著其他因素。

憲一並非透過商業上的交際手腕和室田如此親近的。他們之間一定有某種不爲人知、更深層的關係。因此室田才會在憲一當主任的時期，交給他比前任主任還要多出兩倍的廣告委託單。

那究竟是什麼關係？禎子試著把田沼久子放進事件的構圖中。因爲他們有著如此複雜難解的關係，當憲一抱著必死的覺悟站在斷崖上，室田站在他的背後一點都不奇怪。有某個原因讓他們兩人一起站在那種地方。

他們的關係應該是在憲一到金澤赴任後所建立的。因爲截至目前爲止，禎子未曾從大哥夫妻那裡聽到任何有關室田的事情。如果是在東京建立的關係，大哥應該會告訴嫂嫂憲一和室田交情十分深厚。然而，在禎子帶嫂嫂去金澤時，嫂嫂也不認識室田。宗太郎也從未提過過室田夫妻的存在，他一定是在尋找憲一的過程中才知道他們的存在。

所以，憲一和室田之間的祕密關係是在他來到金澤後才開始的，大哥夫妻才會不知道這件事。

憲一經常拜訪室田家，不只室田先生，連夫人也和他很親近。室田夫妻和憲一親近的程度，就連禎子在憲一失蹤後前去打聽時都切身體會到。

夫人是位知性的美人，在金澤的名流貴婦中地位很高。即使只見過幾次面的禎子都知道，夫人充滿知性、個性積極。那樣的夫人知道憲一和室田的關係嗎？夫人那麼親切地招待憲一，單純只是因爲丈夫的關係嗎？

禎子突然想到，頭腦如此敏捷的夫人或許早已發現丈夫和憲一之間的關係了。而那麼聰慧的夫人應該也會知道介於丈夫和憲一之間的田沼久子的存在。

夫人像擔心親人般地對待禎子，也很關心憲一的失蹤，她應該能從丈夫的態度知道些什麼。

夫人和社長的年齡有一段差距。根據本多表示，夫人原本在和室田耐火磚公司有生意往來的某家公司工作。當時前任夫人有病在身，現在的夫人便成爲室田的情婦，而一等前妻亡故，室田就正式將她娶進門。連禎子都看得出來室田深愛著妻子。

然而，另一方面，社長和田沼久子又有著關係。這狀況與久子、憲一和禎子之間一模一樣。

5

已經是除夕了。

明天就是新的一年。

這是個寂寞的新年。由於大哥家正値喪中，並沒有按照一般的習俗過年，而禎子也因爲憲一的關係，必須迎接黯淡的新年。

雖然如此，母親還是建議禎子到嫂嫂那邊問候一聲。

禎子很久沒去青山大哥家了，在金澤車站分別以來，這是她第一次和嫂嫂見面。嫂嫂比想像中來得有精神。她在金澤受到的打擊，好像也隨著時間逐漸變淡了。從嫂嫂離開金澤時的悲傷神情，可以察覺她有多麼痛苦。然而，此刻嫂嫂比禎子想像中還要開朗，她似乎已經恢復了不少。

「我總算冷靜下來了。」嫂嫂對禎子說：「從金澤回來之後忙著籌備葬禮、處理善後，眞是忙得不得了。」

「眞是抱歉。」禎子道歉：「我沒來參加大哥的葬禮。」

「不會，別在意，妳也有妳的苦處。怎樣？在那之後，憲一的事情有沒有進展？」

「還是沒有進展。」禎子低著頭，她沒有向嫂嫂詳細說明截至目前的經緯。

「是嗎，那還眞糟糕。」

嫂嫂也皺起眉頭，一臉憂鬱。她可能也猜到憲一已經死亡，只是顧忌著禎子說不出口。

「今天就放輕鬆點吧。」嫂嫂顧慮著禎子說道。

「嗯。」

禎子環視在明亮的陽光照射下而變得溫暖起來的客廳。今天嫂嫂家裡似乎已經打掃過了，四處都收拾得乾乾淨淨。

「孩子們呢？」禎子問，嫂嫂回答小孩們出去玩了。

嫂嫂之後會很辛苦，不但要生活，也要養育孩子。禎子凝視著嫂嫂。現在談論這些的話，會讓彼此心情沉重。今天就一起悠閒地度過短暫的時光，放鬆心情吧。

嫂嫂端出各式各樣的菜餚。儘管還無法讓人前來拜年，但她還是做了年菜。

兩人聊了好一陣子有關金澤的話題。對嫂嫂而言那應該是悲傷的土地，如今卻令人感到懷念。

就在兩人聊天時，玄關來了客人。嫂嫂出去接待後回來對禎子說：

「禎子，是我先生公司的人來了。妳可以看一下電視，等我一下嗎？」

「好啊。嫂嫂，妳不用招呼我。」

「不好意思，我們等一下再慢慢聊吧。」

嫂嫂說完又回到玄關，禎子聽見她帶客人到其他房間的聲音。

大哥家位在僻靜的住宅街一角，外面幾乎沒有人聲。晴朗明亮的陽光落在大半的榻榻米上。

禎子打開電視，畫面上是兩名中年婦女和一名男人圍著一張桌子開著座談會。

那兩名婦女經常出現在報章雜誌上，一人是評論家，一人是小說家，某家報社的女性問題評論委員則擔任主持人。因爲是從節目中途開始看，所以禎子不太瞭解座談會的內容，討論題目似乎是「戰後婦女的回憶」。

「二次大戰已經結束了十三年。有句話說『只要過了十年一切都成爲過去』，在大戰已經結束了的十三年的如今，更是如此。我想現在十幾歲的青少年，應該不太瞭解大戰剛結束的情況。我想請請垣內女士稍微談談當時的女性情況。」

主持人說完，評論家開口回答：

「當時因爲聽說美軍要進駐國內，所有女性都戰戰兢兢的。雖然某些地區發生過問題，不過實際上並沒有太多讓人恐懼的事，一切都平安無事。而且美軍官兵對於婦女都非常親切，這實在令當時的女性感到驚訝呢。」

「就是說啊。」小說家抿著她薄薄的嘴唇回應：

「我想那甚至令當時的女性獲得了某種自信。可以說到目前爲止，日本的男性仍舊非常蠻橫不講理，又任意妄爲。」她微笑地繼續說道：

「看到美軍官兵之後，日本女性對男性的看法也改變了。可以說一直都對男性卑躬屈膝的女性，突然取回了自信。」

「是啊。」主持人幫腔道：「當時的男性非常散漫邋遢，因爲戰敗而完全喪失了自信。當時的女性可是比男性還要精力充沛呢。」

「關於這點，」評論家接著說：「我認爲在大戰結束後的三、四年內，是日本男性的自信喪失期。而日本女性則挺立在美國佔領軍之前，勇敢地與之較量。」

「的確，當時的女性展現出和之前完全不同的行動力，一方面是因爲男性意志消沉，一方面是只能穿著戰時勞動服的陰鬱時代過去了，她們開始穿上美式的色彩鮮豔的衣物，這令她們心中產生了積極向前的心態。」

「的確如此。」主持人點頭，「以男性的角度來看，總是穿著陰暗勞動服的女性突然換穿有著紅、黃、藍等等色彩醒目的洋裝，對我們而言的確很新鮮。」

「說到這個，」小說家抬著像嬰兒一樣的雙下巴說道，「由於日本戰後沒有那麼多的一般服裝可以穿，所以當時的女性便改穿美國的成衣。就像某些以美軍爲交易對象的女性使用的奇怪美語一樣，在服裝方面也受到了美國的同化。這件事也打破了一直以來的傳統女性觀念。」

「當然也有經濟上的理由。」評論家說道。這位評論家身材細瘦和小說家正好相反。

「戰爭時物資匱乏，戰後大部分的有錢人和中產階級都得靠變賣家產過活。在這麼劇烈的環境變化裡，有相當多的女性墮落了，可是，出乎意料地她們並沒有墮落的自覺。此外，女性們開始憧憬親切的美軍。從古至今都高傲自大的日本男性變得邋遢狼狽、無精打采，這之間的反差我想也是原因之一。不過這些人和現在的特種營業女性大不相同，她們之中也很多是良家婦女。」

「沒錯。」主持人說道：「我也曾聽過不少有良好教養，從優秀學校畢業的千金小姐被美軍高階軍官包養。當時二十歲的她們，如今也都已經三十二、三歲了。不知道她們現在過得怎麼樣？」

「關於這點，」評論家回答：「我認爲即使有那些自甘墮落而掉進黑暗深淵的人，但是一定也有很多洗心革面過著幸福生活的人。雖然現在很多人認爲當時的妓女都是下層階級的女性，然而大戰剛結束的那幾年，其實有很多普通女子也投身這個行業，甚至有不少女子大學的畢業生。我想這些人，目前應該都重新過著幸福的生活。」

「不過萬一在這幸福的時刻，被丈夫知道自己過去的經歷，那會變得怎麼樣？」主持人問。

「這眞是個微妙的問題。」胖胖的小說家眨著小眼睛說道：

「我認爲爲了維持平靜的婚姻生活，不說出來才是正確的。有別於從事過這種職業後馬上結婚的人，那些洗手不幹之後從事正當職業，和在工作場合認識的男性結婚的女性，我想她們應該都保密不說。不過，我認爲這個祕密是該被原諒的。」

「沒錯，的確如此。」評論家附和道：「當時的日本才戰敗沒多久，一切都像惡夢一樣，她們也是很可憐的。她們由於自己的努力好不容易得到美好的生活，一定會極力地守護那小小的幸福。」

「是啊。」其他兩人同時點頭。

「現在市面上也有很多華麗的服飾，不過跟當年的那些俗豔的東西大不相同了。」主持人說。

「是啊。現在的物資已經十分充足了，服飾的種類也增加許多，大家都能買到自己想要的東西了。現在的女性已經把流行轉化成自己的東西，創造出屬於自己的風格，這和當時完全不一樣，那個時候都只有美國的成衣可以穿。」

「不過，我現在還是經常看到穿著打扮和那個時代類似的女性呢。」

「那應該是還在從事那種職業的人吧。」評論家說：「我想已經遠離那個世界的人一定會避免穿著那種服裝的。」

座談會從這裡開始改變談話內容，從最近的服裝傾向講到男女之間的相處之道，三人熱烈地討論著各種話題。

禎子已經什麼也聽不見了，在她聽著剛才座談會的內容之際，她察覺到自己驚訝得臉色大變。

6

禎子在早上抵達金澤。

由於是大年初一，只有車站前面的餐廳營業，其他商店都緊閉門窗，屋頂上積著薄薄一層雪。這已經是她第三次來到金澤了。天空中灰色的雲朵不停流動著。太陽時隱時現，陽光在一部分的街道和屋頂上移動著。車站裡非常擁擠，幾乎都是前來度假的客人，也混雜著很多滑雪遊客。昨晚的列車裡，幾個從東京來的滑雪遊客整夜吵鬧不休，禎子幾乎都沒睡。

禎子好不容易才搭上計程車前往室田家。高地的坡道上也積著雪。家家戶戶的門前都擺著門松（註），令她確實覺得自己置身在一座古老的城鎮。明明是大年初一，卻得因為令人心情惡劣的事情匆忙趕路，禎子覺得自己好悲哀。

她一按下室田家玄關的門鈴後，女傭就出來應門了。玄關旁邊放著讓客人擺放名片的架子。這名女傭是禎子之前見過的同一個，不過對方打扮得很有年味。

「我想見社長一面。」禎子一開口，女傭就低頭行禮後回答：「老爺昨天就出門了。」

「他去哪裡呢？」禎子認為室田應該又去東京了，不過並非如此。

「他每年這時候都會去和倉溫泉，這是慣例。」

和倉位在能登半島東側的中央部位，從金澤搭火車前往大約需要兩小時。那裡離室田公司的七尾工廠很近。本多生前曾經因為久子的事前去造訪過那間工廠。

「那麼夫人在嗎？」禎子一問，女傭便很過意不去似地回答：「夫人也一起去了。」

禎子心想，他們夫妻大概每年都迎接新年到那個溫泉吧。她問女傭室田夫妻是否兩、三天後就回來？女傭則回答他們預定四日後回來。

「那麼，妳知道他們住的旅館嗎？」

她打算馬上去那家旅館和室田夫妻見面。

「我知道。」

女傭記得禎子來過，很老實地告訴她旅館名稱。

一走出室田家，禎子立刻再度前往金澤車站。昨天才下過雪，從高地上望過去，遠處的白山山脈以薄薄的黑色雲朵爲背景，浮現出白色輪廓。

禎子從金澤搭乘列車趕往和倉溫泉。即使是這條地方上的支線也坐滿了來度假的旅客，幾乎所有人都要去和倉溫泉。禎子已經是第三次搭乘這條路線的班車了。第一次是接到警署通知發現了一具不知名的自殺屍體而前往西海岸的高濱認屍；第二次是前往高濱町近郊尋找田沼久子的家。兩次都在中途的羽咋站換車，可是今天只要一路搭乘前往北方即可。

沿途可以看見嚴寒的湖泊。她在下一個車站往窗外一看，果然看見有人將從湖裡抓到的魚放入籠子裡，然後搭上火車。

註—日本新年時裝飾在門前的松樹或松枝。

眼熟的羽咋車站過去了，列車陸續在千路、金丸、能登部這些小站停靠。這一帶鐵軌的一側是壯大的山脈。經過這些不知名的小站，讓禎子感到不知從何而來的悲哀。站務員在積雪的月台上揮舞著金屬通行證，目送駛離的火車。從月台走向車站的婦女們幾乎都裹著黑色披肩，彎著身子。不論哪個車站都有魚販交錯在人群之中。禎子呆呆地望著窗外，思考接下來要見面的室田夫婦。

聽到電視座談會的對話後，禎子開始猜測。座談會的成員提到，大戰結束後以美軍為交易對象的女人中有不少人現在都擁有完美幸福的生活。這個說法替禎子開啓全新的思考方向，至今擋在她面前的厚重障壁，在她聽到那些話的瞬間就崩潰了。

在那崩塌的牆壁後，田沼久子的模樣清晰可見。然而牆後站的不只是田沼久子，禎子還看見另一名女性。禎子至今從未曾懷疑過對方。截至目前，禎子一直將室田儀作當成嫌犯，然而那是錯誤的想法。如今室田夫人佐知子取代室田的位置，這麼一來所有疑問都順利解決了。

丈夫憲一曾告訴過同事葉山警部補：「雖然大部分和美軍交易的妓女都很無知，但是其中也有相當堅強的、受過教育，頭腦很好的女性。和她們來往久了之後，也就知道她們的本事了。」。禎子將室田佐知子放到憲一口中那些頭腦好又堅強的女人位置上。

禎子並不清楚佐知子的經歷。禎子只知道她是室田的第二任妻子，她在東京的某家公司工作的時候邂逅公事來訪的室田。室田對她一見鍾情，因此她成為室田的情婦，室田的前妻死後，她順利成為正室。

憲一當過立川警署風紀股的巡查，當時他取締過許多這樣的女性，所以一定和不少人都很熟。

不過在他取締的對象之中，應該也有只知道長相，其他一律不清楚的女性，其中一個是田沼久子，另一個就是室田佐知子。

憲一在當上A廣告代理公司金澤辦事處的主任後，在拜訪北陸地區的客戶時，偶然碰到在立川時代見過的久子。禎子推測，當時久子記得憲一的長相，卻不知道他眞正的名字。若非如此，憲一就無法僞裝成「曾根益三郎」。還不認識禎子的憲一和久子邂逅後，就告別單身生活和久子同居。

然而，憲一打從一開始就沒有和久子結婚的念頭，因此他才會對久子捏造自己的姓名和職業。另一方面，憲一因爲工作的關係認識室田。得到他的信賴，可能在室田夫人順道到公司時，由室田介紹給佐知子認識了。此時，憲一和室田夫人的心中一定對於這場再會大感驚訝，然而佐知子夫人心中的驚訝逐漸轉變成恐懼。

佐知子夫人隱瞞自己的過去和室田結婚，成了金澤地方上數一數二的名流貴婦。而和知道自己陰暗過去的人突如其來相逢，讓她陷入極度的不安和恐懼。

可是，憲一並沒有對室田夫人抱有特別想法。他或許在見到重新振作的她，不、是成爲名流貴婦的她後，在內心默默祝福她。立川時代的兩人不過是巡查和賣春女子，應該只記得對方的長相，可是再會之後兩人關係卻沒有那麼簡單。

室田夫人對憲一抱著特殊的想法，儘管憲一並沒有對人大肆宣揚她的過去，也沒有威脅強迫她，讓她稍微安心了一些，可是預防將來發生這種事，她必須對憲一釋放出特別的善意。萬一憲一告訴別人現在是名流貴婦的她過去曾是賣春女子的話，對她而言那比死還可怕。所以，她勸說丈夫室田儀作在工作上給予憲一大力的協助。這就是室田耐火磚公司在憲一到任後給A廣告代理公司的委託單突然增加到兩倍的原因。

室田社長當然什麼都不知道，他只是單純認爲妻子佐知子對業務員憲一的印象很好，因此他也對憲一另眼相看。單身的憲一經常被招待到室田家用餐，也是基於此一理由。

夫人一心想要阻止憲一洩漏她的過去，儘可能幫助憲一。儘管憲一一開始就沒有要洩漏這個祕密的想法，但是對佐知子而言，這縈繞不去的不安無疑是場漫長的折磨。

她擁有了人人稱羨的幸福生活，成爲地方上的名流貴婦，得到光輝耀眼的地位，她絕對不想失去這分榮譽和幸福。因此，憲一的存在就像萬里晴空的一朵黑雲，在她心裡投下陰影。

另一方面，憲一也有一個煩惱。那就是他和田沼久子的同居關係。

他知道金澤辦事處主任的任期頂多一或兩年就會結束。起初，他只想在這段期間過著同居生活，爲了之後不要有麻煩才隱瞞眞實姓名。憲一和久子的同居生活維持一年半，想必田沼久子一心一意地愛著同居人「曾根益三郎」。她爲這名「同居的丈夫」固守貞節，打從心底盡心盡力服侍他。這段期間憲一好幾次有機會調職回東京，他卻屢次拒絕。而這就是他拒絕調回東京的原因。

憲一被田沼久子的犧牲奉獻牽絆住，他無法輕易捨棄兩人的同居關係。起初憲一打算如果接到調職令，馬上就讓「曾根益三郎」失蹤，回復爲鵜原憲一回到東京，然而他被久子的愛情牽制住，無法輕易逃離。

最後，讓憲一終於下定決心和久子分開的機會出現了，那就是和禎子結婚。

7

憲一找上室田夫人商量他的苦惱，而夫人絕對向他提議「自殺」這個方法。她一定告訴憲一，只要他自殺，久子就會放棄尋找他的行蹤。

幸運的是和久子同居的憲一使用「曾根益三郎」這個化名，就算「曾根益三郎」死了，鵜原憲一也不會受到懷疑。事實上，久子也徹底相信「曾根益三郎」這號人物才是她的丈夫。夫人對憲一表示這是最好的解決方法。如此一推想，也就能解開憲一親筆寫下遺書的謎團了。他以「曾根益三郎」的名義寫下遺書，把所有隨身物品整齊地排放在現場，製造出跳崖自殺的情境。

接著，憲一按照室田夫人的建議，或是遵照她的指示，做好「自殺行爲」所有準備。他告訴繼任者本多：「我今晚不回來，我打算明天回金澤後再回東京。」他留下這些話後就失去蹤影了。那天憲一先回去久子家，當天晚上，他就站在距離久子家不遠的斷崖上。

這時憲一身旁還有一個人，那就是室田佐知子夫人。她一手策畫了憲一的自殺事件，也從旁協助憲一自殺。

當佐知子聽到憲一的苦惱時，她一定覺得機會來了。殺害想僞裝自殺的憲一，一定不會有人懷疑到她。尤其是若是誘使憲一站在斷崖上，再出其不意地將他推落，不論是誰事後發現，都會認爲憲一絕對是自殺身亡的。沒有比這個更高明的殺人手法了。

只要能夠永遠封住憲一的嘴，她就可以一輩子高枕無憂地待在地方名流的位置。禎子無法判斷這是憲一在和她商量時她興起的念頭，又或是那天夜裡，當她站在黑暗的斷崖上看著憲一把所有「自殺條件」完成時而突然想到？恐怕夫人在興起這個念頭時，也同時考慮到之後的情況。起初她或許眞的站在憲一的立場如此建議，然而，當她注意到那是唯一機會時，便起了殺掉憲一的決心。

在這種情況下，憲一事先準備好所有自殺條件，然後被佐知子推落海中。而被發現的屍體就被當成「曾根益三郎」，在警方確認過後由久子領回。

呈報給警方的文件都記載著「曾根益三郎」，町公所的手續也以田沼久子的「同居丈夫・曾根益三郎」進行，一切都是合法的。佐知子成功地從這個世界，將「曾根益三郎」，不，將鵜原憲一消滅了。

禎子到金澤尋找丈夫時，曾經到警署打聽有無離家出走和意外死亡的人。當時警方告訴她有三起自殺案件，一起傷害死亡案件，以及意外死亡的人數。然而，她當時完全沒有注意到自己正在尋找的鵜原憲一就包含在自殺者當中。

禎子至今都將室田儀作視爲嫌犯，不論宗太郎、本多良雄、田沼久子，兇手都是室田儀作。反過來說，如果把佐知子當成嫌犯，之前禎子認爲是室田是兇手的條件完全可以套用到佐知子身上。

是她殺害了追查失蹤的憲一並碰觸到大致眞相的宗太郎。禎子一直認爲是久子邀請宗太郎到鶴來町，然而那是錯誤想法，證人在北陸鐵道的列車上目擊到，綁著粉紅色頭巾、穿著紅色大衣的女人其實是佐知子。

禎子每次見到佐知子，她總是穿得非常優雅脫俗，永遠都是一襲漂亮的和服。這讓禎子陷入那名一身大紅的女人是久子的錯覺。佐知子一定是盡可能選擇遠離她祕密過去的穿著。只有殺害宗太郎的那一天，她做了和以前職業類似的打扮。

宗太郎認識佐知子，是因爲他在調查憲一行蹤時知道憲一和室田夫妻非常親密，因此前去拜訪。憲一向他透露過他和久子住在能登人煙稀少的海岸，不過並沒有提到室田夫人的事。那應該是憲一爲了夫人的名譽才沒說出來吧。

佐知子從鶴來車站離開後並沒有搭乘原車回去金澤。那是因爲她回到金澤時須以室田夫人的模樣出現，因此她才會搭上前往寺井方向的列車，讓她有充足的時間換裝，回復到原本的打扮。當時目擊者表示穿著紅色大衣的女人拿著行李箱，想必裡面裝著讓佐知子回復成室田夫人的衣物。

可是佐知子殺害宗太郎後還是不安，她擔心會有第二、第三個宗太郎出現。她害怕不知何時、不知是誰會再次造訪田沼久子，因此她必須把久子藏起來。

室田夫人拜託丈夫儀作雇用久子爲公司接待處小姐，她並且要求久子不要告訴鄰居她在室田耐火磚總公司工作一事。

久子不知道來龍去脈，她只是單純地感謝室田夫人的好意，在夫人的推薦之下就職了。這恐怕也是因爲室田夫人和久子在立川時代同樣都是妓女，彼此認識。這麼說來，丈夫憲一悄悄地藏起來的那兩張照片，是他來到金澤後和兩人偶然邂逅後所拍的吧。照片背面淡淡地記載的號碼，眞的只是照相館的記號嗎？還是有著連結佐知子和久子她們黑暗時代意義的數字？這點除了憲一以外沒人知道。可是，從憲一特別保管那兩張照片一事看來，禎子認為一定是它們有共通點。

夫人更進一步地花心思欺騙丈夫儀作。她突然雇用久子擔任接待處小姐，這件事必須捏造一個藉口，因而便對外宣稱久子的丈夫是工廠員工。

可是，如果本多繼續調查的話，這個謊言馬上就會被拆穿。萬一他直接去七尾的工廠詢問其他員工或勞務課的人，而他們回答沒有這個員工的話，一切的功夫就都白費了。

佐知子一定向室田拜託，要求員工萬一有人問起，務必要回答久子的丈夫的確是室田耐火磚工廠的員工，死亡的時候也支付了退職金。室田雖然不瞭解其中緣由，卻還是按照愛妻的話命令部下照做。這個時候，田沼久子已經變成佐知子的朋友了吧。

本多造訪七尾的工廠時，負責的人表示名叫「曾根益三郎」的員工的確死亡，可是詢問總公司之後，卻從會計那邊得到了好像沒有開立退職金傳票的答覆，這個矛盾就是這麼來的。即使是絕頂聰明的室田夫人，終究沒有注意到這點。

室田夫人感覺到本多良雄的追查越來越急迫，這次她必須讓久子從室田耐火磚總公司消失。她擔心本多的追查不知何時會暴露出久子的眞實身分，於是她找來了久子，指示她趕快去東京。不過究竟夫人對久子說了什麼理由讓久子離開，這不當面問夫人是無法得知的。

總之，一無所知的久子相信著始終都保證會照顧自己生活的佐知子，便按照著她的指示行動。之前禎子認為是室田社長告訴本多，久子使用「杉野友子」的化名和她在東京的住處。現在想來其實是佐知子告訴本多的。

本多可能打算在釐清所有事情後再告訴禎子一切，所以對禎子隱瞞了某些事實，然而因也此發生了不幸。如果他把所得到的資訊全部告訴禎子，禎子一定會更早注意到室田夫人，或許就可以阻止這一連串的悲劇，就算是只有阻止久子被害也好。

按照佐知子所預料，本多喝下久子招待的威士忌死去了。久子被這個意料之外的狀況嚇到，大驚之下從東京逃回金澤，並打電話聯絡室田夫人。夫人指示久子到鶴來町會合後再說。禎子之前認爲是室田儀作下的指示，但是換成佐知子也沒有任何不合理之處。

可是……禎子突然望向空中一點。

不知爲何，她有一種不能釋懷的感覺，她注意到不合理之處。

她在拜訪室田社長的時候，聽到他和夫人在電話裡的對話。

室田跟禎子說夫人那天傍晚六點要出席金澤廣播電台的座談會，所以不能來見禎子，並對此感到過意不去。

實際上，禎子在街上的咖啡店裡也聽到了那段廣播。那場室田夫人和現任市長夫人，以及T大學的教授之間的對談。禎子記得當時鄰桌有好幾名年輕客人在談論室田夫人。

那是下午六點左右的事。田沼久子的遺體經由解剖後，得知的死亡時間的確是在下午六點左右。六點時人在金澤廣播電台的佐知子得花五十分鐘的時間搭車到鶴來町，再走路到現場，這無論如何也辦不到的。廣播成了佐知子的不在場證明。這是怎麼一回事？

火車抵達和倉車站，積雪的月台上站著等待上車的乘客。

8

禎子搭上計程車。這一帶是觀光勝地，道路的狀況良好。車窗外可以看見島嶼，島嶼對面隱隱約約看得見白色的山脈。從禎子的方向可以正面看到立山，海面上有著數艘小船。

「客人，那是在抓海參喔。」

司機看她是東京來的客人，親切地向她說明。不管哪裡的溫泉鄉都一樣，這裡的道路兩旁也豎立著紙罩座燈。計程車進入旅館街。

禎子從室田家的女傭打聽到室田夫妻住宿的旅館。那是這溫泉鄉裡最大的旅館。禎子一進入玄關，馬上就有人出來招呼她。一聽她想要見室田，櫃臺很過意不去地回答：「他剛剛才出門。」

「那麼，夫人在嗎？」禎子問。

「夫人也出去了。」

「那你知道他們上哪兒去了嗎？」

「夫人說無論如何都要去羽咋一趟，就叫車出去了。」對方回答。

「當時室田先生正好和工廠的人在客廳聊天，一聽到夫人出門去了，就立刻叫了一輛出租車。我想他們現在應該在一起吧。」

這麼說來，身爲丈夫的儀作事先並不知道室田夫人要坐車到羽咋一事。他一聽到夫人出門立刻追在夫人後頭出去了。

聽到佐知子夫人去羽咋時，禎子突然想到一件事。

羽咋郡和憲一自殺的地點在同一條路線上。鐵路線是從羽咋分成主線以及可以轉乘到高濱的支線。汽車道路也是從這裡分成一條南下到羽咋郡，再從羽咋沿著海岸往福浦的方向。憲一死去的懸崖峭壁就在這條路上。也就是說，位於東海岸的和倉和憲一死去的西海岸之間，有道東西橫亙的山脈，如果要去羽咋郡的話，必須避開這個山岳地帶繞道而行。

「那是幾點的事呢？」禎子問。

「這個嘛，」櫃檯人員併攏雙膝，側首想了一下。「夫人大概是兩個小時之前出門的，室田先生則是一個半小時之前。」

禎子覺得胸口一陣悶痛，一股強烈的不安充塞著全身。

她覺得有片看不見的黑雲在等候著室田夫妻。室田夫人佐知子獨自一人朝著那片黑雲筆直前進，室田則是慌張地追在夫人的後面。

「我說什麼都要見到室田先生，可以請你馬上幫我叫一輛車嗎？」

櫃檯從禎子的臉色察覺到事情可能不單純，立刻幫禎子叫了車。在櫃臺人員打電話後到車子來到旅館之前，禎子覺得時間如此緩慢，不知道自己究竟等了多久。

旅館的玄關很寬廣。正面的玻璃櫃中擺放著這一帶的特產，九谷燒和輪島塗等物品陳列其中。

來到一片不熟悉的土地，孤伶伶地站在陌生的旅館玄關裡，禎子感到莫名的悲傷。在望著九谷燒的同時，她想起了和本多聊天的那家咖啡店裡的唐獅子和盤子的模樣。

雖然來到了憧憬的北國，卻徒留各種悲哀回憶。

來到溫泉聖地度假的旅客，開心地穿梭在走廊上。在別人看來室田夫妻一定也很幸福吧。

太陽終於沒入暮色之中，沉重的光線一下停在道路的積雪上，一下又顯得朦朧不清。

車子總算來了。

禎子讓司機看自己帶來的地圖。如果按照一般路線前往羽咋郡的話，無法追上佐知子夫人，因此她想和司機商量捷徑。總之，她必須盡快見到佐知子夫人。她在兩個小時前就已經出發了，如果不以最短的時間拉近距離，那麼就來不及了。

「從這裡有沒有可以直接到西海岸的路？」她問司機。

「有是有啦，可是昨天才下過雪，要走越山線實在太勉強了。我說的捷徑，妳看，就是這條。」司機指著地圖。

像拳頭一樣突出海面的能登半島中央，有一道南北縱走的山脈。從和倉溫泉到西海岸一處叫福浦的古老海港之間，有一條橫切那道山脈的道路。司機表示這條路下雪時很危險，躊躇不前。

「真的很不好意思。我有非常要緊的事。車資方面，不管加價多少我都會照付，請你無論如何都要走這條路。」

司機並沒有用加價車資的計量表，他看禎子一臉急迫就答應了。

「不管怎樣，先走走看吧。」他讓禎子上車。途中先停在車庫前，從裡面拿出止滑的雪鍊綁在輪胎上。在裝雪鍊的時候，有別的計程車正好經過。司機挺直身子，出聲叫喊。

「喂，我接下來要走越山線到福浦，那邊的路可以走嗎？」剛剛經過的計程車司機從窗戶探出頭，看著車內的禎子回答：

「巴士從上個月就沒有走那條路了，如果不小心的話會很危險喔。」

就算危險，禎子也不在乎。不管怎樣，她都必須趕上室田夫妻的悲慘結局。她無論如何都要見到他們，如果不直接從夫人口中聽到相關的事，一切的眞相都無法大白，她已經被逼到極限了。

「客人，我準備好了，要出發了。」裝好止滑雪鍊後，司機握住方向盤。

有好一陣子，禎子一直都望著右邊平緩的七尾灣海面，天色比剛才還要陰暗。從昏暗沉重的雲朵上方流洩出來的橘黃色陽光，照射在寒冷的海上，抓海參的小船仍舊停留在同樣的位置。

不久，海岸離開了視線，道路繼續向著山岳地區延伸，經過幾個寂寞的部落。道路變得越來越狹窄，積雪也逐漸變厚。

山上幾乎都是松樹、杉樹和檜樹。積雪的道路上沒有車輪印，所以禎子知道在這輛車之前沒有其他車子經過。車子逐漸深入山中，四周也變得越來越暗。

這條路是爲了春夏季節要從和倉到福浦港的遊客所開通的，蜿蜒地圍繞著山谷。

「客人，很無聊吧。」司機對禎子說：「接下來還有整整一個小時都只有像這樣的山喔。聽個廣播吧。」

禎子絲毫沒有聽廣播的心情，不過又不好意思拒絕親切司機的提議，只好靜靜地點頭。

司機一按下開關，就從某個電台流洩出熱鬧的流行歌曲。

「正好，我喜歡的部分開始播了。」

司機很高興。禎子一看，對方露出了孩子氣的表情。

荒涼的山中和熱鬧的流行歌聲，成了奇妙的對照。

那是東京的節目，由地方的廣播電台轉播。節目內容是男性和女性歌手穿插、輪流唱歌。小路旁偶爾可見燒炭小屋和堆積著的木頭，司機一邊開車一邊用肩膀打節拍。

「我很喜歡三橋美智也，怎麼還不趕快播三橋的歌呢？對了，剛剛我開車出來的時候有別的電台在播放三橋的歌喔。她大概是到處趕場吧。」司機對禎子說道。

「我想那一定不是現場轉播，應該是之前錄好音後再播出的吧。」

話才剛說完，禎子就吃了一驚。

對啊，錄音——她在火車裡一直思考的疑問，因爲自己這一句脫口而出的話就解決了。

禎子那天下午六點在金澤的咖啡店裡聽到的室田夫人的聲音並非現場轉播。雖然室田社長在電話裡聽到夫人表示她接下來要去廣播電台，但那大概是三點半左右的事。錄音一定是在四點半左右進行的，接著在六點播出。

當室田夫人在下午六點將田沼久子推落手取川時，就算她的聲音從金澤的廣播電台播出，也不是什麼不可思議的事。

禎子解決了所有疑問。

如果所有的推論都成立，那麼室田夫人是犯人的假設便完全沒有矛盾。只是，目前並沒有確實證據顯示她在立川從事特種行業，不過她想這樣的假設應該不會有錯。

室田緊追在佐知子後面出門，一定是昨晚抵達和倉溫泉的旅館之後發生什麼事。她猜測，應該是前天晚上，室田察覺到事情的眞相，追問佐知子，而她坦承了一切罪行。因此，佐知子才會叫車前往羽咋郡。一定是室田去東京確認了妻子的過去，佐知子也因此失去了活下去的希望，才要趕往那個親手將憲一推下去的斷崖。室田在三十分鐘後得知妻子已經出門，察覺到她的想法，所以就追著出去了。

禎子看看手表。

離開和倉後已經過了四十分鐘了，卻依舊還在山中，車子繼續行駛在坡道上。

除了有些地方堆著砍伐下來的樹木之外，這條山中道路渺無人煙。

由於積雪的緣故，車子比想像中還要更難前進。禎子內心焦躁不安，她覺得在這段期間內，佐知子和室田之間一定會發生什麼事情，而且，一定會以難以阻止的飛快速度奔往悲慘的結局。

求求老天爺，一定要讓我趕上，她在心中不斷祈禱。

一想到佐知子夫人的心情，禎子也不由得悲哀。禎子無從得知夫人的成長歷程，然而她一定是出身自良好的家庭，接受過優秀的教育。戰敗後，日本的一切都被毀壞了，連她的家庭也遭到破壞了吧。家庭的破碎連帶使她的內心也荒廢了，命運將她拉入了特種行業的世界裡。

後來她卻重新振作起來。室田偶然伸出的手，成爲她幸福的契機。得到更安定的生活後，佐知子盡情發揮她的才能，成爲社長夫人，和地方上的名流貴婦交際往來。

躋進地方上流社會的她，在那些只憑藉丈夫地位安於現狀的平凡婦人之中，當然能夠表現出色、嶄露頭角。她馬上就讓那個世界的人士認可她的實力，成爲耀眼的明星。正如那家咖啡店裡的客人所說的，室田佐知子在短短時間內就一躍成爲這個北陸古都裡的女性領袖。

不料，某一天鵜原憲一出現了。不論是對鵜原憲一來說，還是對佐知子夫人而言，那是聯繫著兩人禁忌過去的相逢。

一想到到佐知子夫人當初的心情，禎子便湧起無限的同情。她想，就算夫人是爲了保護自己的名譽而犯下殺人罪行，不論是誰都會原諒她的動機吧。禎子無法保證自己站在相同的立場，不會成爲第二個佐知子夫人。

說起來，都是因爲戰敗才讓日本女性遭受到這種傷害，直到十三年後的今天，那道傷痕也依然沒有消失。一旦突然遭到某種衝擊，被視爲禁忌的血液就會從那古老的傷疤再次噴湧而出。

附近的天色漸漸明亮，不是因爲天空晴朗，而是車子離開森林密布的山岳地帶。不知不覺間，車子已經行駛在下坡路上，而且可以看見屋頂覆蓋著白雪的部落了。

禎子一看手表，離開和倉已經一個小時了。

從和倉繞到羽咋原本要花上三個小時，走這條路只要一半時間，可是前方還是群山重疊。

「司機先生，還很遠嗎？司機先生。」禎子開口。

「再三十分鐘就到了。」司機背對她回答。

道路從下坡路逐漸變得平坦。比起越過山麓之前的和倉，積雪更深了。從樹木搖曳的狀況看來，外面的風勢非常強勁。不過是越過一個山頭，這一帶的景色卻截然不同。這裡的風景並不優美，只有一片荒涼與陰鬱。

抵達福浦町，已經是司機說的三十分鐘後。福浦是從中國的宋朝就開始發展的古老港口。或許是躲避凶猛的風勢，民宅都緊閉著門窗，並且爲了防風而在屋外圍繞著類似簾子的遮蔽物。眼前出現被灣岬環抱的部分港口，漁船在冰冷的海面上聚集成群，從漁船之間海面上湧起白色波浪。

「客人，您要往哪兒走呢？」司機問。

禎子看著地圖，估計現場的大概位置。

「請往高濱的方向走。」

車子從福浦的港口往南行。這次的道路右側是波濤洶湧翻騰的日本海海面。厚重的烏雲籠罩著天空，太陽被封閉在雲朵內側，從鈍重的雲朵後露出一絲光芒落在海面。

車子開始爬坡，海平面也漸漸地沉到下方。海面上到處都有突出海面的奇岩怪石。禎子專心地注視風景的變化，默默地等待著終將會出現在眼前的風景。

終於，她看見了。

禎子越過司機的肩膀，看見了之前她在高高的斷崖上想起一段關於海的詩句的地方。

就在這個時候，太陽逐漸西沉，四周籠罩起來著一片蒼茫。海面的顏色黑得發紫，白色的波浪張牙舞爪。

就是那裡——

禎子在內心吶喊。

隨著道路的迂迴前進，她見過的地點不停變化。可是，她始終目不轉睛地凝視著那一點。

那正是憲一被推落的地方。

先前她雖不知道確切的地點，卻選擇站在那裡，也是因爲有某種預感吧。如今，禎子很清楚地知道那裡就是憲一最後佇立的場所。因爲那是她以地圖比對調查過的，「曾根益三郎」死亡的地點。半個月前她剛來金澤尋找丈夫時，曾親自到過那個令她心情激 ，發現一具身分不明的男屍的地點。那是個她從未見過的人。然而，當時負責的老巡查曾經說過這段話：

「最近有個人和那張照片上的人在同樣的地方跳崖自殺，引起了一陣騷動。不過，他的身分馬上就被查明，所以就由家人將屍體領回去了……」

那名家屬就是田沼久子，那名跳崖的男人「曾根益三郎」就是鵜原憲一，這已經是千眞萬確、不容懷疑的事實了。

「在這裡就可以了。」禎子下了車。司機驚訝地看著她。

附近渺無人煙，一邊是斷崖和海，一邊是緊逼而來的高山。

「請在這裡等我一下。」禎子交代完司機後，邁開步伐。

風勢很強勁，刺骨寒冷迎面襲來，禎子的臉頰發痛，浪濤聲急遽變高。

禎子視線內出現了一個背對她站立的黑色人影。

那名男子面向著海，佇立不，禎子知道他是室田儀作。

室田完全沒注意到附近傳來汽車的引擎聲，站立在斷崖的尖端，像尊石像般地一動也不動。

室田身旁沒有人。

禎子一瞬間心想，一切都結束了。室田夫人不在附近，只有安安靜靜任憑強風吹打的室田，一副似乎要和夕陽西下的海洋對決。

「室田先生。」禎子悄悄走近他的身後，出聲叫他。

風在怒吼，海浪的轟隆聲到達極限。她的呼聲似乎沒有傳到他的耳裡，禎子叫了他三次。

室田終於改變姿勢，轉向禎子。他的身後是藍中帶黃的海面與天空，他回頭的臉落入黑暗的陰影中，禎子看不清楚他的表情。她走近室田。看不見的波浪不停在斷崖底下發出碎裂的聲音，那個聲音化爲地鳴從兩人的腳下傳上來。

「妳也，」在浪濤聲中，室田認出禎子後開口：「妳也終於追到這裡來了嗎？」

禎子再往前走了兩三步。她的頭髮被吹風亂了，飄到臉頰上。

「室田先生，夫人呢？」

室田沉默著，慢慢舉起一隻手，他的指尖指著日落蒼茫的海面。

「內人……」

室田嘶啞著聲音。因爲風聲和浪濤聲，他的聲音好像消失了，可是禎子確確實實地聽見。

「內人往那邊去了。」

隨著室田指尖的方向，禎子注視著遠方。在重疊厚重的雲層，和波浪不停碎裂的海面之間，她好不容易找到黑色一點。黑點搖晃著，炫目的白色浪花周圍翻滾著。

「那個就是內人。」禎子不知不覺間和室田並肩而立。

她因爲猛烈的風壓，彷彿要窒息。可是那不只是風，她心情激動到幾乎喘不過氣。

「已經不需要我說明了。既然妳來到這裡，我想妳已經知道一切。」

室田依舊注視著海面說道。

波濤洶湧的海面上的那個黑色小點，越來越小了。

水平線附近的厚重雲朵縫隙間原本還帶著滯鈍的黃色，如今也和附近黑得發紫的海浪顏色一樣，逐漸失去色彩。只有微微裂開的雲隙，宛如荒涼的北歐古畫，始終都殘留著黃色的光芒。因爲那道淡淡的光線，黑色的小點沒有從兩人的眼中消失。

「我注意到的時候已經太遲了。」室田仍然注視著海面。

「昨晚來到和倉後，我就追問內人事情的眞相，內人全都對我坦白了。如果她能早一點對我坦白的話，就不會演變成這種結果吧。我必須向妳道歉。殺了妳先生，還有妳先生哥哥的犯人都是內人。對於內人的行爲，我完全不想辯解。她比我先出門，不知何時借了一艘船出海了。」

室田開始哽咽。

「我忘了說，內人是房州勝浦某個大船主的女兒，她很幸福地長大，進入東京某間女子大學。

之後日本戰敗，她拿手的英文爲她帶來災難，這也是戰敗後日本的現象，我不想苛責她。」

波浪的破碎帶著某種規律，室田等待著那波浪的咆哮聲過去後，繼續說道：

「我趕到這裡的時候，內人已經到了我無法觸及的地方了。可是當她看到我站在這裡看她時，她在船上向我揮手啊。」

腳邊的波浪再度碎裂發出巨大的咆哮聲，這段期間內室田沒有作聲。他打算等這聲音過去嗎？或者害怕心情過於激動時所發出的聲音會透露出自己的情感呢？

「夫人，我也向她揮手了。妳剛剛看到我的時候，那艘船已經變成一個小黑點了。我知道內人坐在上面，可是我已經看不到她的模樣。她就那樣往海上……往海上划去。在這片波濤洶湧的海上，那艘船一定沒多久就會翻覆吧。不，在還沒翻覆之前，它就會失去駕船的人吧。那個黑點立刻就會消失了。我……」

波浪又拍打過來，室田再次默不作聲。接著在能夠繼續開口說話的時候，他說道：

「內人的墓就在這片海洋之下。我會在每年的這個時候前來弔祭。」

禎子先前站在離這裡不到一公尺的岩角上內心吟唱的詩句，再次浮現心中。

In her tomb by the sounding sea!

在轟隆作響的海邊，有妻子的墳墓！

狂風拍擊著禎子的雙眼。

原著書名／ゼロの焦点・作者／松本清張・翻譯／張筱森、黃盈琪・責任編輯／詹凱婷・行銷業務部／徐慧芬、陳紫晴・編輯總監／劉麗真・總經理／陳逸瑛・榮譽社長／詹宏志・發行人／凃玉雲・行銷業務部／陳玫潾・出版／獨步文化 城邦文化事業股份有限公司 104台北市中山區民生東路二段 141 號 5 樓 電話／(02) 2500-7696 傳眞／(02) 2500-1967・發行／英屬蓋曼群島商家庭傳媒股份有限公司城邦分公司 台北市中山區民生東路二段 141 號 2 樓・讀者服務專線／(02)2500-7718; 2500-7719・服務時間／週一至週五：09：30-12：00、13：30-17：00・24小時傳眞服務／(02)2500-1990; 2500-1991・讀者服務信箱 E-MAIL／SERVICE@READINGCLUB.COM.TW・劃撥帳號／19863813 書虫股份有限公司・香港發行所／城邦（香港）出版集團有限公司 香港灣仔駱克道 193 號東超商業中心 1 樓 電話／(852) 25086231 傳眞／(852) 25789337・馬新發行所／城邦（馬新）出版集團 CITE (M) SDN. BHD. 41, JALAN RADIN ANUM, BANDAR BARU SRI PETALING, 57000 KUALA LUMPUR, MALAYSIA. 電話／(603) 90563833 傳眞／(603) 90576622・封面設計／廖韡・排版／游淑萍・印刷／中原造像股份有限公司・2019 年（民108）10月二版一刷・定價／360 元 ISBN 978-957-9447-49-2 PRINTED IN TAIWAN

零的焦點

日本推理—大師—經典

ZERO NO SHOTEN

ISBN 978-957-9447-49-2

國家圖書館出版品預行編目資料

零的焦點／松本清張著；張筱森、黃盈琪譯．初版．-- 臺北市：獨步文化：家庭傳媒城邦分公司發行，2019〔民108〕
面； 公分.（日本推理大師經典；03）
譯自：ゼロの焦点
ISBN 978-957-9447-49-2（平裝）

861.57　　108011007

ZERO NO SHOTEN
by MATSUMOTO Seicho

Originally published in Japan by KOBUNSHA CO., LTD.
Chinese (in complex character only) translation rights arranged with KOBUNSHA CO., LTD., Japan
through The SAKAI AGENCY and BARDON-CHINESE MEDIA AGENCY.

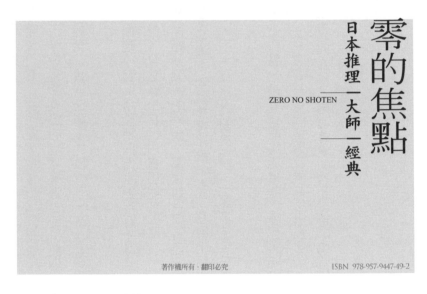